武歆 著

抵达故事的

行走中的
文学课

发生地

天津出版传媒集团

天津人民出版社

图书在版编目（CIP）数据

抵达故事的发生地：行走中的文学课 / 武歆著. --
天津：天津人民出版社，2024.7
ISBN 978-7-201-20453-6

Ⅰ.①抵… Ⅱ.①武… Ⅲ.①随笔—作品集—中国—
当代 Ⅳ.①I267.1

中国国家版本馆CIP数据核字(2024)第089626号

抵达故事的发生地：行走中的文学课
DIDA GUSHI DE FASHENG DI ：
XINGZOU ZHONG DE WENXUE KE

出　　版	天津人民出版社	
出 版 人	刘锦泉	
地　　址	天津市和平区西康路35号康岳大厦	
邮政编码	300051	
邮购电话	（022）23332469	
电子信箱	reader@tjrmcbs.com	
策划编辑	赵子源　苏　晨	
责任编辑	霍小青	
装帧设计	明轩文化·王烨 TEL:23674746	
印　　刷	天津海顺印业包装有限公司	
经　　销	新华书店	
开　　本	880毫米×1230毫米 1/32	
印　　张	10.75	
字　　数	200千字	
版次印次	2024年7月第1版	2024年7月第1次印刷
定　　价	58.00元	

自序:关于"边走边读边写"的学习

很多人都知道"读万卷书,行万里路",也知道它有多个出处。有的说,来自董其昌《画禅室随笔》(卷二)中的"不行万里路,不读万卷书,欲作画祖,其可得乎?";还有的说,来自更早的杜甫《奉赠韦左丞丈二十二韵》中的诗句"读书破万卷,下笔如有神"。是不是还有其他出处? 我没有更多的考证,也就不再赘述"出处"这个话题。

还是回到这句话本身。这个道理早已深入人心,并且经过民间文化人的赓续,成为人们唇边的常用语,也是街谈巷议中立刻想起的一句箴言。但如何"读",如何"行",相信每个人都有不同的解读。

按照"读万卷书,行万里路"去寻找名人名事,可以找到太多事例,并给我们以思想启迪。

比如曾经坐在牛车上周游列国的孔子和他的儒家思想,至今还在深刻影响着我们的言行,遥想当年北宋宰相赵普的"半部《论语》治天下",到那句经典的"君子和而不同",两千多年的悠悠岁月,至今仍让我们无限感慨,它依然是我们处理各种复杂关系的"智慧宝典";一生志在四方的徐霞客和他的游记,成为多个领域参考与研究的范本,还延伸到海外并对其他领域的研究起到引领作用;将落魄后的政治抑郁化作其他动力,游历山川的郦道元和他的《水经注》,其影响力已经"翻越"官场且远远超出其山水本身……如果把寻找的触角继续延伸到国外,名人名事也是不少。

柏拉图的美学和哲学思想,除了来自苏格拉底的教诲,也与他的"行走"密切相关。根据一些资料记载,老师苏格拉底死后,柏拉图和同门弟子们离开雅典,前往另一个城邦墨伽拉。与一位德高望重的老者尤克里特继续讨论哲学。与此同时,他还游历埃及,学习天文学,考察制度与文物,多年以后才回到雅典。但是很快又再一次离开,前往意大利学习和讲学。又过去了多年,他依旧没有停止行走的脚步,到过萨拉库撒以及其他城邦。也正是在这不断的行走、思考中,他写出了《理想国》《伊安篇》《大希庇阿斯篇》等,以及"对话体"中最成熟的《会饮篇》和《斐德罗篇》等。假如柏拉图的一生始终固守雅典,还会有这些灿烂的文化结晶吗?

《歌德谈话录》的辑录者爱克曼,在辑录这部具有世界影响的"谈话"之前,也有着四处奔走的经历。爱克曼出生于纽伦堡与汉堡之间荒原上的一个贫穷家庭，在来到歌德身边之前，他曾经在家乡附近抵抗法国人占领，后来随军跨过莱茵河到达荷兰。这个"行走的过程"，用他自己的话来讲"一个新世界在我眼前展开了"。以后他离开军队，在严寒冬季步行到汉堡，结识了给他未来思想带来重要影响的一些人，克洛普斯托克、席勒，在此期间他还读到了莎士比亚、古希腊悲剧诗人的大量作品，紧接着他又进入哥廷根大学，最后来到歌德身边。即使是在歌德身边的九年中，他也没有完全停下自己的脚步，还曾到意大利去游历学习。

"边走边读边写"对于思想家、哲学家有着特别重要的作用，对于艺术家，比如画家和音乐家，同样有着不可或缺的"催化作用"。

出生于俄罗斯的斯特拉文斯基，是在"被动和主动"中具有"行走与流浪"双重意义的重要音乐家。他曾经离开战火中的故乡前往瑞士避难。在避难期间他没有画地为牢，继续出外旅行，先后到过西班牙和意大利。正是这两次主动的旅行，对斯特拉文斯基逐渐走出"俄罗斯风格"产生了十分重要的影响："与俄国民族既相似又相左的西班牙民风"，在他四手联弹《小品五首》中有明显体现；而《普尔钦奈拉》则是有着鲜明的那不勒斯风情。这两次旅行不是孤独的单纯行走，而是广泛地接触了各阶层人士，其中与毕加索的相见尤为重要，对斯特拉文斯基美学风格的形成和探索，起到了非常重要的推动作用，以至于后来他被认为是"音乐家中的毕加索"。

假如只是毕加索影响了他并到此为止，那会失去"行走、学习"的意义，不能因为"他人的影响"而迷失自己，更重要的是拥有自己的声音。斯特拉文斯基没有让人失望，他的音乐作品，后来又影响了其他艺术门类，对20世纪的舞蹈、绘画甚至是诗歌都产生了广泛的影响，庞德曾说："斯特拉文斯基是世上唯一一个音乐家，让我可以与之取长补短。"这才是艺术互相影响、互相作用的重要性。后来斯特拉文斯基又举家移居法国，于是纪德的小说、瓦雷里的诗歌，继续影响着斯特拉文斯基的音乐，并开启了他一生中最重要的音乐转型——走向新古典主义。再后来，他又从法国到美国，最后又回到自己的祖国。从被动避难到主动回归，由此他也成为超越历史与地理局限的重要音乐家。

丹麦有一位个性鲜明的画家，叫克罗耶，他更是把"边走边读边写"发挥到了极致，他在半失明甚至完全失明的状态下，也没有停歇自己行走的脚步，直到生命的最后一刻。在他五十八年的短暂生命中，他从哥本哈根出发，去游历欧洲其他国家，与斯特拉文斯基一样，在游历中广泛接触社会，广泛接触能够接触到的所有艺术家，比如莫奈、雷诺阿以及马奈等，在吸收不同风格绘画的营养中，他使自己的艺术思想逐渐丰满，使自己的绘画方向逐渐清晰。特别令人感叹的是，他的许多画作都是在半盲状态下完成的。从某种意义上来讲，克罗耶的"心、脑、手、眼、笔"，在艺术的统领下，已经成为一个无法分割的艺术整体。

"边走边读边写"对于作家来讲，同样是非常重要的"功课"。海明威在一次接受记者采访时，面对"要成为一个有抱负的作家，最好的磨炼方法是什么"时，他是这样朴实回答的："多出去走走看看……并精简你的所见所闻。"库尔特·冯内古特说："（在旅行中发现）一个你也关心，其他人也会关心的话题来写。"没有边塞经历和从军的艰苦生活，岑参也就不会给我们留下"将军金甲夜不脱，半夜军行戈相拨，风头如刀面如割"的激昂诗句；如果没有出生在沱江边上，不会有沈从文"值得回忆的哀乐人事常是湿的……我虽然离开了那条河流，我所写的故事，却多数是水边的故事"，相反沈从文要是没有离开沱江边，也就不会有他日后把自己的创作与屈原所代表的楚文化联系在一起的阔大联想，日后也就不会拥有以湘西本真和原初眼光去与世界目光的对接与思索……

关于"边走边读边写"的事例太多、太多。但是，永远不要忘了更为重要的一点，"边走边读边写"并非只是简单机械地"走、读、写"，要想让"一部小说应该在读者的脑子里留下哲学上的余味"（安东尼·伯吉斯），那就必须镶刻上"思考"两个字。因为没有"思考"，尤其是没有经过"深刻酝酿之后的思考"，无论走多远、无论读多少、无论写多少，也不会留下回味无穷的思想印痕，只会是云淡风轻般的浅薄漂亮，不会拥有思想的重量——"水之积也不厚，则其负大舟也无力"。

其实,这些无尽的感慨,不过是又一次关于常识的学习。正因为它是常识,所以才需要我们不断地"温故而知新"。当然,要想在写作之上更进一步地"治学",达到清代学者姚鼐所倡导的那样,"(文章)要义理、考据、辞章三者相互为用"的水准,则还需要更为艰苦的学术跋涉。显然,那又是另外一个话题了。

目　录

穿过《圆形废墟》,靠近《南柯记》

一

前往临川,其实是从流坑村开始的。那时候我还没有意识到,阅读《南柯记》,拜祭汤显祖,竟然会有如此的铺垫。但多少年之后再回想起来,又会让人觉得之前所有的一切,都是冥冥之中的特别安排。

某年夏季的某天早上,我在前往临川的路上,正好路过乐安的流坑村。仅仅因为顺路,又要吃早餐,便停车在此。时间尚早,游客稀少。还没有进村,只是坐在村口小吃店的木凳上吃碗米粉,精神就开始有些高涨。端着米粉碗,环顾小店遍布的村口,随处可见有着巨大树冠的古樟树。吃完米粉,兴奋地站在一棵古樟树下的石阶上登高再望,数百年的古樟树在流坑村极为平常,它们静默地矗立在街角、小路和水塘旁,远望过去,绿色的枝叶几乎将村落覆盖,不事张扬地俯瞰世间的琐碎日常。因为这些高耸的古树,让流坑村的古旧有了历史的依托。什么都可以做旧,唯有古树的年轮不能作假，所以流坑村旧得坦荡、远得坚实。沉默的古樟树早已将流坑村的气势抒发出来。

进村后本以为时光寂寥，因为如今的乡村早就人去村空，只剩下空落的房屋、无人的小巷，怀旧的惆怅无限荡漾。却不想，流坑村的街上到处都是人，虽然还不是游客到来的时间。从装束和面容上很能判断，街上的客，其实都是本村的人。他们走来走去，想必是去劳作。这个七千人的跨越明清两代的古老村落，虽然全村的人肯定不会完全居住在此，但老人、妇女、孩子依旧是当下村庄的标配，也正是这些老人、妇女、孩子才会使逐渐流失、萧条、溃败的村庄，弥漫着特有的日常气息。小商店、小吃店、小作坊，脚步缓慢的老人，闲庭信步的鸡鸭猫狗，村庄在古树的绿荫下，生活显得一板一眼，日子也就过得缓慢悠长。

流坑村印刻着当下日常村庄所有的生活符号：光头老者坐在陈旧的矮凳上，把脚趾间带着黑垢的光脚板搭在黝黑的膝盖上，却又柔软地揉搓，呆看狭窄小巷的斑驳光影；满脸皱褶的老太婆目光懒散地望着碧蓝的天空，身边有鸡、鹅缩在闪着露水的鹅卵石的小路上，微微闭着鸡眼、鹅目，与人享受一样的悠闲时光。一些花枝招展的小孩子无声地在眼前倏然闪过，粉红色的衣裳在青色的小巷里留下一道清鲜的亮光。转头寻找，如何也不能再看见，仿佛突然遁地而去。

古旧常常连接神秘，神秘却又揳入日常。真的没有想到，前往临川之路，却有着如此丰富的开场。

流坑村确有许多要看的景致：小巷入口处古老的十字形水井，倒映着树影的明亮水塘，用几根立柱支撑廊檐的木板小屋，古旧老屋前的有绿色苔藓的破旧石阶；岁月悠长的明代青砖过街门楼，因为上面加盖了几层砖还挂着一个红五星，历史的沧桑已不用再做任何说明。不远处有一个幽静水塘，猜水塘边上一座普通的青砖房屋，为什么要把石门建得那样高？原来早年有一位准备过门的媳妇，出嫁之日丈夫暴病而死，她决然扶棺出嫁。在以后的岁月里媒婆不断登门，媳妇找来石匠，建了这座高高的石门，昭告天下，谁要是能打开石门她就出嫁。显然这是永远不会失败的赌局，于是少妇变作老妇，内心苍老、孤独死去，后人却让其风光无限，把那座石门称为“贞洁石门”。

缓慢行走在流坑村，带给我最大冲击的地方，还是“一线天”。这条只能侧身过去一个粗壮成年人的窄小巷子，却有着历史的沧桑。原来这里是流坑村明清两代房屋的接合部。左面是明代房屋，右面是清代房屋。乍看上去，似乎没有多大的区别。仔细再看，原来明代砖厚、大，清代砖薄、小。但再仔仔细细端详，原来清代房屋都向后退了大约一米，询问路过此地、面目不清的一个村中老人，老人侧脸告之这是为了表明朝代之隔。

显示朝代变迁，做个区分、说明，本来可以气宇轩昂地"向前"，如今这样的事例比比皆是，即使那样的话前人肯定也无可奈何。但流坑村的后人没有"向前"，而是选择了"退后"。这样的"退后"规定，既不是来自乡间权力无限的宗祠，也不是来自远方的神圣谕旨，完全就是民间的自觉行为，他们顺应时间与空间的自然规则，显示对历史与文化的尊崇。

"退后"一米，流坑村的后人尊重前人，但又没有生硬地拉开距离，既不膜拜，也不拒绝，古人做得有板有眼。

哪里想到，在流坑村的随意停下，"一线天"的突然降临，让我后面的拜祭，显得有些意味深长。

二

临川是抚州市的一个区。三国时为临川郡，隋开皇九年（公元589年）与周边几县定名抚州。悠悠然已是千年之久了。

现在的临川，虽然面积不大，但是拥有特别的文化高度。因为王安石、曾巩、晏殊、陆九渊，还因为汤显祖。其实，只有一个汤显祖就足以让抚州、让临川高昂起头。这位与莎士比亚、塞万提斯并驾齐驱且同年去世的东方戏剧巨人，因为《牡丹亭》《南柯记》等"临川四梦"流芳世间。这是一个连市井街区不识字的老太太都晓得的故事，数百年来多少剧种的不断改编、上演，让这位伟大的戏剧家始终活在每个市井之人的心中，让百姓感叹、感伤、感慨，也足以证明只有活在民间，伟大才能奠基、才能不朽、才能流芳。在乡村、城市的舞台上，昆剧、赣剧、川剧、豫剧、京剧……把汤显祖笔下的人物，散布在民间的每个角落。杜丽娘、卢生、霍小玉……若他们走在民间的小巷中，许多人都不陌生，甚至会上前与他们打声招呼、寒暄几句。

汤显祖笔下的人物，早已活在数百年之后的现实之中。

我是在傍晚时分、在玉茗花香气的簇拥下走进汤显祖纪念馆的，这里也是他的故居所在地。把纪念馆准确地建在故居遗址上，这不仅是对已故之人的尊重，也显示了临川人解读"才子之乡"的严谨作风。

其实赣东的六月还没有到最湿热的时候，但北方人已经忍受不了紫外线的照射，胳膊、脖颈火辣辣地疼，浑身上下都已热汗淋漓。纪念馆里当然是舒适的，关键是能让人瞬间沉静、沉思，还能让心绪漫无边际地飘飞。

馆内没有多少人，这个时候肯定要慢慢地走，也只有慢，才能些微去体味戏曲大师汤显祖的内心世界。

许多写出传世名篇的中国古代文学家要么有过官场的郁郁不得志；要么有过身在茅舍、心向庙堂的努力憧憬，但最终都是彻底无望。就是在彻底绝望之中，名篇也将开始诞生。这样的名篇诞生之路,早已成为中国古代文人的必修之课、必行之路。

汤显祖在万历二十六年从官场返回家乡,开始投入戏曲创作。许多时候,人生在"退后"之后则会呈现多种可能。假如汤显祖当初没有两次拒绝张居正的延揽,故而放弃功名利禄,那又会是怎样的人生路径?假如他不向明神宗上奏《论辅臣科臣疏》,继而惹怒神宗皇帝,被放逐到荒蛮偏远地区,他的人生又会是怎样的浩渺畅想?乃至最后"葱然一善国"的理想破灭,最终回到故乡临川……假如没有这一次次的无奈退后,还会有名震天下的"临川四梦"吗?

退后、退后……汤显祖在一次次绝望的退后中,前方的世界却是无限地拓展,并且恢宏地展开了自己的文学前景。

我在"《南柯记》情景再现"展台前,莫名其妙地站住。情景展现做得真是惟妙惟肖,淳于棼大槐树下酒醉、随即梦入大槐安国的场景……仿佛瞬间把每个走进纪念馆的人,引入汤显祖营造的虚幻世界中。

安静的展厅没有一个人。那一刻不知为什么,我想到了一个阿根廷人,那个常年待在图书馆里、掌管数十万册书籍却又近乎盲人状态的叫"博尔赫斯"的人。很多年以前,博尔赫斯的《圆形废墟》曾经在我桌上、枕边放了很长时间,睡觉前或百无聊赖之时,我会经常拿起来读一读。那时候,我没有想过汤显祖,从来都没有想过——虽然他们都是制造梦境、通过梦境书写故事的高手。

三

《圆形废墟》是博尔赫斯的名篇。一个关于做梦的故事。

"谁也没有看见他是在其中的哪个晚上上岸的,谁也没有看见那只竹筏是怎样沉入神圣的沼泽地里的。"那个做梦的人,就这样出现在我们眼前。那么接下来,这个做梦的人,要到哪里去做梦?博尔赫斯给出了做梦的地点。"他昏昏沉沉、鲜血淋漓,一直爬进了一个圆形的场地……这个圆形的所在,是一座被古火焚毁的庙宇。"

当然,后面最为关键的是做什么梦?在人生后三十年只能微弱分辨出来黑色和粉色的老人,完全凭借着想象,设计了"圆形废墟"上的梦境。那个人"要梦一个人,包括他的全部细节并把他带进现实"。于是他看到了许多奇异的场景,"最远的脸虽然相隔几个世纪,紧挨着天,却完全清晰可辨"。显然,要把梦中的一个人带进现实,这是一件极为艰难的事,"它远比用沙子搓绳或者用无形的风铸钱困难",但就是这样艰难,那个不知来自何方的做梦人,"梦见了一个温暖的、隐蔽的、活生生的它,石榴色,只有拳头大小,埋在人体之内,还没有面孔,不分性别"。随后,"不到一年,他已经看到了骨架和眼皮",终于,"他成了一个完整的人,一个不能站立、不会说话、双目紧闭的小伙子"。

应该承认,博尔赫斯笔下的做梦人成功了,毕竟他梦中的那个人诞生了。那么下一步，就要把他带进现实。尽管他经过非凡的努力，可是最后，残酷的现实还是发生了。

"许多世纪以前的事情重演了。火神的废庙被火焚毁了。他想到水里躲避，但后来明白，死亡是来给他结束晚年、解脱劳作的。他向一片片火焰走去。"令做梦人颇为奇怪的是，"火焰并没有吞食他的皮肉，而是抚爱地围住了他"。小说最后，原来却是"他明白，他自己也是一个幻影，一个别人梦中的产物"。

不知为什么，站在"《南柯记》情境再现"前，我就是那么不假思索地想到了《圆形废墟》。没有任何过渡，穿越了数百年的时光隧道。《南柯记》和《圆形废墟》都是关于梦境的叙事，都有着无限伤感的唏嘘和感怀。

故事很重要，讲故事的架构同样重要。所谓的架构也就是小说家用什么来驭载"故事"前行，那个驭载的工具是什么？

外国现当代作家有三个人必须讲，他们是马尔克斯、博尔赫斯还有胡安·鲁尔福。这三个作家用来叙事的武器分别是：马尔克斯的"时间"、博尔赫斯的"空间"、胡安·鲁尔福的"时间与空间"。

那么四百年前的汤显祖呢？他用来驭载"故事"的是什么？

四

抚州有两个区、九个县，面积将近两万平方千米，人口倒是不多,近四百万。除了中心城区临川,还有一个地方——金溪县的浒湾也应该去看看。

我依旧是在黄昏时分来到浒湾的。

我特别喜欢黄昏时分游走在江南古镇,那时候忧伤的内心就会时刻涌动着某种神奇的畅想,那种畅想无拘无束、信马由缰,甚至经常出其不意。

这个被称为中国四大雕版印刷中心——其他为北京、汉口、四堡——之一的古镇,是明清时期江西雕版印刷业的中心,还可以肯定地说,它还是赣版书籍的摇篮。

在前书铺街、后书铺街的小巷中走着,那些老旧的老屋,如今已很少有人居住,只剩下天井洒下的一缕光亮。但数百年前这里曾经那样红火、热烈,前店后厂,昼夜不停地刻版、印刷、出版,然后装上货船;货船沿着抚河,进入青岚湖,再进入鄱阳湖。货船不住地停靠,那些书籍上岸,然后进入学堂,到了每一个读书人的手中。

从浒湾老街送出去的书籍中,有汤显祖的"临川四梦"吗?肯定有。在那个数百年前的昏昏欲睡的晌午,读《南柯记》,听抚河上的划桨声,还有壮汉搬运书籍、走上跳板时汗水滴落在脚面上的声音……那一刻阅读者又会怎样进入淳于棼的梦境?我再次想起《圆形废墟》和《南柯记》,我想我该以怎样的心境、角度、心态、观念来看待这两部相差了近四百年的名作?

继续在浒湾游走。

仁里街、江夏第……在一个小巷入口处，上面有一块石匾，要不是偶然抬头，极有可能若无其事地走过。踮起脚尖、仔细端详，发现上面刻有四个字，模模糊糊地看不清楚，好像是"藻丽嫏嬛"。

这是什么意思？问身旁走过的一个老者。老者淡然道，嫏嬛是神话中天帝的藏书处。

只有三尺宽的古旧小巷，却敢把天帝藏书处的名字拿到人间，还要明目张胆地刻在门楼上，无疑这是出书人的气魄，极空灵的艺术想象。接地还要接天，抚州人的想象永远不拘一格。

还想再与老者搭讪几句，却已不见踪影。只有身边敞开院落的天井里，传来水滴下落的悠然长声。天井上方照射下来的亮光，正好"砸"在水滴与石砖相撞的飞溅瞬间，那一刻时光倏忽远去，如梦如幻。

这是一片诞生虚幻梦境的地方——非常适合艺术"飞翔"。

五

在抚州的日子里，我总是惦念着汤显祖——挚爱玉茗花一生——的《南柯记》，当然还有他最为得意的《牡丹亭》。

站在"时间与空间"的坐标上，在"叙事"与"叙述"的两个车轮中间去慢慢查看《南柯记》的车辙。

《南柯记》写成于万历二十八年（公元1600年），全剧四十四出。最初是以"海盐腔—宜黄腔"进行演唱,以后才有各种剧种的改编。纪念馆里有各种试听设备,戴上耳机静听,仿佛真的看见满腹经纶、怀才不遇的淳于棼被两名紫衣官请入槐树之下的蚂蚁国——大槐安国,与大槐安国的公主瑶芳结为夫妻,婚后受命到南柯郡任太守。治郡二十年,官至左丞相,后来公主病殁,淳于棼受到朝中奸臣排挤,最终因不是蚁类,被蚁王、蚁后遣返人间,回到槐庭。这时候淳于棼猛然惊醒,发现一切不过一场梦境。环顾四周,才发现身旁的余酒尚温。后来,淳于棼醒悟,皈依佛门。

《南柯记》的故事不用多讲,任何人都明白其中的蕴意,但他的叙述艺术让我们惊叹不已。假如以我们推崇的马尔克斯、博尔赫斯对"时间"和"空间"的娴熟运用,来看看四百年前的汤显祖,他在"余酒尚温"的"时间"里,讲了一个"治郡二十年"的故事。那么"空间"呢,"在自家大槐树下喝醉酒",然后进入大槐安国,就像马尔克斯要让一个人飞上天,必须借用一个床单。汤显祖也是,要让一个人走入蚂蚁的国度,不能光凭作者的"嘴"和"笔",也要借用一个"工具",那就是"两名紫衣官"。

梦,是汤显祖最有力的叙述利器。也正是梦,打通了文学作品躲不开的两个车轮——时间和空间。

汤显祖用"梦"载着他的思想、他的思辨、他的憧憬,当然还有他的批判,讲述了令世人惊诧的"临川四梦"。

伟大,就在于"人人心中皆有,人人笔下皆无",就在于把普通运用到极致、极点。

《南柯记》的语言也无比精致。似乎不是剧本,更像优美的散文,凝练、优美。

在第一出"提世"中,开篇便是"玉茗新池雨,金枳小阁晴。有情歌酒莫教停。看取无情虫蚁也关情"。寥寥几句,便把整个故事走向做了大致的交代。

后面的文字,依然华美无比。比如在第二十四出,随处可见这样的描写和讲述:"紫衣郎走马南柯下,一轴山如画。"再比如"青山浓翠,绿水渊环",等等。

抚州,这是一个诞生想象的地方。

"藻丽娜嬛"可以落户小巷,"临川四梦"可以飞翔天空。我再次想到流坑村的"一线天",想到"当下"如何对待"过去"的困惑,想到当代文学如何面对古典文学。

在尊重中保持一定的距离,但退后的尺度,又不莽撞,在几分矜持中含有儒家的谦逊。

抚州,总是让人在漫不经意的游走中,突然陷入思考。

六

离开抚州,再次路过乐安。

这一次没有再到流坑村,尽管我始终在琢磨"一线天"的"退后",而是看了相隔数里的牛田镇上的古樟树林。这里号称中国第一樟树林,入选上海大世界基尼斯之最。

这片古樟树林,拥有近三千棵古樟树。最年轻的樟树也有二百多年树龄,年老的将近一千三百年,需要六个成年人伸展双臂才能围住。

依旧还是傍晚。傍晚总是放飞"想象"的最佳时段。

江西人具有浓重的树崇拜情结,寻常百姓只要家中有重大事情发生,做的第一件事就是全家人种下一棵树,种的又尤以樟树居多。他们从不砍伐,而是用宗族之法,用生命去保护树木。谁要是敢动一棵树,那是要被处死的。

漫步在寂静的樟树林中。

那些古樟树造型各异,呈现出不可思议的多姿多彩。它们还有自我保护的"措施",假如树干倾斜了,树的底部就会长出一个强劲的枝杈,牢牢地戳住躯干,保持着自身的平衡。

我望着那些千姿百态的古樟树,猛然发现身边一个人都没有。此时晚霞逐渐消失,在遮天蔽日、樟香袭人的林子里,我似乎看见一个戴着黑色木质面具的人走过来,他穿着一件彩色的大袍子,边走边舞,嘴里发出奇怪的听不懂的声音。

我听见头顶的一个声音告诉我,这是在江西乡间非常活跃的傩戏。那个声音还悄悄地告诉我,这个面具叫"傩王",是傩戏脸谱中最威武的面具。据讲即使身体孱弱的人,只要戴上面具,就能跳上一个晚上。他们不累,因为跳舞时舞者能够与神灵对话。与神相舞、向神倾诉,怎么能累呢?

那一刻,我似乎还看见,正在写作"临川四梦"的汤显祖,好像正在心里举起一副傩戏的面具?

那一刻,书铺街上的"藻丽嫏嬛"、流坑村里的"一线天",在樟树林里突然显现。

那一刻,《圆形废墟》里,"他"……走在古樟树林里,虔诚地仰望枝叶缝隙处的细碎天空,凝神站立,静止不动。

那一刻,人与神……相约起舞。

碉楼·阅读

一

在什么地方可能思绪飞扬？理所当然会想到高山之巅、大海之上。在高处或开阔之地，思想更容易漫天飞舞。却从来没有想过，在拘谨的碉楼之上，思绪同样不可抑制。

夏季的广东江门。

来自北方的我，感觉世界只剩下"骄阳、汗水"这两件火辣辣、湿漉漉的事物，但是当看见闻名于世的碉楼时，精神还是为之一振。它们真切地矗立在绿色田野中，远远望去，像是精心摆放的积木玩具，又像是一棵棵深扎地下的树木。它们在旅行地图上被称为开平碉楼，它们不仅是融合中西风格的精美建筑，还是特定年代的历史文化坐标。

碉楼大多采用主楼、附楼和庭院的组成方式。砖混结构，外墙水泥。四角犹如悬空的燕子窝，楼顶都是六角琉璃瓦的凉亭。附楼为厨房以及存放生活、农具物品的地方。在一百多年前，周边的人都知道开平人有钱,因为开平人有着远涉重洋敢于打拼天下的历史传统。虽然开平人的财富积累是用鲜血和生命换取,但是在兵荒马乱年代,贼人流寇哪管这些,它们想尽各种办法强行夺取。于是有钱的开平人,采用了自我保护的碉楼建筑,门窗都是铁皮门窗,平日打开,遇有战乱、匪患,立刻关上门窗,足以抵御刀枪的进攻。再加上各种角度的枪孔,还有家中长年储备的真枪实弹,足以威慑那些心怀不轨的贼人流寇。

站在碉楼顶层的凉亭上,毫无拘束地眺望远方,树木、绿地、蓝天白云,还有更远处的荷塘和远山。世界瞬间宁静下来。

却是……却是莫名其妙地想到阅读。

就像法国人帕特里克·莫迪亚诺在小说《地平线》中说的那样,"一段时间以来,博斯曼斯想到自己青年时代的某些片段"。

那一刻,我与书中的博斯曼斯,仿佛是相识多年的好友,在他的感应下也想起某些阅读片段。

"我站在碉楼上,想到那些死后才声名远扬的人的生活与创作的人生片段。"

这样的阅读联想,当真是第一次。

碉楼——阅读——死后——声名远扬,这是怎样的联系?

二

佩索阿,全名是费尔南多·安东尼奥·诺格伊拉·佩索阿,葡萄牙人。

在1970年之前,他的葡语诗作没有一篇被译成英文。要知道,早在1935年他就去世了,去世那么多年,英语的欧洲大陆没有人想起他。后来,他的同胞萨拉马戈在1998年获得"诺奖",曾对采访的欧洲记者说,代表二十世纪精神的作家应该首推卡夫卡、佩索阿和博尔赫斯。欧洲记者们面面相觑,佩索阿是谁?

佩索阿始终处在被忽视的文学境遇之中。即使是在1994年,美国批评界的巨头布鲁姆把佩索阿与但丁、莎士比亚等人一同列为世界文学巨匠时,欧洲人还是不知道佩索阿是谁?

又过去了很多年。

如今的佩索阿,越来越被世界熟知,已经被公认为最具现代诗性的伟大诗人之一。

佩索阿的人生经历很简单,也像那些远行但最后选择回到家乡的开平人一样,他曾经离开过里斯本前往南非学习、生活,十年后重新回到里斯本,从此再也没有离开过,直到47岁那年在里斯本家中去世。

站在碉楼的凉台上,背阴的地方,清爽的凉风阵阵吹过,给寂寞之中增添了些许的惆怅,似乎……似乎只有佩索阿的诗句,才能完全吻合彼时的"碉楼心境"。

> 来吧,坐在我身边,丽迪娅,在河岸,
>
> 让我们静静地看河水流去,
>
> 认识生命的一去不返,我们没牵手。

佩索阿的另几句悲伤诗句,也适合在心中吟诵。

> 死是逆旅的弯路,
>
> 死去有如迷途。
>
> 我听着看着你隐身,
>
> 你存一如我存。

并非所有的心中悲伤都是生活悲剧。许多时候,悲伤反而让诗人拥有更加宽广的书写心境。

大诗人佩索阿,用死后的来自世界的顶礼膜拜,为曾经孤独的诗句做了真诚的诠释,自我拥抱的灵魂,慢慢地松开,化作一片云彩,再一次向世界告别。

三

坐在碉楼里面。

其实,碉楼冬暖夏凉,生活其中感觉不到一丝潮湿。从百余年前的生活细节之处也能够清晰地看出来,这些曾在国外打拼的开平人,有着返回故里后的心灵平静。

精致的儿童小木椅,好看的木质猫笼,还有留声机、浴盆、抽水马桶、威士忌木箱……疲惫的游子回到家乡,更加追求生活细微之处的品质。那是一生辛劳之后的精神放松。回忆,只有挣扎、奋争、不屈之后的回忆,才会拥有更加痛彻的思想领悟。

思想深刻的写作者,常常拥有悲伤的人生境遇。比如俄罗斯犹太裔作家瓦西里·格罗斯曼,还有他厚重的生命书写——《生活与命运》。

这部翻译成汉语变成一千页的文学大书,放在我的案头两年多了,可能还要更长一些。完全是巧合,我去江门之前读过它,没有读完,读了一部分。

想起格罗斯曼和他的《生活与命运》,是因为书中呈现的生活,与彼时坐在碉楼里的心情,竟然完全一样。

常常地,"想起"是没有缘由的,就像格罗斯曼说的那样——在这种宁静中,会想起去年的树叶,想起过去的一场又一场风雨,筑起又抛弃的窠巢,想起童年,想起蚂蚁辛辛苦苦的劳动,想起狐狸的狡诈和鹰的强横,想起世间万物的互相残杀,想起产生于同一心中又跟着这颗心死去的善与恶,想起曾经使兔子的心和树干都发抖的暴风雨和雷电。

我说了这么多格罗斯曼的"想起",大多数人可能不知道格罗斯曼。尽管他的《生活与命运》曾被欧美学界誉为"当代的《战争与和平》",但是所有的隆重介绍以及由衷的赞誉,都是在他去世二十多年后了。

为什么说格罗斯曼的《生活与命运》堪比托尔斯泰的《战争与和平》?表面来说,两部大书拥有相同的叙事结构——都是书写一场抵抗入侵的战争,都是人物众多、支线庞杂,都是以一个家族作为纵向叙事构架,都是全景式的阔大书写。

但是故事内部还是不同。

格罗斯曼关注"渺小的人"。这是他书写《生活与命运》的唯一视角。在描写战场的章节里,格罗斯曼时时将视角沉降到沙土飞扬的地面,在一阵又一阵爆炸的声响之间,在一串串从头上掠过的子弹丛中,使读者看见一个个士兵如何在最接近死亡的一刹那,完全呈现出来人的根本。

格罗斯曼1964年因癌症病逝。1980年《生活与命运》在瑞士出版,随后译成多种文字,在世界广为人知。可惜格罗斯曼没有看到《生活与命运》享受来自不同肤色人的掌声。

这位1929年毕业于莫斯科大学物理系的记者型作家，有着对人类历史的独到的总结。他在书中说过的一句话，令我心中久久震荡——人类的历史不是善极力要战胜恶的搏斗，人类的历史是巨大的恶极力要碾碎人性的种子的搏斗。

格罗斯曼不仅关注人类历史，也怀念身边的亲情。他的母亲死于1941年的乌克兰别尔基切夫的大屠杀，在那场大屠杀中，有三万多名犹太人被德国人残忍杀害。

格罗斯曼死后，人们整理他的文件时，发现了两封信，分别是1950年和1961年写给他死去的母亲的。其中一封信，是在他母亲九周年忌日那天写的。

我无法想象格罗斯曼给死去多年的母亲写信时，是怎样的表情、心情？

我走出碉楼。

四

开平碉楼貌似封闭，实则开放。

它们没有建在远处丘陵状的高地，而是建在开阔的平地之上；它们没有高高的围墙阻挡，也没有护城河之类的保护，能够感受到建筑者的内心并非封闭，他们在保卫自我生命的基础上，时刻没有忘记人类的愿望，即使被琐碎的日常所包围，即使身边离不开各种农具,但也要拥有能够眺望远方的居所,要有无拘无束的没有任何遮挡物的凉亭。

望着眼前黄昏中的碉楼,我还会想到谁?

想到了卡夫卡。

卡夫卡生前在德语文坛默默无闻,死后引起世界文坛广泛关注,成为超越文学之外的作家,他被关注的领域不断延伸,向着美学、哲学……社会的各个层面辐射。

卡夫卡被誉为西方现代派文学的主要奠基人之一。

卡夫卡也是一个恋家的人,和佩索阿一样。

卡夫卡出生在布拉格,直到生命的最后日子,他才移居到柏林。他敬畏歌德的所有作品,对福楼拜的小说、易卜生的戏剧,也有着自己独到的研究。就像他居住的布拉格——捷克、德国、奥地利等多种文化的交汇地,他的作品也是多种思想的汇合。

在卡夫卡的艺术世界中,所有的美学模式都是悖谬。阅读者无所适从,感觉荒诞不经。他的非理性荒诞思想来自哪里?

从卡夫卡的作品中,能够看到荒诞,但不是来源。所以一定要绕开《审判》《变形记》《判决》和《城堡》,要到那封著名的长信——《致父亲的信》之中寻找。

只要读了这封长信,就会明白卡夫卡的悖谬来自哪里。虽然在《致父亲的信》中,卡夫卡在开头使用了"最亲爱的父亲"的称谓,但是在这封长信中,字里行间充斥着深究、责问、反叛、怀疑乃至批判。

我抄录了几句话。

"即便我在成长过程中丝毫未受你的影响,很可能也长不成你所中意的样子。"

"我俩截然不同,这种迥异使我们彼此构成威胁。"

"在我面前,你居然果真常常是对的,谈话时当然如此——因为我俩几乎没有谈过话——生活中也是这样。这并不是特别费解,我的所有思考都处在你的重压之下,我的想法与你不一致时也是如此,而且尤其如此。"

"你特别相信讽刺所产生的教育效果,讽刺也最适合表达你在我面前的优越感。"

"与你对孩子的这种态度极不协调的是,你经常当众诉苦。"

"我要想逃离你,就得逃离这个家,甚至逃离母亲。虽然在她那儿总能找到庇护,但这庇护始终牵连你。"

那个永远无法进入的"城堡"的钥匙,就隐藏在这封数万字的长信中。

五

碉楼,在江门的许多村庄都能看到。

比如在一个叫横江村的小村中也有碉楼。它如同我们平原地区的房子,都是百姓的日常居所。只不过现在没有人再盖碉楼了。如今看到的碉楼建筑,都是历史的遗存。

横江村,一个安静的村落。人不多,两千多人。村庄周围有大片的水田、鱼塘。

下午,村中异常安静。阳光下,只有树叶在慢慢地晃动。

这里的碉楼空荡荡的。它们的主人大都在海外,碉楼依旧是属于他们的房产。

碉楼的窗户,尽管窄小,但是面向远方。远方,是安静无人的水田;水田的更远方是防潮大堤;过了大堤,便是无边无际的大海。

我再次走上楼顶的凉亭,嗅到了海风的气息。虽然有防潮大堤的阻隔,但仿佛突然看见了大海上的点点船帆。

虽说江门有个"门"字,但江门人从不保守;虽然这里到处都能看到封闭的碉楼,但楼顶的凉亭上,却没有任何遮挡,无论站在哪个角度,都能尽情瞭望,无尽遥想。

否则,我也不会从碉楼想到阅读,想到遥远的葡萄牙,想到俄罗斯,想到布拉格和柏林……想到那么多的文学大师。

其实,每个人的"想起",不在于身处哪里,而在于时刻保持"想起"的冲动与欲望。

人类与动物的最大区别,在于人的头脑中永远持有精神的漫天飞舞。

抵制轻易复原想象的生活

一

行走是什么？行走的意义，除了让目光沐浴美景，还能有精神上的思考。移动中的思考，总能带来意想不到的收获。它可以漫无边际地飞翔，也可以在某一节点上，向下、向深，不断开掘思想的深度，同时也让"生活与想象""想象与创造"之间搭建起一座奇妙的桥梁。

思想的火花，可以在这座桥梁上飞溅起舞；同时，飞溅的火花，还可以再造一座精神之桥。

我不明白，在这个朗朗秋夜，我的思绪为什么会如此飞扬？为什么会想起那么多有关而又无关的"故事"？

二

因为各种机缘，我几乎走遍了内蒙古大地。那段时间，书包里装的书是约瑟夫·康拉德的长篇小说《在西方的目光下》。这部书是康拉德创作高峰的结束之作，也是他最后一部经典之作。关注这部书，还与一种观点有关。一个叫梅尼克的评论家，说康拉德写作这部书的目的，是要"抵制轻易复原想象的生活"。康拉德没有赞同，但也没有表示反对，我猜想，康拉德的内心算是认可了这种观点。

很多年前想起梅尼克的观点，还有康拉德的小说，正好站在一片怪石林中。当时阳光刺得人睁不开眼睛，那些裸露着肌骨的怪石，看上去阴森可怕。阳光下的恐怖，好像要比黑夜中的惊吓更加令人胆战。我小心地走在崎岖的山上，只能盯着脚下，稍微不小心，就有可能摔倒。空气仿佛静止了，周围没有一丝风，那一刻身上的毛孔全都张开了，感觉汗水在肆无忌惮地往下淌。

这片怪石林，有一个很怪的名字——海森楚鲁。

这里各具形态的怪石，属于独特的风蚀花岗岩地貌。海森楚鲁在蒙语中就是像锅一样的石头。在这里，没有人的踪迹，鸟儿也没有，只有古怪的石头。难能可贵的是，在方圆几十里内，你几乎找不到一块相似的石头。所有的石头都不一样，只要静下来细细端详，你就能看出来，身边的石头，可能是一只猴子、一头熊、一头猪、一只鹰……或是其他动物、植物的样子。数千万年前，这里是大海的深处，岩石经过海水的浸泡、冲刷，形成了各种形状，后来地壳变化，这里又成为陆地，于是这些石头在经过千万年的风沙打磨之后,逐渐形成现在这种奇特的样子。

我也不知为什么,在彼时骄阳下突然想起了康拉德的小说,想起"抵制轻易复原想象的生活"的观点。我曾经站在读者角度,反对这种说法。但是站在写作的角度,似乎又很赞成。写作者笔下的"生活",应该是写作者"想象"出来的。但如何"想象",显然来自真实生活;但来自真实生活的"想象",又绝不能是轻松简单的"轻易复原"。一般情况下,道理都很简单,说出来总会使人恍然大悟。

从海森楚鲁回来的那些日子,我又想起遥远的少年时代。想到了一个叫三条石的地方。我也不明白在康拉德的召唤下,为什么会有如此大跨度的想象飞跃?

三条石是天津一个地名,三条石大街现在依旧存在。这条大街的历史,最早可追溯到1860年。早先这条街道丈余宽,长不过一里,也有过别名,叫铁厂街。在至今一百六十多年的时间里,它有过辉煌,有过低沉,有过心酸,也曾长时间被人遗忘。但无论是怎样的境遇,三条石曾经在某些方面有天津文化的特征,有齐鲁文化、燕赵文化的背景,也与运河文化密切相关,甚至还有近代中国历史的真实写照。

我不断梦见三条石,梦见少年时代热闹非凡的参观情景,还有许多不曾经历过的浩大场面。这样的梦境在那段日子里反复出现……后来我就前往三条石。再然后,我在伤感中写了一篇小说,名字就叫《三条石》。我复原了许多陈旧的往事,但绝大部分往事,都是我想象中的往事;或者说,是复原了我梦境中的往事。

就像康拉德一样,绝不轻易复原。一定要有"自己的想象",要有自我飞翔的思想基点。

三

抵制轻易复原想象的生活——多么宽阔的没有篱笆的想象边界,可以无边无际地联想,可以深入生活的所有领域。在这个晴朗的秋日里,我已经无法阻挡自己的回忆。

我曾经无比向往校园,当年高考落榜,曾经痛哭,曾经低沉,赌气一般要与校园永远告别,但心中却不曾放下。夏季的一天,我和许多作家一起行走,走进天津的一所大学。我记得那天真是太热了,应该有四十摄氏度,地表温度可能还要高,走近汽车,能够嗅到来自轮胎的浓烈的橡胶气味。

这所大学是华北地区的一所名校,拥有一座建筑风格独特的校园。该校建于1921年,西式建筑由一名法国建筑师设计,折中主义风格,平面布局对称,转角处设有壁柱,罗马式拱窗,带有大时钟的法国罗曼式大穹隆顶。学校里还有一个博物院,有动物及植物标本,年代久远,馆藏丰富,在全国大学都能排到前列。无论是大学本身还是独特的博物院,都深藏着悠久的传说。

写作者如何与大学生对话？最好的途径就是深层阅读。深入探讨读书给生活、给人生带来怎样的帮助和启迪。

读书与我们的生活密切相关。没有人能够准确预见自己的未来。但尽可能提早看清人生方向，知道自己可能做什么，这是可以提前商讨的。这种商讨极有可能来自阅读。这样的说法来自罗兰·巴特的启示。他曾经说过"从人的身上读出书来"，那么逆向思维，阅读就可能"从书中读出人生"。

别人的经验是可以借鉴的，而读书就是最好的借鉴。这种借鉴，还能在阅读间隙或是之后，能够使人更加持久地进行思考。

2018年去世的美国著名作家菲利普·罗斯，曾经与世界多位大师进行过深刻对话，其中在与昆德拉对话中，昆德拉真诚地说："如果一种恐惧在人类心里存在久了，那么就一定趋于发生。"

这句话对于即将走出大学校园的大学生非常有帮助。担心找不着工作，担心创业失败，等等，这些熟悉的担心，曾经困扰过大学生的内心。但是罗斯、昆德拉已经在1980年就告诉我们了，千万不要恐惧，否则恐惧一定会发生。所以你去阅读菲利普·罗斯的《行话》吧，那里面还有着更多的人生经验。那些经验是文学大师们认真总结的。

超凡的思想，能够穿越时间的风尘，在极为遥远的前方，向你展示独特的经验。

柏拉图在他的《会饮篇》中，对美与哲学修养，做过精辟的阐述。他说："美的方式是拿高尚的方式来对付高尚的对象。"什么是高尚的方式？什么是高尚的对象？阅读柏拉图的《文艺对话集》，看清版本，人民文学出版社1983年版。找到那本书，你就会知道，那是美学大师朱光潜先生翻译的。读书要选择版本、译本，这是最基本的经验。

读书除了阅读经典，还应该稍微"偏门"一点儿。比如危地马拉作家奥古斯托·蒙特罗索的作品，他的《黑羊》不错，每篇文章字数都很少，可以在课间休息时看上几眼，绝不耽误时间。巴西作家保罗·柯艾略的作品也很好，他的《阿克拉手稿》非常有趣，是什么体裁，小说、散文、随笔？似乎是，似乎又不是，真不好界定，但没有关系，看看吧，非常有意思。

"他们选择了自己要走的道路，或许只有在与死亡面对面时，才明白自己的目标所在。"这是保罗·柯艾略说的，怎么样？自己去品味。

读书是不分国界的，但在关注外国文学、外国思想的同时，中国文学、中华精神是不可或缺的重要环节，那是华人思想的来源。尤其是对漫行在西式建筑的大学、讲着外语的大学生，似乎更要多说一句。李白、苏东坡、李商隐的诗作要看，《红楼梦》《史记》就更不用说了，譬如你只有读了《聊斋志异》和《南柯记》，才能站在更高处,才能去清晰明白博尔赫斯的梦境,也不会再为《圆形废墟》格外亢奋。

四

抵制轻易复原想象的生活。所谓"抵制",再明确不过了,抵制的是"轻易"。而生活的"复原",在于怎样进入内心深处。

进入内心,就是记住。

寻找记住的理由,好像是一件无用之事。记住了,也就记住了,为什么还要寻找理由?一生之中,肯定会忘掉许多事,但记住的事,又并非都是天崩地裂的大事。许多所谓的寻常小事,却能莫名其妙地持久牢记,甚至一生都不会忘记,总会在某一个节点,突然来到眼前。

十六年前,我居住的那个小区,还是一个新开发的小区,平日大街上冷清空荡,即使炎热夏夜也很寂寥,看不见乘凉散步的人。那天晌午,我有事出去,看见无人的街道上,走着一位穿着杏黄色超短裙的青春姑娘。她的右腿是假肢,不锈钢的假肢,没有任何"伪装",就那么骄傲地裸露着。这位个子高挑、留着披肩长发、穿着杏黄色超短裙的假肢姑娘,在骄阳下走得很慢。她身材挺拔、健康的左腿修长笔直,把她的假肢也衬托得特别好看。她像是突然降临在大街上,等我"惊醒"过来,眼前已是空空荡荡。过去那么长时间了，我竟然还能常常想起，像一幅美丽的油画深刻镶嵌在我的记忆之中。我从来没有想过记住这幅"油画"的原因。

但作为写作者来说，你记住的事，则一定要寻找理由。

一个作家，凭什么能够让人牢记？当然可以凭借作品。因为《战争与和平》，你永远会记住列夫·托尔斯泰；因为《少年维特之烦恼》，你永远会记住歌德。

但有的时候，又不仅仅是因为作品。比如说到秘鲁，说到秘鲁当代文学，总会立刻想到一个人。但我想起这个秘鲁人，真的不是因为他的作品——尽管他的作品获奖无数，在世界享有极高盛誉，尽管他曾是第41届国际笔会会长，尽管他在2010年获得了诺贝尔文学奖，尽管他被称为结构写实主义大师——而牢记住了他。

他就是拥有双重国籍——秘鲁与西班牙——的作家马里奥·巴尔加斯·略萨。

我不想谈他的《绿房子》还有《胡利娅姨妈与作家》，因为没有看完，之所以没有看完，坦诚地说是看不下去；也不想谈他的结构主义，更不想谈他"话题衔接法"的创作。

那么，为什么我还会记住略萨？因为他曾经说过的一句话——萨曼塔·施维伯林是西语文学的希望。

施威伯林是谁？一位阿根廷女作家，出生于1978年。我看过施威伯林的小说，用漫不经心的语调讲述表面的凶恶，还有深藏起来的凶恶。就像一位我尊重的作家所讲的那样，小说无论是叙事还是叙述，应该"涩一点儿"。这个"涩"，可能理解为"独特"，或是"有内涵"，或是故意地"掣肘"。施威伯林的故事，就是有点儿"涩"。

话说回来，一个具有世界影响的作家略萨，关注另一个国度的年轻作家施威伯林，竟然还要使用那样辽远的词汇。这让我感动，也让我看到了作家应该具备的品质——胸怀的宽广、精神的辽阔。

五

我是一个喜欢幻想的人，在特别快乐的时候，除了幻想还有悲伤，漫无边际的往事会像洪水一样迅疾裹挟我的身体和大脑，那一刻思维无比错乱。

从辽阔的内蒙古，从西方建筑的大学校园，终于回到我生活的城市。行走的脚步，最后总会回到原点。

我生活的城市天津，是一座靠海的城市，从1860年到1945年将近百年时间里，这里曾经是半殖民地，被九个国家用貌似公正的"条约方式"瓜分。这里至今还有着各种域外风格的建筑。

我没有在那些巴洛克式、哥特式建筑里生活过。在过去很长时间里，我居住在中国式民居里，却走在异国建筑风格的街道上。这样的生活经历，让我从儿童时代就对世界有着太多的好奇，尤其是二十世纪八十年代开始写作以来，总是有着想要探究任何事情的心理。在可以阅读文学作品的小学时代，我想变成《西游记》里的孙悟空，变成一个无所不能的人，在异国风貌的建筑上空像鸟儿一样飞过。

阅读和写作，生活与想象，让我有了成为孙悟空的可能，有了无拘无束的思考，使精神能无限飞扬。

当然，也就有了关于作家、作品以及阅读的种种思考。

这又让我再次想起遥远的假肢姑娘。我至今还在想象那个有着骄阳的晌午，她独自一人去干什么？

阅读所带来的种种思考和联想，具有无穷的渗透力，可以蔓延到生活的每个角落。假如没有阅读和写作，我还能持久记住十六年前的那位一闪而过的假肢姑娘吗？

记住作家略萨，是因为他的胸怀；记住作家康拉德，是因为他的不可理喻。记住"胸怀"容易理解；而"不可理喻"，同样值得记住。

无论如何，"怀疑和联想"是阅读的基本纲领，也是面对生活的思考支点。我不能面对伟岸只一味赞颂，应该让我拥有怀疑，应该让我拥有联想，应该让我拥有思考，这样才能让阅读充满丰厚的意义。

就像我永远在思考，天津街道有那么多西方建筑，但街上人们永远都是中国思维;就像我永远都在琢磨,那个假肢姑娘现在怎样了? 还有在遥远的海森楚鲁,怎么就会突然想起康拉德的小说,想起"抵制轻易复原想象的生活"?

生活、阅读,怀疑、联想,思考、深入,这是多么充满意味的关联,而这一切全都来源于行走。

在这个朗朗的秋夜呀,我发现自己已经泪流满面。

漫长的走近

——阅读萨拉马戈《修道院纪事》心路历程

一

无论写作者还是阅读者,都有自己的阅读判断,都会在自己的心中拥有一把经典的标尺。必须承认的是,标尺树立的过程绝不是一蹴而就的,而是一个漫长的阅读总结,或者说是一场漫长的心路历程。

用很漫长的时间来阅读,来总结,值不值得?尤其是对一个写作者,肯定会有不同的看法。我记得很多年前,有一位作家曾经跟我讲,他不会把宝贵的时间用来"啃"那些所谓的经典,那会浪费太多的写作时间,他不会让别人的"马蹄"来践踏他的疆域。随后,这位作家继续说,阅读过量还会有一个不容忽视的问题,会影响自己的写作姿态,这就犹如马拉松长跑,必须自己跑,不要看别人,只要看了别人,就会影响自己,不能让他人的速率、频率影响自己的步伐、影响自己的节奏。

应该承认，这话讲得有道理，我曾经也非常认可这样的理论，但是后来很快又否定了这种说法，我觉得还是应该阅读的，因为阅读可以让我们的疆域更加辽阔，不怕践踏，内心更加坚强，只要自己的疆域足够夯实、坚硬，所有的践踏其实都是欢快的鼓点。

阅读可以让你的奔跑更加持久。

二

走近葡萄牙作家若泽·萨拉马戈和他的长篇小说《修道院纪事》，对我来讲就是一场不折不扣的"阅读马拉松"，现在回想起来，甚至还有一点儿戏剧性。

首先，要追溯十几年以前一个"偶发事件"。那年我接受了一个任务，要为获奖作家撰写颁奖词，这是一个高难度的"技术动作"。我在手足无措之时，忽然想到了"诺奖"颁奖词，于是开始找寻、借鉴。我在1981年的时候，曾经花费2.64元，买过浙江人民出版社出版的、上下两册的《诺贝尔文学奖金获奖作家作品选》，那时我的工资是11元，所以我记得特别清楚。写颁奖词的同时，我还翻找出了已蒙上灰尘的《修道院纪事》。

我很用心地写了，但因为我写的颁奖词过于"文学"，过于"欧化"，没有被有关方面完全采用，只保留了个别词句。但意外收获是,让我重新想起了这个葡萄牙人萨拉马戈,想起了不好读的《修道院纪事》。

其实1999年我就有了他的《修道院纪事》,当时实在看不下去,便将它束之高阁。那天,我把《修道院纪事》"请出"书柜,打扫干净书上的灰尘,重新端详它。时间的尘土,似乎并没有改变它的模样。它还是近在眼前、远隔千里。

就是那次机缘之后,我又开始阅读《修道院纪事》,坦诚地讲,依旧不怎么顺利,还是看不下去,于是痛苦之中,又无可奈何地再次放下了。至今只要说起萨拉马戈,内心总有一种亏欠感,总觉得对不起这位异国老人。

另外一件事,从2001年开始至今,我发疯一般地阅读经典作品,也包括当代作家的作品,为了更加牢记,写下许多读书笔记,为《文艺报》《人民日报》《中国作家》《文学自由谈》《大家》《作家》等报刊写过很多阅读笔记,在这期间,我再次想起了萨拉马戈,又重新读他的作品。并且在《文艺报》的读书笔记栏目中,写过萨拉马戈的《修道院纪事》。现在回想起来,《修道院纪事》我是前后三次、断续地去阅读的。

我之所以说起这些零零碎碎的事,只是想阐明一点,走近任何一位经典作家和经典作品,都会有某种意想不到的"铺垫"。我是这样的情况,别人可能又是那样的状况,不会一帆风顺,但有一点是相同的,阅读经典作品,就像我们看体操运动员跳鞍马一样,之前肯定会有一定距离的强力助跑。

三

我阅读的《修道院纪事》版本,是由著名翻译家范维信先生翻译的,海南出版社1999年出版的。范先生曾在中国国际广播电台供职,做的是译审工作。他还曾经是《中华人民共和国澳门特别行政区基本法》葡萄牙文本的定稿人,可以预见范先生的水平。在这里之所以特别强调翻译者,下面我会做详细的说明。

因为最初读不下去,再读的话,我就改变策略,先读翻译家的翻译心得,然后再去了解萨拉马戈的人生经历。十多年后回头再看这样的方法,我觉得很有帮助,这是走近经典作品一条非常有效的阅读通道。

现在我越发认为,了解译者的内心历程,对于理解经典作品非常重要,甚至不可或缺。因为我不懂外文,我是通过翻译家走近外国作家作品的,所以我要首先走近翻译家。范先生是翻译大家,他翻译的《修道院纪事》,获得过首届鲁迅文学奖翻译奖。

范先生翻译这部书之前,是与作家本人见过面的,他也去过故事发生地,也就是那个大名鼎鼎的马芙拉修道院,而这一切都是在萨拉马戈没有获奖之前。那时候,范先生去葡萄牙,有评论家问他,你想见哪个作家?对方随后脱口而出,你应该见一见萨拉马戈。后来,范先生果然见了萨拉马戈,那时候他距离获得"诺奖",还有好几年的时间。

范先生真正下决心翻译《修道院纪事》,颇有一些"逼上梁山"的方式。那年他在澳门的一次活动中,有记者提问,你下一步想要翻译哪个葡语作家的作品?范先生后来说他可能一时激动,竟然脱口而出,说要翻译《修道院纪事》,但当时他没有动笔,甚至还没有进行任何准备。可是面对那么多的新闻媒体,话已经说了,那就必须进行了。

因为《修道院纪事》是一块"硬骨头",里面大量的宗教典故还有历史事件,翻译起来非常艰难。通过了解翻译家的翻译感言,我也知道了我读不下去的原因。开句玩笑,我也算给自己挽回一点儿颜面,找到一点儿读不下去的所谓理由。

应该说,经过这么多年被《修道院纪事》"折磨",通过了解翻译家的翻译心路,再加上之前写颁奖词时的"启发",我忽然抓住了这样一个点,也就是阅读"把手"。我的心得是,阅读经典作品,一定要找到一个有效的支撑点,因为经典作品犹如高山,没有攀登的支撑点,肯定无法攀登。《修道院纪事》的阅读支撑点,就是给萨拉马戈的"诺奖"颁奖词:"他那为想象、同情和反讽所维系的寓言,持续不断地触动我们,使我们能再次体悟难以捉摸的现实。"

提到诺贝尔文学奖,存在两极分化的评价。有的捧上天,有的踩入地,过于偏激,我觉得还是要公正客观地看待"诺奖"。从1901年"诺奖"设立以来,尽管这个奖项有许多遗憾,比如托翁,比如卡夫卡,还有博尔赫斯、卡尔维诺以及易卜生等都没有获得过这个奖项,但从世界性影响来看,"诺奖"还是有着举足轻重的地位。虽说与日俱增的"布克奖"更具有文学性,更有良好的文学质地,但毕竟局限于英语创作,况且在世界范围内的民间影响力上也还是不如"诺奖"。

因为有了实实在在的"阅读路径",接下来再读《修道院纪事》,我感觉精神上不再漂浮,似乎有些脚踏实地了。我想,这是翻译家的功劳,是颁奖词的协助。

另外多与翻译家交谈,也是对阅读有帮助的。记得那年在北京开会,我忘记什么会了,恰好与翻译大家赵振江先生邻座,他是北京大学外国语学院学术委员会的主任。因为我写过墨西哥诗人帕斯言论集《批评的激情》的读书笔记,而帕斯的这本书就是赵先生翻译的,因为有了这样的"相识",所以我们聊了起来,而且聊得非常好。与翻译家聊天很受启发,比如我在读墨西哥作家胡安·鲁尔福的小说《佩德罗·巴拉莫》时,曾经对小说中出现的"佩德罗"和"堂佩德罗"搞不清楚,第一次阅读的时候,迷迷糊糊地以为是两个人,后来再读、再仔细对比,原来是一个人,那为什么称呼不一样呢？在与赵先生的聊天中，我才恍然大悟，原来加上一个"堂"字，是代表对人物的尊称。那天，在赵先生旁边，还坐着中国社会科学院外国文学研究所的俄语翻译家刘文飞先生，可我当时不知道刘先生大名，没有跟刘先生进行交流，现在当然知道了，刘先生也是翻译大家，他在俄罗斯得过奖，普京给他颁发过友谊奖章。

我的体会是，多与优秀的翻译家交谈、沟通，会对阅读外国文学有极大的帮助。

四

做了那么多的阅读准备，再次站在"修道院"的大门前。我记得那是一个忧伤的黄昏，我感觉已经叩响了"修道院的大门"，沉重的大门已经慢慢打开，我已经听到了"吱扭、吱扭"的声响。

如今仔细回想起来，这部书之所以能够静心去读，有几点重要的原因。在讲原因之前，首先要说清楚为什么读不下去。

之前读不下去，是因为这部小说节奏缓慢，句子很长，一个自然段有时长达几页，在叙述中对话不用引号，仅用逗号隔开，还大量使用分号。这一点我倒是不觉得什么。因为我写小说，节奏也缓慢，没有惊悚情节，喜欢平铺直叙，也是特别爱用逗号。所以讲，我对这样的叙述方式倒是有一种潜在的亲近感，也曾模仿这部小说中的大鸟情节，写过一个短篇小说，再后来，把这只能飞的大鸟移植到人物身上,还写过一个中篇小说。我一直在想,"飞"与"走"是有明显区别的,但真正的区别是在"内在"。因为人是"走"的,神是"飞"的,所以让人"飞起来"是非常好看的。但一定要有"载物",那个中篇小说让人飞起来的"载物"就是死去的老夫妻之间的真挚情感。"情感"是载物,也就是马尔克斯让人物飞起来的那个"床单",也就是《一千零一夜》里面的那个飞起来的"神毯"。

除了刚才说的读不下去的原因,其实造成艰涩阅读的根本原因,是没有找到阅读"把手",也就找不到"修道院的大门"在哪里。现在我已经找到了"把手",但找到了并不代表结束,还要把这个"把手"进行总结,也就是三个关键词:想象力、同情心、反讽,还有萨拉马戈的人生履历和人生态度,他的人生态度特别让我感动和敬佩。

在触摸这个"把手"之前,我们先看看他的"人生考勤簿"。

萨拉马戈1922年出生在葡萄牙南部里巴特茹地区阿济尼亚加镇的一个贫苦农民家庭。18岁成为锁匠。直到37岁才开始成为出版社编辑,工作了12年。1975年因为政见分歧,辞职失业。1976年写了一本旅游书《在葡萄牙旅行》,随后成为葡萄牙为数不多的职业作家。这本旅游书我没有看过,我想以后会找来看一看,看看这是一本怎样的书,竟让萨拉马戈走上职业作家之路。

除了锁匠、编辑,萨拉马戈还当过汽车修理工人、绘图员、社会保险部门职员。可以说，他是"彻头彻尾"的普通人，丝毫看不出来所谓"伟大"的样子，但我们细想，"伟大"就应该这样，并非高高在上，应该永远与大地、生活紧密相连。

萨拉马戈在成名之后，面对蜂拥而至的媒体，曾经真诚地说，我只是一个普通孩子，少年时代在公共图书馆里与文学相遇，从此走上了创作道路，写作于我而言，就如同做椅子。

他的人生态度，低调而谦逊。

萨拉马戈的"低调而谦逊"还有例证，他生前曾在不同场合讲过，卡夫卡、博尔赫斯、佩索阿才是二十世纪精神的代表作家，至于他本人"不值一讲"。他在1998年获得"诺奖"后，经常挂在嘴边上的一句话是，获奖对我来说只是一种可能。

说到这里，我特别想发一发内心的感慨。

我从心底尊敬有才华但又谦逊的大作家，除了萨拉马戈，还有秘鲁作家略萨。我去秘鲁访问，在利马天主教大学演讲的时候，面对秘鲁读者，我讲过，尽管我对于略萨的"对话衔接法"和"板块移动法"不敢恭维，太简单了，没有技术含量，但我非常尊敬他。秘鲁读者静等下文，因为他们似乎不觉得略萨伟大，他们认为马尔克斯才是伟大作家。他们要听一听略萨伟大的原因。我说，因为略萨具有谦虚的品质，略萨曾在不少公开场合大力推举年轻作家，比如阿根廷70年代作家萨曼塔·施维伯林，他说这位女作家是西语文学的希望。如此举荐、推举青年人，这是令人尊敬的品格。一个作家让人尊敬，除了作品，还有人格的魅力。秘鲁读者用掌声表达赞同我的观点。

了解作家人生经历、人生态度，然后手中再握有阅读"把手"，这应该算是走近经典作品的"外部原因"吧。当然，这一切都要从心里喜欢这个作家出发，这样才能达到身心合一。

五

阅读《修道院纪事》，除了拥有了"外部环境"，最需要的，应该是身心的宁静，要有充足的耐心，因为书中太多的宗教典故以及宗教典故式的幽默，按照我们惯常的阅读方式，肯定会阻碍阅读的顺畅。

举个简单的例子。

比如宗教裁判所的历史背景，比如以历史上真实存在的马芙拉修道院建筑过程为背景的书写，比如经常出现的诸如"七个太阳"的人物别称等……还有就是前面说过的，叙述上的平静沉闷，没有节奏上的起伏，所有的阅读惊异都来自阅读过程中的耐心捕捉。特别强调的是，也是刚才说过的，叙事中人物对话，除了没有冒号、没有引号、没有分行，还没有另起段落，语态也没有任何变化，都是平展的叙述。稍微有一点儿心浮气躁，就会走入"阅读岔径",精彩就会悄悄地滑过去,甚至再也找不到了。

还是那句话,阅读这本书,一定要充满耐心。那么有什么实用的好操作的好办法吗? 除了前面说到的那些,当然还有。

用最简洁的话语,写出故事大纲,这样心里就会有个比较清晰的脉络:《修道院纪事》是关于一位叫巴尔塔萨尔的残疾士兵和一位具有特异视力的姑娘布里蒙达之间的奇特的爱情故事,他们遭受的宗教社会扼杀人性的悲惨境遇;另一条线索,是一位国王为得子嗣还愿而大兴土木修建雄伟修道院的故事。

萨拉马戈自己也讲过,他的小说写了18世纪葡萄牙残酷的历史现状。有的评论家则认为,这部小说其实影射了20世纪80年代葡萄牙社会的种种弊端。所以没有将故事图景局限在修道院里,而是展现了修道院外广阔的社会人生。

只有心中清晰了,然后再按照刚才说的那三个关键词语,也就是所谓的阅读"把手"去分析、研究。就是那三个关键词语——想象力、同情心和反讽。

我们先说说"想象力"。想象力的明显特征就是"意外"。没有"意外"的想象力,那会是平庸的想象力。萨拉马戈的想象很是"意外"。例如,书中一位叫洛伦索的神父,要把大鸟(一种代替风力的机器)拉到海边时,神父忽然看见"机器在短短的几分钟之内便到了海边,似乎太阳在拉着它"。还比如,布里蒙达和巴尔塔萨尔在庄稼地里相爱,巴尔塔萨尔趴在布里蒙达的身上,幸福的布里蒙达看见天上所有飞过的东西,都是"心爱人巴尔塔萨尔的身影"。这样超凡的想象在书中有太多、太多,比如最后布里蒙达寻找失踪的巴尔塔萨尔,空间和时间都失去了意义,"衡量一切的尺度变成了下雨、烈日、下雹子、好走的路、难走的路、数以千计的脸、无数张脸……"等,不胜枚举。

其次,再说一说"同情心"。巴尔塔萨尔出场时,萨拉马戈是这样为男主人公设计的:从战场上下来的巴尔塔萨尔,是一个失掉了左手的可怜的士兵,他千里迢迢地来到了里斯本。战争结束了,双方交战国的国王同时顺利登基了,士兵们没有用了,尤其是残疾的士兵,更是无人过问,他们成了社会的遗弃物。巴尔塔萨尔只想拥有一份真挚的爱情,可是当他遇上心爱人布里蒙达的时候,却又是在那样一个残酷的场合(一百多个将要被执行鞭刑、绞刑和火刑"罪犯"的场地):布里蒙达的母亲被宗教裁判所判处火刑,布里蒙达远远地通过心灵来与母亲做最后的告别,此时巴尔塔萨尔站在了布里蒙达身边,或者说他爱上了这个同样可怜的姑娘。当他们并排离开行刑场地时,周围都是欢乐的人群,这对恋人和所有人一样"鞋跟上粘着黑色的人肉留下的黏黏的尘土和烟垢"。还有一段情节,也非常震撼,或者说是来自同情心的震撼。在写布里蒙达和巴尔塔萨尔结婚时,他们没有在教堂举行仪式,而是自己举行了仪式——新娘布里蒙达"用处女膜破裂的血,在昏黄的油灯下,在空中和他的身上画了十字",从而完成了圣事。当时宗教规定非常残酷,比如赎罪者首先要承受巨大的身体痛苦,男子要承受鞭子的抽打,鞭梢上挂着带玻璃碴的硬蜡球。书中还有许多令人心痛的情节,无不展示着作家的同情心。

最后就是"反讽"。《修道院纪事》开篇便是反讽。王宫里没有王子,但满大街上都是王室的私生子,甚至到了"成群结队"的地步。国王的女人为了生下王子,只能在国王下床后,一动不动地躺在床上,等待着体内的"生命结合",尽管如此小心还是不能生下王子,为何?随着叙事的进程我们知道,因为"道德顾忌",导致王后不能产生"生命结合"的液体。威严的宗教使得王室高高在上,拥有至高无上的权力;同样又因为威严的宗教,使得王室面临无法延续的尴尬。

书中还写道,里斯本到处都是小偷,小偷对上帝充满坚定不移的信仰,但夜幕降临就去抢劫教堂,而且心狠手辣。还有最先洞察布里蒙达和巴尔塔萨尔爱情的神父洛伦索,为了把他的机器(大鸟)做好,悄悄地找到巴尔塔萨尔,想要巴尔塔萨尔做他的助手,巴尔塔萨尔把残疾的手臂伸出来,洛伦索为了达到自己的目的,悄悄地说"上帝也是一个断臂者,也没有左手",随后又说,正是因为你的假手(铁钩子),才可以做这份工作,才能摸那些火红的铁块,肉手还做不来呢,我们需要这样没有手的人,越多越好。

《修道院纪事》整体所呈现出来的,是一种特别的寓言风格,但这种寓言不是凭空而得,而是在具体真实的生活中变幻而来的。萨拉马戈笔下的故事,肯定是有"故事原貌"的,比如书中的马芙拉修道院就是确实存在的。翻译家范维信在翻译本书前,也曾经到过这所修道院。

许多作家的虚构,其实核心是真实的,总会有现实的原形。有的作家甚至直接把历史事件拿来当作"故事发酵剂"。比如美国作家唐·德里罗的长篇小说《天秤星座》,就是由肯尼迪总统遇刺这件真实事件引发而出。当时德里罗去爱尔兰,在玩一个"刺杀肯尼迪"的游戏时,他忽然发现从那个临街仓库的窗户向大街上开枪,子弹不可能打到总统。尽管这个游戏场景是完全按照当时官方说法复原的,但真实情况是不可能完成刺杀的。所以德里罗在这个"真实事件"基础上,写出了一部具有"无限可能"的长篇小说。

六

梳理清楚作家写作风格产生的缘由,对于阅读者理解作品也有很大帮助。一个作家作品风格的产生,永远有着内因和外因。

先从作家自身找原因。看一看萨拉马戈的内因是什么。

首先作家得有想象力,这是一个作家必须具备的本领,美国最傲慢的作家杜鲁门·卡波特，也就是那个写出了《蒂凡尼的早餐》和《冷血》的作家，他在谈到想象力时说过，"应该是具有关于透视、影调的诸般法则，应该像绘画和音乐一样"。萨拉马戈丰富的人生经历，也让他具备了丰厚想象力的基础。一个没有丰富生活经历的人，一个整日躲在屋子里的人，可能很难拥有丰厚的想象力。作家必须拥有直面现实的能力，即使书写历史题材，也永远不会躲过"现实的观照"，不会完全脱离作家生活的现实根基。

另外，萨拉马戈为什么有令人感动的同情心？

我们继续翻看他的人生履历，你会发现那是来自家庭的影响。他自己曾经深情地讲过，他的祖父生病，自知生命时间不会太长，去医院之前，与门前、门后所有的树都要进行告别。这感人的场景让幼小的萨拉马戈印象深刻，到了老年还会经常回忆起来，不断向别人讲述祖父当年的柔软。所以我们看萨拉马戈的作品时，你会非常容易地发现，在他那坚硬的叙事姿态下，语言的缝隙中有柔情的东西在里面。

萨拉马戈在世的时候曾经说，假如他死了，希望有这样的墓志铭："这里安睡着一个愤怒的人。"他对此进一步解释说，尽管他本人得到了幸福，但不能忘记其他人的痛苦，尤其是贫穷和剥削造成的痛苦。同时他也有悲观的情绪在里面，他讲有些事情应该改变，但改变事情的进程困难重重。

还有就是为什么他的小说呈现反讽风格？我想这与他的同情心也有密切联系。既然深切同情下层人民，肯定有对不公正社会的反抗。那么，如何去表现"反讽"，当然需要技巧。

反讽，并不仅是语言的喧哗，也不仅是修辞的锐利，是隐藏在文本之中，隐藏在小说情境中，隐藏在人物精神上，隐藏在不动声色的叙述背后，甚至隐藏在结构之中。

七

再从作家的外部世界去找原因。

我们在前面提到的，萨拉马戈所尊敬的三位作家对他的创作有影响，能够从他的作品中看出三位作家的影子。

先说卡夫卡。别具一格、不可捉摸的思想，蕴含在简单平淡的语言和多层交织的艺术结构之中。在卡夫卡的艺术世界，从来没有传统认知上的和谐，他的美学模式也是悖谬的。阅读卡夫卡的小说，永远让人无所适从，"荒诞不经"四个字，永远在他小说上方飞舞。他小说里的世界永远是非理性的世界。按照卡夫卡的风格，我们再回过头来看萨拉马戈的《修道院纪事》，千真万确，真的能够看到卡夫卡的影子。所以说，萨拉马戈是一个讲真话的人，他没有说谎。

再说博尔赫斯。博尔赫斯是幻想美学大师。而萨拉马戈对于真实马芙拉修道院的"文学幻想"也是令人赞叹的。关于博尔赫斯，我就不多说了，他的那句名言"天堂应该是图书馆的模样"，曾经被无数热爱读书的人所提及，大家耳熟能详。

最后一位，就是费尔南多·佩索阿了，他是与萨拉马戈同属一个国家的大诗人。佩索阿以"创造"性格闻名葡语文坛以及世界诗坛，他的世界观受到东方及理性主义哲学思想影响，尤其是中国老子、庄子的影响，他的思想中有玄奥和禅学的成分，也是一位内心矛盾的诗人。

在这里不妨说几句佩索阿，也有翻译成佩索亚的。相比卡夫卡和博尔赫斯，佩索阿要陌生一点儿。佩索阿的童年在南非度过，接受英语教育，后来回到里斯本读文学，两年后辍学成为一个自由撰稿人，从事翻译并且写英文、法文通讯稿。通过仔细比较萨拉马戈与佩索阿的经历，我们能够看出他们具有极为相仿的地方。也就是在成名之前，全都有着平凡的日子。坦诚地讲，在此之前，我没有读过佩索阿的诗歌作品，买了两本佩索阿的诗集，我想大概不会比阅读《修道院纪事》轻松吧。但也可以借助萨拉马戈，再反过来思索佩索阿，也会有相同的帮助。找到两个相同风格、互有关联的作家，在比较中阅读，也会带来有益的启发。这也是我在阅读萨拉马戈作品进程中的"意外收获"吧。

阅读萨拉马戈作品，还需要"联想的力量"。除了联想他所尊敬的三位作家,从全局上去认识,也还要从局部去认识,去联想。譬如,关于巴尔塔萨尔的别称"七个太阳"的缘由,萨拉马戈并没有任何交代,从人物出场就是这样命名,始终不给解释,由你自己去解读——莫非给予洛伦索神父那只大鸟力量的"太阳"和巴尔塔萨尔的别称有关联?因为神父洛伦索的大鸟,尽管他有着国王神圣的命令,可以做各种试验,最后给予他力量的,并不是国王,还是"太阳"。当然,也有可能受到中国文化影响,因为中国神话传说的"后羿射日",不过那里面是九个太阳,这个人物是"七个太阳"。当然这只是猜测,不敢贸然确定。

最后,还有一个原因,当然只是不准确的猜测,萨拉马戈也有可能受到福克纳的影响。

从年龄上分析,福克纳(1897—1962)在前,萨拉马戈在后,有着时间上的可能性。另外还有,福克纳获得1949年的诺贝尔文学奖,萨拉马戈是1998年;福克纳作品"既有现实主义具象的逼真性,也不缺乏现代主义想象力、穿透力与悲观主义"。这样的评判放在萨拉马戈作品特别是《修道院纪事》上,似乎也能说得过去。

另外,福克纳作品也与宗教、历史、名人密切相关,譬如《押沙龙,押沙龙!》的书名,出自《圣经·旧约》中的以色列国王大卫的儿子。《喧哗与骚动》出自《麦克白》中的台词"人生如痴人说梦,充满着喧哗与骚动,却没有任何意义"。仅从书名就可以看出,福克纳作品喜欢用历史与经典做精神的"托举物",萨拉马戈也是这样,甚至萨拉马戈所崇拜的佩索阿也是这样,在他们之间能够非常顺利地找到一条内在的精神联系。

但为什么萨拉马戈说到他所佩服的人时,没有说到福克纳呢?我想莫非是因为二人获奖时心态不同的缘故?福克纳获得诺贝尔文学奖时有些过于激动,据说他坐在椅子上,由于精神紧张,竟然忘了站起来,瑞典国王走到他身边去颁奖,而按照颁奖仪式,获奖者是要走上前去的。还有在致答谢词时,福克纳声音很小,在场的人几乎听不到,据讲也是由于紧张。由于我们没有听过福克纳的说话,所以只能这样猜测。

而萨拉马戈对于获奖则是表现得无所谓。当然这样的猜测只是个人的猜测,阅读时的一种自我联想,没有任何依据。在这里丝毫没有贬低福克纳的意思,我非常喜欢他,喜欢他的作品,这样的联想,只是一种对事情的陈述。

八

萨拉马戈2010年以88岁高龄去世,葡萄牙政府不仅为他举行了葬礼,还确定了为期两天的全国哀悼日,称其为"伟人",和"葡萄牙民族文化的代表之一"。这是非常高的评价。

他的1982年出版的《修道院纪事》,据讲仅葡萄牙语就已经出版了二十多个版本,并且还被翻译成多种语言在世界上四十多个国家出版。比如中文版的《死亡间歇》《洞穴》和《石筏》。萨拉马戈一生创作了数十部小说还有其他文学作品,已经被翻译成三十多种语言,总销量超过三百五十万册。

萨拉马戈是一位谦逊、平和、温善的人,还是一位善于学习别人经验的人。他另一部影响巨大的长篇小说《失明症漫记》,就是学习了"卡夫卡式"的笔调,这部作品与《修道院纪事》一样齐名。"失明症"和"复明症"两本长篇,我都有,就像早先阅读"修道院"一样,还是看不进去,大概也还会需要一个漫长的时间吧。这样的自我期待,也是非常诱人的。

有意思的是,萨拉马戈还把作家分成两种,一种是供读者消遣的作家,还有一种是具有思想的作家。萨拉马戈应该是后一种作家,因为他是一位具有"重塑历史"壮志的作家。

我想,在致敬萨拉马戈的同时,还要有对阅读者更高的要求,要明白为什么阅读经典?我想对于一个阅读者来说,就是加深阅读品质;而对于写作者来说,除了学习、借鉴,最重要的还是为了尽快建立自己的思想体系、文本意识,找到清晰的写作方向。

阅读、学习经典作家的经典作品,应该避免"邯郸学步"。我特别赞同余华的观点。余华在日本宣传《兄弟》时接受日本记者采访,余华说他初期学习写作时,曾经认真阅读、模仿川端康成,日本记者不相信,认为川端康成小说优美,而余华的《兄弟》有些粗俗。余华回答,一个作家对另一个作家的影响,就好比阳光对树木产生影响一样。重要的是,树木受到阳光照射后,是以树木的方式在成长,而不是以阳光的方式成长。

阅读经典作品的意义——最终要以自己的方式成长,用自己的大脑来思考这个世界,这才是阅读的终极意义。

在魔幻与现实之间

上篇
去马里奥·巴尔加斯·略萨的故乡

一

前往作家的故乡,对写作者来讲,是一件有趣而严肃的礼仪。

记得那一年去俄罗斯的图拉庄园,在托尔斯泰的房间久坐,从那窄小、笨拙的木质窗口眺望外面飘着白雪、寂静无人的庄园,回国后再读《复活》,我至今还记得十年前那个兴奋的黄昏,还能回忆起来彼时心脏剧烈跳动的欢愉。对托翁作品的深入理解还有人生的无限感慨,是无法用言语形容的,只能悠长地自我回味。

那么,遥远的南美大陆呢?

作为写作者,任何一次前往陌生国度,都会想到那个国家的作家。我第一个想到的、相信也是很多人想到的,就是那位出生在秘鲁,同时拥有秘鲁和西班牙双重国籍并且拥有诺贝尔文学奖光环的略萨。

我开始集中阅读略萨的小说,应该说比较迟了,是在中国作家冷淡他之后的很多年。之前他的三本书《绿房子》《潘达雷昂上尉与劳军女郎》和《胡利娅姨妈与作家》在我的书柜里"住宿"了极为漫长的时光,我却始终没有亲热地抚摸它们。我相信书上的那些尘埃,因为与文字相近太久,已经有了生命的迹象,成为与文字一起飞翔的精灵。它们一定会恶狠狠地诅咒我,似乎还会动用来自拉美大陆的魔幻手段报复我。那时我还不知道,后来报复真的成为可怕的现实。

在前往秘鲁之前的那段时间里,我充满特别的猜测。南美大陆回来之后的再次阅读,能否再次重现俄罗斯回来之后阅读《复活》时的激动。我不想难为自己,这是一件多么艰难的事。内心始终无法排解孤独和抑郁的我,真的不敢肯定届时的心理状态。我向往激动但又害怕激动,担心激动之后又会是更加幽深的孤独。

但,一定会有不同的感受。前往故事发生地前后的阅读,肯定会有不同的心态,这是毋庸置疑的。

马里奥·巴尔加斯·略萨曾说:"小说家只有从个人经历出发,才能创作出故事来。"

个人经历?那么略萨拥有怎样的个人经历?

因为多种原因,此次不可能前往略萨曾经生活过的、四周都是荒漠的地方——皮乌拉。

皮乌拉是略萨的"文学出生地"。略萨十岁那年，也就是1946年，他们全家从玻利维亚回到秘鲁，在皮乌拉住过一段时间。那时候周边的曼加切利亚区、加依纳塞腊区的道路泥泞、漫天尘埃，还有皮乌拉第一座妓院"绿房子"，都给童年略萨留下了难以磨灭的深刻印象。这一次不能前往皮乌拉，我只能从略萨写作《绿房子》时曾经口述的历史情境之中去遥想，"皮乌拉是由一个落后的小城，发展成为一个现代化的城市，而森林地区仍处在原始状态，仍然是国内外冒险家活动的舞台"。

前往利马，其实已经与略萨和他曾经生活、描述的皮乌拉很近了。我相信能够嗅到小说《绿房子》里面的真实气息，能够找到通往略萨内心的一条窄小、短促的路径。果真如此的话，我心满意足。

飞行、转机……二十多个小时航程带来的身体疲惫，却在即将到达秘鲁的那一刻全部消散。能够前往略萨生活的地方，前往曾经在20世纪80年代给予中国小说家异常震惊的魔幻现实主义的大本营——南美大陆，我有着无可抑制的兴奋。拉美作家集体呈现的魔幻现实主义，与他们生活的氛围有着怎样的内在联系？胡安·鲁尔福之所以能够写出《佩德罗·巴拉莫》，就是因为他生活的墨西哥有着生者与逝者共同生活在同一个村庄的历史积习。

那么，略萨呢？

应该也是，在《绿房子》里，我看到过这样阴阳相隔之后的亲昵——"就在星期六当天，几个邻居把尸体抬了回来，送到洗衣妇家中。加依纳塞腊区许多男男女女聚集在胡安娜·保拉家的后院参加守灵。胡安娜整整哭了一夜，不断地亲吻着死者的手脚和眼睛……"

想着书中的场景，已经到了利马。

下飞机时，掀起裤脚，发现脚踝处已经有些微肿。但这又有什么？一个陌生的但是拥有略萨的国度，对我有着深刻的吸引力。

二

很多年以前，一位"狡猾、机智"的老者告诉我，要想让你的朋友或喜欢，或厌烦，或憎恶……你所居住的城市，有一个最为便捷的办法，从火车站或是机场出来，带领他走一条由你来决定对方情绪的道路。一个外地人或是外国人，对一座城市的印象，是从下飞机那一刻开始的。从机场到下榻酒店的那段路程，决定了来者的某种情绪，那种情绪或多或少决定了来者对一座陌生城市的最初印象。

司机是一位身材壮硕的中年男子，有着秘鲁男子通常的肤色。显然他是一个诚实的人。因为躲避交通拥堵，他选择了一条不常走的小路。那条小路，显示了秘鲁日常生活中极为黯淡、真实的一面。道路两旁，远远地能够看见成堆的垃圾。那条名叫"利马特"的河流，两岸没有任何景观设施，都是原始的高低不平的土坡。那个样子，让我飞快地想到了家乡天津1900年的海河堤岸。

汽车开得很快，有些左右摇晃。

经过一条更加狭窄的街道，道路两旁按照我们的理解，是没有完工的房屋。房屋外墙裸露着参差不齐的砖块，没有水泥涂抹，也没有油漆粉刷。要是没有门窗的话，一定以为是危房或是没有完工的房屋。两旁房屋的设计，有些自由散漫，有的是一层，有的是两层，有的是三层，高低错落，破破烂烂。但确有人住。车上一位华人告诉我，利马穷人居住的房屋，都是一边盖、一边住，有钱时就盖一点儿，没钱时就停工。有的人家一辈子都居住在没有完工的房子里。当地富人即使有空闲房子也很少出租，因为一般情况下，出租后的房租很难拿到。尤其是中国人出租那就更麻烦了，世界上所有人都知道中国人有钱，房钱要想准时拿到更是遥遥无期。

坐在飞驰的汽车中，恍惚中的我，又想到了略萨描述的皮乌拉。

如今从皮乌拉坐飞机到利马，只有七十分钟，往返机票大约是八十美金。皮乌拉人现在会是怎样的生活状态？反正略萨在《绿房子》里是这样描绘皮乌拉和那里的人，"警长扫了帕特罗西纽一眼，肉蝇还停在她的额上。汽艇在混浊的河水上颠簸不已，两岸墙一般的树木散发出黏糊糊炙人的蒸气"。看着汽车外面的简陋房屋、小商店墙上龙飞凤舞的涂鸦，我似乎对略萨在小说里描写的"肉蝇""混浊"和"黏糊糊"，有了某种合情合理的解释。

汽车终于驶离贫民区，路面变得开阔，再一转，拐到了海边，感觉像是到了另外一个世界，就像秘鲁泾渭分明的地形特点：沿海地区、高山地区和森林地区。

视野越发阔大。

但是海边的许多地方都有围栏。秘鲁人生性随意，一件简单的事可以干上几年甚至更长时间，这片海边想要填海造地，把路面拓宽，几年了，始终不见工程有大的进展，围栏就那么围着。路面如此拥堵，汽车却没有喇叭声，人们也不抱怨，只是安静地等候。

趁着汽车停歇，环顾四周，海边有许多新建的海景房，但都是空房状态，说是房价太高，没人买得起。秘鲁的房价不按平方米算，按套算。趁着堵车的短暂时间，我看了看广告牌上的房价介绍，迅速在索尔、美元、人民币之间快速折算，最后再折算成平方米价格，令人惊讶，房价大概不及北京平均价格的十分之一。

利马不仅房价低，吃饭价格也不高。尤其是中餐馆，好吃不贵。下车后吃的第一顿饭就是中餐。西红柿、黄瓜、空心菜、大白菜。尽管做法已经改良，逐渐适应当地人口味，但国内刚来的人吃也能接受。最有意思的就是当地有名的玛卡粥，说是用老母鸡熬制,待端上来一看,其实就是鸡爪汤。秘鲁人不吃鸡爪,所以拿鸡爪煮汤,一定非常便宜。如此算是玛卡粥,也算是中餐馆对秘鲁名吃的另外解读。

利马的米拉佛罗尔地区,远离闹市,环境优雅,治安非常好。到一个城市,了解市井情况,是走近这座城市的最佳途径。尤其是在夜晚的大街,街道上行人很多,秘鲁人喜欢夜生活,或者说喜欢把时间向后推移。一般情况下,到了晚上八九点钟,吃饭的人才陆续走进饭店。而我散步的时间,也正好是晚上八点多钟,正是当地人出来活动的时间。

利马是世界上最为少雨的城市。站在一座木桥上,看下面的汽车道,怎么看都像是一条干涸的河道。因为没有雨水,河道改成了汽车快速道。那会儿心中颇为疑惑,看着街道两旁葱绿的树木,没有雨,树木怎么活?

离开热闹的街道,拐进一条悠长的小巷。

安静、闲适,小小的庭院,柔和的灯光。最有趣味的是街边的酒吧。屋子很小,但透过树木的间隙,大致能够看清屋内热烈的氛围。因为没有秘鲁货币索尔,所以只能"望屋兴叹",要是早换了索尔,应该进去喝一杯。酒吧、酒馆,也是了解民情之地。略萨当年是不是也会经常到这样的小酒吧坐一坐、喝一杯呢?

继续向前走,好像到了某个剧场。剧场看上去不大,都是年轻人进入,他们青春朝气的神情与夜色阑珊的街景,构成了独特的异域风情。这样的风情,总要比当年的"绿房子"好,利马的赌场、夜总会也很多,有的是华人开的。利马有二百多万华人、华侨,他们涉足的领域很广。但是幽情的、开放的酒吧、酒馆,更能比直接的"绿房子"带来更多的人生思考。

在南美大陆的第一个夜晚,像在国内一样,我依旧失眠。不断地想起略萨,还有他的作品。似乎只有这样的联想。还能想什么?遥远的南美大陆,这个可能一辈子不会再来的国家,我在这个幽静的夜晚,能够联想到的人,似乎只有略萨了,能够联想到的作品,似乎只有略萨的作品了。

《绿房子》是我看得最仔细的小说,尤其是略萨的"结构法"和"话题衔接法"。所谓的结构法,极像我们当下建筑中常见的"板块建筑",事先把整体建筑分为几大块,提前在厂房建好,然后拿到现场进行组装。略萨的创作也是这样,比如《绿房子》吧,由四个互有联系的故事和一个尾声组成,略萨把这五个部分加以分割,然后打破时空次序,把这些分散的但却是齐整的情节巧妙地安排到各个场景中去。如何安排呢,那就是"话题衔接法"了,通过对话,通过对话中的时间和地点变化,达到时空转换的目的。读者在阅读中,始终需要破译作者安排编码的"任务",需要不断地梳理、思考。坦诚地讲,这样的阅读,也就等于读者参与到作家的创作中去。

在利马的黑夜中，略萨和他的《绿房子》坚定不移地折磨着我，我站在房间的窗前，望着寂静的街道。望着那个无人的公交车站，还有公交车站后面那条曾经的河道、如今的汽车快速通道。在利马这座城市，没有地铁、没有高铁，除了公交车，只有一条贯穿南北的轻轨，其他交通方式没有了。但是他们可以通过奇异的感觉，通过文学的方式传递自己的情感。那么除了略萨，还有哪位作家、诗人能够起到这样的魔幻作用？

寂静的夜，一百多年极少下雨，大地是需要雨露滋润的，那么利马的大地如何滋润？还有利马特之水又是从何而来？非常有意思的是，流经长度六千多千米的亚马孙河，它的发源地就是秘鲁，可是……利马却是一座不怎么下雨的城市。

南美大陆，是一个诞生神奇的大陆。

三

平日我就起得很早，加上时差的缘故，到达利马的第一夜，虽然仅睡了两个小时，还是早早起来了。其实，我想早睡也不成，夜晚隔壁来了客人。这是两个相邻的房间，原本是一个套间，人为被分割成了两间，中间有一扇锁死的木门。木门太薄了，另一间屋里的动静，我在屋里清晰可闻。虽然没有看见那两个夜半而来的女子，但她们肯定有着肥硕的身材，她们说话声音很大，犹如两只要生蛋的母鸡。还好的是，只是半个小时的吵闹，忽然安静下来，再也没有了一丝声音，大概终于想到不能打扰别人了。但是此刻，天已经亮了。

每到一个地方，我喜欢独自一人到街上走一走，就像土耳其作家奥尔罕·帕慕克曾经说过，"作家应该知道大街上发生的事"。

出了宾馆，这才发现地上湿漉漉的，好像有细雨从前方吹拂而来。不是一百多年都没有下雨了吗？雨从何来？

我顺着晨风吹来的方向前行。

地上异常干净，没有一点儿纸屑。利马人早上锻炼的健身房——阔大的玻璃房子就在路边上。所有街上行走的人，都能看见玻璃房子里锻炼身体的人。上班的人，在公交车站等汽车，秩序井然地上车，没有拥挤，脸上也没有焦灼神情，似乎不是去上班，而是去喝咖啡。还有早上遛狗的人，他们一般牵着四五只狗，狗的模样非常奇特，长相怪异，体型较大，看上去异常凶猛，但一律带着狗绳，没有一只狗是随意跑动的状态。网球场地上有打网球的青年人。路口还有类似中国协警模样的人，拿着小旗子，脸色平静地指挥交通，他们似乎就住在附近，许多步行的人看见他们，主动地打着招呼，带着平等尊敬的神情。路上的汽车开得很快，但是遵守交通规则，绝对礼让行人。秘鲁大部分国民信奉天主教，也有少部分人信奉基督教。犹如秘鲁的语言，除了官方语言西班牙语，还有八十二种地方土语，其中使用较广的只有一种，是阿依子拉语（音译），语言的多样也使得秘鲁呈现出多元文化的形态。

向前走，看见了辽阔的海。显然，所谓的雨，其实是夹带着海水的海风，如此一来，也就等于下雨了。由此滋润秘鲁大地、树木，还有利马这座奇特的、极少下雨的海滨城市。

海边有许多雕像，有大片的绿地，因为不懂西班牙语，不知道那些雕像为何许人也。转天再来此地，恰遇一位华人，聊天才知道，这个能够仰望太平洋的海边公园叫爱情公园，恍然大悟之际，也才明白海边为什么会有那么多"肆无忌惮"拥抱、接吻的男女青年，原来这是爱情之家！

太阳出来了。

据当地人讲，利马人很久没有看见太阳了，常常是阴天。显然，初来乍到的我们，极为奢侈地充分享受到了利马的阳光。尤其是在爱情公园里，人的思绪变得漫无边际，没有"前言"，也没有"后记"的思绪，突然飞来，倏然而去，感觉身体在漂浮。

比如我想到了"秘鲁"最初的含义？据当地人讲，有三种说法。有的说，是一位巴拿马酋长的名字；还有的说，是盛粮食的大筐；最后一种说法，是一条河流"比鲁河"的谐音。不管怎样，通过利马，通过利马人自信悠闲的神情，我感觉到秘鲁这个南美国家缓慢生活的惬意。

四

拉美文学曾经激荡中国20世纪80年代的作家创作,其扩展的涟漪,至今仍然能够在年轻一代作家,特别是"70后"作家的作品中显露出来,尤其是在叙述和作品结构两个方面,留有非常明显的痕迹。

墨西哥的胡安·鲁尔福,还有鼎鼎大名的诗人帕斯,秘鲁的略萨以及危地马拉的奥古斯托·蒙特罗索等,更不要说人尽皆知的马尔克斯了。这些拉美作家的作品,我基本上都读过了,也曾写下大量的阅读笔记。这也是我来到南美大陆感到欣喜的原因。

早上,在利马老城的市政广场,漫无边际地走着。

这是一个保护完好的广场,也叫圣马丁广场,这座广场是当年西班牙征服者佛朗西斯科·皮萨罗主持修建的,经过近二百年的历史沧桑,广场上的建筑依旧完好无损。特别是两幢西班牙风格的黄色建筑,更是引起我极大的注意。一座属于圣马丁,另一座属于西蒙·玻利瓦尔。这两座建筑样式一样,好像双胞胎。

记得还在中学时代,在历史课上我就知道了这两座建筑的主人,特别是玻利瓦尔,更是记忆深刻。南美历史上,圣马丁和玻利瓦尔是两个大名鼎鼎的英雄,但是他们观念不一样。圣马丁想要建立众多的南美国家,但是玻利瓦尔想要建立由众多国家组成的一个庞大的南美国家。尽管他们观念不一样,但并不妨碍他们并肩作战,共同抗击侵略者。最有意思的是,他们一生都在争吵,但是没有分道扬镳,一个走到哪里,另一个就会跟到哪里,最后就连住宿的房子也要建成一模一样。

站在人流匆匆的市政广场上,看着几只悠闲的鸽子飞来飞去,思绪已经从遥远的圣马丁和玻利瓦尔那里飞回来。

继续前行。

道路不宽,却非常通畅,随便抬头看一眼,就会看见遥远的安第斯山脉。安第斯山脉非常厚重,是一座长度与宽度很难逾越的山脉。天空晴朗,万里无云。能够看见不远的山上有低矮的房屋,那是穷人居住的地方。据讲到了秘鲁总统大选的时候,候选人为了拉选票,总会给山上居住的穷人一些许诺,比如电源、干净的水源,所以山上的穷人也是期盼总统大选的,那样的话他们可能就会收到一些比较实惠的生活保障。

五

到秘鲁之前,我只是知道略萨,对其他作家一派茫然。此行的另一收获,让我知道了另一位优秀诗人塞萨尔·巴略霍。那时候我还不知道,巴略霍将会在回程飞机上伴随我十几个小时。他的诗句似乎都是警句。比如"如果有什么波折在傍晚降临并瑟瑟有声,那就是两条白色的古道,弯弯曲曲,我的心正沿着它们走去"。

新的一天，在巴略霍的诗句中开始前行。早上，路过海岸边，看了"地画"。虽是人工造景，也能想象几百里之外响彻世界的"秘鲁地画"的真正样子。所谓的"地画"，从天空俯瞰有着各种形状，完全是大自然的造化。

在海岸的对面，是一座正在销售的高层商品房，价格不贵，大约一平方米两千美金。这样的"海景房"在中国海南，价格肯定会翻番。我一边在海边走，一边想象略萨小说中的情景，似乎找不到相互吻合的痕迹了，毕竟远离"绿房子"很久、很久了。

就要离开利马，却忽然想到我生活的城市天津，不知为何会有这样的联想，也不知为何会在心中酝酿出一篇小文章——

"秘鲁对于我来说，是一个陌生的国度，这种陌生相对于地理位置；但又是一个熟悉的国家，这种熟悉则来源于文学，来源于马里奥·巴尔加斯·略萨。我不想再谈他的《绿房子》了，不想谈他的结构现实主义创作，也不想再谈他'话题衔接法'的创作。而是想起他曾经说过的一句话——萨曼塔·施维伯林是西语文学的希望。施维伯林是谁？是一位阿根廷女作家，出生于1978年。我看过施维伯林的小说，有着深刻的含义。一个具有世界影响的作家关注另一个国度的年轻作家，这让我无比感动，也让我看到了作家应该具备的品质——胸怀的宽广、精神的辽阔。这也再一次说明，文学没有国界。我特别想在秘鲁瞭望我的出生地天津。

"天津是一座靠海的城市,有1300多万人口。从1860年到1945年,将近百年时间里曾经是半殖民地,被九个国家瓜分,至今还有各种风格的建筑。但是我没有在那些巴洛克式、哥特式建筑里生活过。在过去很长的时间里,我居住在中国式民居里,却走在异国建筑风格的街道上。这样的生活经历,让我从儿童时代就对这个世界有太多的好奇,有想要探究的心理。那时候,我想变成中国名著《西游记》里的孙悟空,变成一个无所不能的人,去体验、书写各种生活。文学创作,让我有了成为孙悟空的可能。

"我始终认为,所有的创作技巧,都是为思想服务的,都要直抵人的精神、人的内心。所以讲,无论哪个国家的作家作品,能够让我感到动心的,并不是写作方式,而是对历史、对现实的强劲介入。对现实中虚伪的揭露与鞭挞,对人类美好的向往与赞颂。

"我始终在朝着这样的写作方向努力。让自己的作品,具有温暖的质地,同时还有清醒的认识。"

心中想着我的这篇腹稿,就要离开利马了。

但是,小插曲依旧发生。在利马机场被告知,原本9点钟的航班,现在改为8点钟,也就是说能够提前登上另一趟航班。从来没有见过这样随意的改签,一般都是延后,而不会提前,况且在没有任何提前通知的情况下,临时将航班改签,这样的情况从来没有听说过。假如没有提前来到机场呢? 又将面临怎样的窘境?

终于登上飞机。坐定后，我才想起南美大陆的确是一个魔幻与现实交融的国家，什么事情都有可能迅疾发生，而所有事的发生都不奇怪，假如不这样那才叫奇怪呢。

在从北京前往秘鲁的航班上，基本上以秘鲁人为主。但从利马到圣地亚哥，则是白人或是混血儿居多。莫非这与当年西班牙殖民者侵占智利有着密切的关系？是有关系，西班牙后裔很多，在智利生活的德国人也很多。当然也有华人，有三万多人，主要生活在圣地亚哥。

起飞了，时间不长，大概四个小时就能到达。这一刻，我想起聂鲁达，想起罗贝托·波拉尼奥。

阅读与行走，又将产生一次撞击。

就要前往智利，就要来到聂鲁达和波拉尼奥的故乡，对他们作品的认识，当来到故事发生地的时候，又会有着怎样的新的视角，以及新的感受？

下篇

聂鲁达,当然还有罗贝托·波拉尼奥

一

来到一个陌生的国度,就像书写一篇阅读笔记,不应只以自己的感觉或瞬间情绪来书写某种当下经验,而应该更多地去了解这个国家的过去,包括政治、经济、文化等。

智利与中国始终保持着正常关系,即使1974年皮诺切特上台,西方完全切断与智利所有经贸、文化交往甚至彻底断交的时候,中国始终与智利进行着正常的经贸往来。正是由于当年中国的出手相助,使得智利很长一段时期的经济水平在整个南美地区也是比较高的,人民的日常生活并没有颓败。在当下,智利与中国的贸易额在整个拉美地区是排在前列的。所以智利人对中国、中国人非常友好,他们非常感谢中国在智利困难时期对他们伸出援手,这种友好在后来的某件事上我有切身的体验。

圣地亚哥空气清新,蓝天白云,但始终让人有一种慵懒的感觉。街道上车辆不多,即使不是高速路,路面也很清静,总是让人感觉来到一个休闲度假的地方。智利铜矿世界驰名,许多中国矿山公司都在智利开发经营。智利的葡萄酒也非常有名,在这里十元人民币就可以买到一千克葡萄酒,而且还是很不错的酒,我喝过智利的葡萄酒,味道适宜,价格公道。智利还有值得称道的,是牛奶和乳制品,品质非常好。

车窗外是连绵的山峰,那是大名鼎鼎的安第斯山脉,山的那一边就是阿根廷。智利是一个具有天然屏障的国家,除了绵长、厚重、海拔六千多米的安第斯山脉,还有浩瀚的一望无际的太平洋。所以除了与相邻的秘鲁在历史上有些不愉快,从整体上看,智利是安全的国家,就连殃及人类最为严重的二战,智利也没有闻到一点儿炮火的气味。智利的大城市是首都圣地亚哥,近七百万人口,还有几座小城市,没有任何名气,剩下的地方就是广袤的乡村了。智利还有另一个显著特点,越往东走,生活越富裕。从整体上来看,智利社会贫富差距小,社会治安也好,算是生活比较安逸的国家。

二

在智利的现当代作家中,除了家喻户晓的聂鲁达,我读得作品最多的作家就是罗贝托·波拉尼奥了。很多年前我就看过他的《2666》,以及不是很有名气的《美洲纳粹文学》。最有意思的是,波拉尼奥在《美洲纳粹文学》开篇引用了一句话:如果河水流速缓慢,又有好自行车或者马匹,那倒是可以在同一条河里洗澡两次(根据每人卫生需要,甚至洗上三次)。这句话来自危地马拉作家奥古斯托·蒙特罗索。

蒙特罗索是我非常喜欢的一位作家,那年去香港,在一家大型书店里,我买的唯一的书就是蒙特罗索的小说。他是一位在中国读者中被遮蔽的南美作家。其实,他的预言体小说《黑羊》影响了许多南美作家,甚至马尔克斯都对他异常尊崇。特别是蒙特罗索的一句话小说"他醒来时,恐龙依旧在那里"早就被誉为经典小说。但我始终不明白的是,波拉尼奥为什么要把蒙特罗索的这句话"端端正正"地放在书的扉页上呢?这里面有什么特别的奥妙?

车窗外面是广阔的土地,没有高大建筑物阻挡视线。天际线在极为遥远之处,总是感觉空旷、辽远。

也就是在这样的国度,波拉尼奥才能拥有"荒原情结",才能拥有辽阔的心境。他不仅在长篇小说《荒野侦探》的书名中直接体现,而在他的名篇《2666》中,也有关于"荒原"和"辽阔"的诸多描写。

譬如在"第一部分·文学评论家"中,就有关于"荒原"的直接描写,"他(莫里尼)想象着女记者乘大巴长途旅行的情景,从墨西哥联邦区一直到北方荒原。他想象着她在恰帕斯森林一周后疲惫不堪的样子"。在"第四部分·罪行"中,也有这样的段落,"看见东边有公路通向山区和沙漠,看见卡车的灯光,看见从山脉那边随着夜幕一道降临的第一批星星，真正的星星。北边没有任何东西，只有一大片乏味的旷野，仿佛生命到圣特莱莎就结束了"。即使不是所谓"当下的描写"，在书中人物引用他人的篇章，似乎也离不开"荒野"和"辽阔"。在"第三部分·法特"中，我们也会看到这样的文字，"法特打开那位曾经是桑赫斯特皇家军事学院教官写的著作，从第361页读起，上面写道'尼日尔河三角洲过去，非洲海岸终于再次向南而去，到了喀麦隆，利物浦的商人们开启了贩卖人口的新线，再往南去，加蓬河在洛佩斯角北边……'"

想着波拉尼奥书写荒原的文字和心境，我已经来到一座名叫红魔鬼的酒庄。到了智利，一定要去酒庄走一走，这是了解、体味智利文化以及南美文化的最佳路径。

智利的葡萄酒有名，因为这里的葡萄不打农药，由于地理因素，智利没有毒虫、没有各种污染，连蚊子都没有，所以这里的葡萄生长良好，酿出的酒也当然是上品。正因为如此，他们对外来的种子、植物都有严格的进口限制，就是为了保护良好的植物生态。但还是为了以防万一，酒庄周边种满了白玫瑰，因为白玫瑰非常敏感，只要有虫害，就会首先遭殃，如此也就能够起到警报的作用，避免葡萄遭受虫害侵袭。

红魔鬼酒庄面积阔大，异常安静，南美毫无遮拦的通透阳光，实在让人睁不开眼睛，眼前到处都是高高的树，笔直的树干，顶端有一些树杈和不太繁茂的树叶,远望特别像是伞柄过长的伞,也像一个头发稀疏的巨人。这种树叫阿劳坎松,是最具有智利特点的知名树种。另外在16世纪,母系氏族社会向父系氏族社会过渡阶段,有几个著名的部落人,北部是乌鲁人和孔萨人,而中部地区最著名的部落人,则是阿劳坎人。树的名字,与部落人的名称一样,显示出一种人与自然的和谐。

除了阿劳坎松,还有高大的棕榈树,站在热烈阳光下的庄园里,嗅着清爽的空气,我忽然有些昏沉,那会儿我想起波拉尼奥完全建立在虚构状态下的《美洲纳粹文学》——一部彻头彻尾的伪造的作家、出版社的辞典。必须承认,当有的作家只是虚构叙事情节的时候,波拉尼奥把"虚构"这个字眼儿推向了高峰,他虚构了整个文本。最为震惊的是,他虚构了假如纳粹思想和精神在南美大陆"实现"的话,将会出现的可怕后果。那些波拉尼奥虚构出来的作家、作品、评论以及出版社,都将成为可怕的现实。那些作品中流露出来的纳粹思想,也将会践踏智利,践踏整个南美大陆。

红魔鬼酒庄最初不是酒庄,是私人度假庄园,建于1875年,酒庄里房屋建筑风格属于典型的英式风格。后来庄园的主人在1883年把庄园转卖,新主人改成了酒庄,一直延续至今。红魔鬼酒庄是连锁经营,除了在智利,在南美地区其他国家也有,总面积1100平方千米,但其中80%是在智利本土。

最有意思的是地下酒窖。灯光黯淡,犹如地牢。因为年代久远,墙砖已经呈现黑色,但是看上去显得异常牢固。酒庄里的人讲,墙面的砖,是用石灰和蛋清混合砌上的。在我们传统印象中,似乎年代越久,红酒越昂贵。其实不然,一般情况下,在16℃至19℃的保存状态下,以六年为最佳饮用时间。当然,还有对橡木桶的严格要求。智利的橡木,完全不输于法国和美国的橡木,因为智利橡木密度非常大,所以压力也大,用这样的橡木桶储存红酒,当然口味也是最佳的。

在红魔鬼地下酒窖,有一间小屋最为隐秘,在偌大酒窖最里面的角落,旁边还有一个已经废弃的升降机,那是当年专门用来向上运送酒的机械。据酒庄人讲,那个隐秘小屋里面保存着两万瓶红酒,不对外售卖,只是酒庄拥有者与朋友自用。据讲百年以前,曾经有窃贼想要盗窃酒窖里这些价值不菲的红酒,但是就在偷盗完毕,想要离开的时候,窃贼忽然暴毙而死,至于什么原因,现在也不得而知,但也有人讲,这些吓人的故事,可能是为了吓唬那些想要偷盗的人编造出来的。

站在铁栅栏门前,望着狭长的酒道,恍如隔世。

参观酒庄有人数限制,尤其是进入地下酒窖,一般情况下每次不会超过十人。因为要照相,我走得稍微慢些,短暂的瞬间,阔大阴凉的酒窖里面,忽然只有我一个人了。那会儿,阅读波拉尼奥

《2666》第四章"罪行"时的画面突然浮现在我眼前。

"女尸是在花卉区一片小空地被发现的。她身穿白色长袖衬衫和下摆到膝盖的黄色裙子，衣服是大号的。是在空地上玩耍的几个孩子发现了女尸，他们急忙报告给家长。一个孩子的母亲报了警。"

在远离中国的智利，在智利红魔鬼酒庄的地下酒窖里，猛然想起在中国阅读《2666》某个章节的情节，这让我异常激动。我发现同样的叙事段落，因为阅读场地的不同，而会呈现不同的阅读感受。

我跑步走上地下酒窖的楼梯，站在刺眼的阳光下，大口呼吸着清香的空气，那种别样的感觉，让人流连忘返。

南美作家有一个极大特点，他们对政治的热情与强烈的参与意识，比如罗贝托·波拉尼奥。

波拉尼奥的父亲是客车司机和业余拳击手，母亲在一所普通大学教授数学和统计学。1968年，他们全家移居墨西哥。1973年，波拉尼奥回到智利后做的第一件事就是投身社会主义革命，但是立刻遭到当局逮捕并且险遭杀害。

我非常好奇，一个差一点儿被杀死的人，下一步有可能会做什么？接下来，逃回墨西哥的波拉尼奥，和他的好朋友们一起，开始了大胆的艺术实践。他们推动了融合超现实主义、达达主义以及街头剧场的"现实以下主义运动",意图非常明显,就是为了激发拉美年轻人对生活和文学的热爱。几年以后,波拉尼奥又前往欧洲,最后在西班牙结婚、定居,二十四年以后死于肝脏功能损坏。

没有成为革命者、政治家的波拉尼奥,最后成为一位世界知名的作家。所有了解《2666》的人可能都知道,波拉尼奥曾经留下遗嘱,本来的五本书要按照时间顺序出版,一年出版一本,但是没想到事与愿违,被遗产继承人还有亲密朋友,放在一起出版了,于是成为考验当代人阅读毅力的一次尝试。

最为关键的是,波拉尼奥用平静、淡定的叙述方式,讲述了发生在那片土地上的强奸、枪杀,以及恐怖的政治清洗事件。因为字数过于庞大,而且涉及德国、法国、西班牙、意大利等八个国家;人物有文学评论家、拳击手、杀人犯、贩毒集团、乞丐、士兵等近百人。时间跨越20世纪百年及21世纪初期,其间,一些重大世界历史事件,比如两次世界大战、苏联和东欧社会主义解体,还有贩毒问题、移民潮等,犹如中国的《清明上河图》,全都得到清晰呈现。看上去如此庞杂的《2666》,好像无法阅读,其实精神主线非常明朗,那就是站在人类世界发展的至高点上,揭示人类贪婪、自私和凶残的本性。

只要充满耐心去认真阅读,就会被内容吸引,进而主动去思考。表面上波拉尼奥在书写一个魔幻世界,其实所有的一切都是现实的延伸。

三

瓦尔帕莱索是必去之地。

途中路过一座城市,名叫比尼亚德尔马。说是城市,其实也就是类似于中国的小镇,干净整洁。小街两旁是迷你型的小餐馆,因为阳光充足、气候舒适,坐在街边的凉棚下吃饭,有着特别的闲适。

无疑,海边才是最应该去的地方。

在前往海边的路上,有一处景致吸引了我。那是一片带有坡度的窄小区域,聚集了许多人,中间向上的缓坡上,有一座巨大的花坛。一些打扮漂亮的青年男女还有面容清爽的少年,在做着一种技巧性很强的游戏。小巧玲珑的女孩子,面对眼前弯下腰、伸出手掌的青年男子,轻轻地向前一跃,一下子就站在了男子的手掌上,随后她继续轻巧地翻转在男子的肩膀上、头顶上,做着一些颇有难度的动作。他们不像是卖艺的人,不收费,你可以站在近前,完全清楚地看着他们,也可以拍照。现在想来,他们大概是某个剧团的演员,或是喜爱技巧的青年。他们就是心情愉快地游玩,没有任何经济目的。

离开中心区,到了海边。

比尼亚德尔马在西班牙语中的意思,即"海上葡萄园",非常形象的名字。站在海边上,感觉吹来的风甜丝丝的。沙滩不长,不宽,有些短促。沙滩上有打沙滩排球的青年,还有悠闲自在、四处奔跑的小狗。一处伸展到海里的栈桥,桥上铺着木板,踩上去咯吱咯吱地响。这里早先是码头,如今已经荒废,过去固定在桥墩上的吊车还在。桥上人不多,太阳异常刺眼,不戴墨镜,便睁不开眼睛。小城常住居民不多,几乎都是旅游者,每年1月和2月是旅游旺季,据说届时海滩上人满为患。

站在海滩上,我已经在遥想下一站,聂鲁达故居之一的老城——瓦尔帕莱索。那个在西班牙语中代表"天堂谷"的地方。

四

我一直认为,瓦尔帕莱索是秘鲁、智利行程中的高潮,看看聂鲁达故居,看他是在怎样的生活状态下、在数十年前写出了"我喜欢你是寂静的,仿佛你消失了一样。你从远处聆听我,我的声音却无法触及你……我喜欢你是寂静的,好像你已远去……"的轻盈情诗的。

"寂静……远处……无法触及……远去……"这些敏感的词句,是怎样从聂鲁达心中吟出? 是否与他的故乡有关?

瓦尔帕莱索,是我迄今为止见到的最为陡峭的城市。几乎所有路面都呈40度角,站在某个街角的高处看下面驶来的汽车,好像一颗炮弹从山谷里面飞上来。所有街道的拐角处局促、窄小,坐在行驶的车子里面,心情犹如大难来临一般。

这座老城的另一个特点就是涂鸦。所有街道、所有墙壁,变成巨大的画板,有的能够看出来画的内容,比如巨大的梵高画像;有的完全看不出来画的是什么,纯粹的超现实主义。

在"爬上爬下"的行途中,终于来到了聂鲁达的故居。

其实,聂鲁达在智利有四处故居,瓦尔帕莱索一处,圣地亚哥两处,还有一处在距离圣地亚哥一小时车程的黑岛,那里也是聂鲁达长眠之地。据讲黑岛还是聂鲁达起的名字,原来的地名叫卡维塔。我后来还去了圣地亚哥的一处故居,但是仅凭去过的两处故居来看,我还是喜欢瓦尔帕莱索这处故居,因为它面临着浩瀚的太平洋。

故居建在一处稍微舒缓的平地上。一个不大的院落,有五层房屋。外表看上去这个五层小楼像是宝塔,越往上面,面积越小。走进去,木质楼梯很窄,只能上下一个人,楼板声音与脚步声音同时响起,感觉非常异样。无论是写作的房屋,还是客厅或是居室,都有一个共同特点,所有的窗户全都面向大海。假如夜晚的话,遥远之处繁忙港口的灯光,能够映射到屋子里来。这可能也是聂鲁达为什么能够写出《船长的诗》的缘由。"你怎么了,我注视你,看到的只是两只平凡无奇的眼睛,一张和我吻过的更美的千唇……"

我还是喜欢《我喜欢你是寂静的》这首诗,只要读过,就能脱口而出。站在聂鲁达故居最高处,在远眺之时,那些朴素但感人的诗句,永远是自然飞扬的。也只有面对无遮无挡的大海,才能让心儿肆意飞扬。

如今,聂鲁达的故居都成为基金会所在地,每年迎接着全世界喜爱诗歌、喜爱和平、喜爱自由的人们来此瞻仰。

聂鲁达来过中国,与中国诗人艾青是好友,他们有一个共同之处——挚爱自己的祖国、挚爱脚下这片故土。聂鲁达也同许多南美作家一样,积极参与政治,他出任过智利驻法国大使。

离开瓦尔帕莱索,又去聂鲁达位于圣地亚哥的故居,因为在维修,没有开门,只好去市中心漫游。

圣地亚哥是一座繁忙的城市,市中心地段车水马龙,想过马路,要等上好长时间。我站在马路边上,看着身边匆忙而过的人,这里面有没有西班牙人后裔?肯定有的。从十六世纪三十年代到十九世纪初期,骑着高头大马的西班牙白人,殖民智利将近三百年。那时候,这个南美大陆的"裙边国家"有着明媚灿烂的阳光、有着湛蓝的大海、有着一望无际的葡萄园,但是没有马匹,智利人在西方殖民者到来之前,没有看见过马。那些骑在高头大马上、手握战刀和火枪的白人,从某种方面取得了心理上的绝对优势。

漫步中心广场,白人、黑人还有其他不同肤色的人们,只要扬起头,就可以看见不远的一座山。那里也是总督府公园,里面那座不高的山，被当地人称作情人山。

踩着细碎的砖石地，走上小山。

山上非常安静。在半山腰的空地上，你可以看见当年带轮子的古炮、印第安人的木雕，还有到处可见的长势茂盛的芦荟。再往高处看，能够看到高高巨石上的印第安人雕塑，雕塑很小，好像是挥舞铁镐的姿态，要是不仔细看，绝对看不出来具体模样。

继续往上走，还能看到砖红色的城门和红砖已经发白的城堡，拐过一个弯儿，还有西班牙人修建的小教堂以及西班牙战胜者的塑像，当然还有西班牙风格的总督府。

站在山顶向下俯望，可以看见一座很有气势的灰色建筑，本以为会是政府首脑机关之类的地方，原来却是智利最有名的大学——智利天主教大学。

情人山异常安静。只有热辣辣的阳光。就像聂鲁达的诗句，永远有着智利火热的激情。

"光以其将尽的火焰包裹你。出神而苍白的哀痛者，如是站着，背对黄昏那绕着你旋转的古老的螺旋桨。一言不发，我的女友，独自在这死亡时辰的孤寂里，而又充满火的活力……"

五

在圣地亚哥，我经常恍惚听见远处有歌声传来，虽然不能确定,但我相信一定是歌声。这是一个慢悠悠的诗歌国度,当地人有一首歌,歌词大意是"慢,再慢一点儿",就是这样简单的一句话,贯穿了整个歌词。他们的生活本来就过得缓慢,但还是不断用歌声来提醒自己再慢一点儿。

在圣地亚哥的"中国之城",享受着缓慢的智利时光,无论什么时候想起来,都是那样惬意。看着窗外安静的街道、安静的房子,以及绿色的树木,还有透过几块黄色玻璃窗洒进来的傍晚阳光,我再次想起聂鲁达忧伤的诗句,"倚身在暮色里,我朝你海洋般的双眼,投掷我哀伤的网"。

阅读智利作家作品的感受,还有对南美作家作品的整体印象,不仅仅是秘鲁、智利,还有墨西哥的作家胡安·鲁尔福和诗人、批评家帕斯,以及年轻一代作家,譬如出生于20世纪70年代的阿根廷女作家萨曼塔·施维伯林的作品。整个拉美地区有着相同的文学气质,他们互相渗透、互相影响,常常是"你中有我、我中有你",所以还应该从大的方面去了解、认识,才能进行精准的特色辨析。

在圣地亚哥的最后一个晚上,不知为什么,却总是想起墨西哥城——这座人口第二多的拉美城市。这座城市有诸多特点,不仅是海拔最高的都市,而且还是西半球最古老的城市,在那些错综复杂的窄小街道中,遍布着如今看来不可思议的古印第安人的遗迹。假如能够前往,在那些迷乱的小巷之中穿梭,肯定能够寻找到拉美魔幻现实主义文学的生活基因。

在智利想到墨西哥，当然就会想到胡安·鲁尔福的著名小说《佩德罗·巴拉莫》，那些死者与生者之间毫无障碍的沟通联系。我甚至想到了距今六千年的中国半坡遗址，那里也是死者"生活"在阳世之间，墓地在村庄的西面，按照死亡者年龄大小顺序进行排列，年龄越小的亡者，紧邻家人房屋，为的是照顾弱小的亡灵。活着的人与死去的人，几乎没有任何心理上的阻隔。

在远离家乡的圣地亚哥的夜晚，从文学到生活，从生到死，浮想联翩。大街上行人寂寥，车辆也不多，并不晚，也就是十点钟左右，却感觉已是深夜。那一刻我有些恍惚，感觉身体在漂浮，波拉尼奥在《2666》中所描绘的惨烈场景，似乎正在灯火辉煌但却无人的大街上上演……所有被杀者都有可怕的刀伤，而且还不是一处，很多处、很多处……

六

就要前往机场，就要离开智利了。如前两天一样，我照旧要去街上散步。那天走的直路，没有拐弯，边走边记下显眼的路标。这一次，走了一条新路，还绕了一个弯儿，但就是这个简单的小弯儿，酿下了错误，我找不到回来的路了。因为手中握有宾馆的名片，起先倒是很有把握，凭感觉就在附近，没有走远，可是随着时间的流逝,我感到"有危险"了,于是开始问路。不懂西班牙语,只会英语"一、二、三、四……",好多人不认识这家宾馆,但是有的路人立刻拿出手机,按照宾馆名片上的地址进行搜索。

在迷路的一个多小时里,我问过佩戴枪支、骑单车的警察,问过看管小区的保安,问过身材高大、面容粗犷的男子,问过浓眉大眼、五官豪放的白领丽人,问过匆忙上班、面容迷茫的青年。他们得知我是中国人,全都热情帮忙,脸上没有一点儿不耐烦的表情。

现在想来,倒是最后一位白领青年起了作用。他经过定位搜索,然后在名片上写下几行字。时间很紧,马上就要到去机场的时间了,我拦下一辆出租车,司机是一位温文尔雅的老者,他看了名片,摇头告诉我不认识这个地方。没有办法,我只好下车。等了几分钟,又拦下一辆,高大威猛的司机看了看名片,满脸疑惑,顺便打开折叠名片的里面,看见里面的几行字,脸上露出豁然开朗的表情。

至今仍不明白,白领青年在名片上面写了什么,因为名片连同房卡给了宾馆前台,如今已经无法得知内容了。以后我回忆起这个迷路故事时,感到自己当时始终围着宾馆在绕圈子,犹如遭遇"魔鬼"捣乱,莫非因为晚上想了太多的"魔幻故事"?抑或这篇文章开篇所讲,曾经对略萨等拉美作家作品漠视而遭受的现实惩罚?

继续开始漫长的回国旅途。还好有书在手,多么漫长的旅途都能有效抵抗寂寥。我看的是《迷雾》，西班牙作家米格尔·德·乌纳穆诺的长篇小说。阅读西语作家的小说，似乎也与秘鲁、智利的文化相互吻合吧。

乌纳穆诺是一位出生于19世纪中期，去世于20世纪30年代的大师。为什么称他大师，因为西班牙诗人希梅内斯在1956年获得诺贝尔文学奖之后、面对众多采访者，他说的第一句话就是"可惜的是，像米格尔·德·乌纳穆诺……这些伟大的诗人都去世了，而没有把诺贝尔奖授予他们，他们才是应该得奖的"。

《迷雾》我在国内看了几章，如今在南美大陆的天空上、在这片数百年前西班牙人殖民的地方再次阅读，似乎总能找到一些特别的注脚。

夜幕降临……机舱内陷入黑暗之中，许多白人、黑人都用浅灰色的毛毯，把自己从头到脚包裹起来，看上去像一具具可怕的僵尸。

机舱内完全陷入可怕的静寂之中。望着眼前一具具"僵尸"，我开始回想在南美大陆的日日夜夜……

从1899年开来的火车

一

去旅游、去远方，去陌生的地方行走，已经成为当下老中青三代人的共同嗜好，那封"世界那么大，我想去看看"的辞职信，曾经激发了无数国人去远方行走的热情。

在激情点燃下，我们变得越发偏执，目光越过自己的家园，越走越远，跨洋越海，走向世界的角角落落。我们就像忽略了身边亲情一样，遗憾地忘记了身边的美景。

身边的美景……什么是身边的美景？

作为一个写作者，总会以写作的心情去还原生活本真，于是想到了小说创作中被广泛提及的"熟悉中的陌生、惊讶"。就像斯蒂芬·金说的那样"我的小说一定要惊到你、吓到你"。按照这样的标准去寻找、索引，尤其是对于居住在京津冀一带的人来说，毫不费力地就会想到一个地方——秦皇岛。

秦皇岛，真是太熟悉了。当年毛泽东的"大雨落幽燕，白浪滔天,秦皇岛外打鱼船,一片汪洋都不见。知向谁边",那么深入人心,就连刚上学的小学生都能背诵。

后来,在很长时间里,因为多种原因,人们忘记了它,说起秦皇岛,似乎只是简单地想到北戴河、山海关,秦皇岛原先的概念失踪了,被稀里糊涂地替代了。每次说起它来,好像都非常模糊,找不到前往游玩的理由,早已忘了秦皇岛的厚重历史和海韵风情。

怎么能够遗忘身边的一颗明珠呢?当我有机会前往秦皇岛时,心中升起的第一句话,就是这样的自我疑问。

已近霜降,北方的早晚时分,倏然之间凉意漫身。

我坐在前往秦皇岛的火车上,莫名其妙的是,书包里竟带了一本诗集,出门旅行我很少带诗集,或者说从来没有过。仔细想来,原来是遗漏在书包夹层中,已经时间很久了。这是秘鲁诗人塞萨尔·巴略霍的诗集,翻开,第一首诗里有这样的诗句:"如果有什么波折在傍晚降临并瑟瑟有声,那就是两条白色的古道,弯弯曲曲,我的心正沿着它们走去。"

我相信宿命,许多时候偶然其实是必然。

遥远的塞萨尔·巴略霍的诗句,完全符合我前往秦皇岛的心情。我在想,"大雨落幽燕"之地的那些迷人的渔船,还停泊在那里吗?放开想象的翅膀飞翔,秦皇岛外的大海不也是一条白色的古道吗,前往海上古道,它能驮载我走向哪里?能让我们看见怎样

"熟悉中的陌生、惊讶"的景色？

二

　　清晨。来到了海边，站在岸边眺望远方。当我们在日常的窗外，只能望见几十米的距离时，能够遥望远方，是一件多么奢侈、激动的事。就在生命最后一刻的岳飞，也会那般吟诵"抬望眼，仰天长啸，壮怀激烈"，可见"远望"是生命的本能，是生命对世界的期盼和挽留。

　　脚下的地面上看不到一点儿废纸屑，异常干净。前方是白浪飞溅的海面，时而汹涌、时而舒缓。再远处是大大小小的梦幻般的船只，还有高低不一的桅杆。海风有些强劲。迎风站立，嗅着带着海水的潮气，有着特有的清爽。清爽的空气，这是当下最为引人入胜的魅力。秦皇岛海边的清风问候，让麻木的心瞬间复活。

　　海水拍打着堤岸，同样，历史波浪的拍打，让人遥想不已。

　　1898年，已经风雨飘摇的大清王朝，似乎还在做着继续前行的努力。光绪皇帝钦批，在秦皇岛自行开埠建港，于是秦皇岛港成为近代中国北方唯一的政府主动打开的主权口岸。要知道，在此之前，中国所有的口岸都是在西方列强枪炮之下被迫开启的。显然，这是清王朝努力自救措施之一。转年，也就是1899年，秦皇岛开始建设大小码头、铁路专用线。

有一瞬间，我似乎听见了火车的笛声，听见了车轮撞击铁轨的"哐哐哐"声，还看见了从车头上方向后飘扬的白色蒸汽……那一刻，我转过身子，蓦然看见了远处的火车，还有模糊不清的站牌。

静止不动的火车还有安静的铁轨，永远凝结着迷人的魅力。它让人想到故事，欢迎和送别的故事。人生最大魅力，就是迎、送。每一次"迎、送"都是一个内涵丰富的故事。

离开海岸，我向"故事"走去。

但是身后的海水波浪，依旧拽着我的脚步，还在固执地讲述过去的港口历史。秦皇岛还有秦皇岛港当然是有故事的。与大海联结的地方，都有一个遥远的丰富的故事。

也就是七年的时间，大概在1915年，大码头的格局就形成了。随着历史变迁，秦皇岛港始终在向前，唯一区别的，只是脚步的快慢。但真正的大发展，还是在1949年以后，秦皇岛港逐渐成为新中国能源运输的主枢纽港，也是世界最大的干散货港和能源输出港。历史发展的脚步永远不会停歇，后来随着国家经济格局的大调整，2013年大码头正式停产。2017年，有关部门对大码头以及南山临海片区历史遗存重新修复，开始引入婚庆产业，又进入了新的历史时期。

我一直疑惑，把曾经的煤运、货运码头改成婚庆旅游之地，那将如何设计定位？这两件事看上去似乎毫不搭界。

我真的担心，因为喜庆、因为美好、因为向前看而把历史消弭。还好，我看见了过去码头的痕迹。比如136吨的吊钩、20世纪70年代的船锚，它们静默地矗立在岸边，让历史的气息无声蔓延……码头功能消失了，但是码头元素仍在。但是这种码头元素的存在，并没有打扰当下的美感，而是非常得体的存在。就是因为吊钩、船锚这些点滴的存在，反而更能激起遥望的欲望和略带伤感的回忆。

是呀，怎么能够把历史消除呢？正因为历史的存在，故事才能延续，才能让来访者拥有咀嚼的味道，才能氤氲感情，飞扬爱情，也就正像法国数学家帕斯卡尔在他的经典之作《思想录》所讲的那样，"如果感情根本不能操纵我们，那么一个星期和一百年就是一回事"。

秦皇岛港的改建，充满了别样的情感，别样的人文关怀。

三

我终于站在火车旁，距离它有十几米远，几节干净剔透的列车，仿佛拥有一百多年前的风尘仆仆，还有无尽的眺望。这一切，应该源于站台上的站牌名——"1899年开埠地站"。在历史的长河中，一百多年太过短暂，对于这个港口来说，也才刚刚开始前行。

那几列安静的火车，依然保留着20世纪绿皮火车的遗痕，但经过细心的改变，车身两侧则被刷成了淡紫色，看上去喜气洋洋但又端庄大气。

在火车站的旁边，还有一个绿色庭院，还有几间看上去陈旧但非常洁净的红砖厂房。这里过去是港口工厂，原汁原味。把老旧的厂房保留下来，能够为婚庆、为爱情做些什么？

在一间最大的厂房门口，外面有这样的字迹，"抓革命、促生产""团结紧张、严肃活泼""为人民服务"。因为这些熟悉的标语，历史再一次在脑海中奔腾起来。一种孤独、遥远的状态，悄悄地升上心头。我不知道这样的外貌，那些年轻的恋人们看了怎么想？反正他们的父母、他们的爷爷奶奶会有感触。年轻的他们没有经历过那个年代，但是那个年代曾经真实的存在，他们虽然心中没有印迹，但他们一定非常好奇。年轻人的好奇，会让他们在新婚时刻追想，同样会让他们充满欢乐。

听介绍说这间厂房改造成了婚礼小礼堂。我看着紧闭的大门，想象不出这红砖厂房里面，如何与婚礼场面配合。

想象，继续。

大门打开了，金碧辉煌的场面，毫无保留地呈现出来。像是小教堂，也像是童话小屋。墙壁、吊灯、木台、带着花布的小桌……震惊之余，更加感到设计者的良苦用心。我觉得设计者一定是个懂得小说技巧的人，"熟悉中的陌生、惊讶"完全体现在所有细节之中。总是能让到来的人，在心中瞬间发出"啊"的一声，于是脸上的笑容和惊讶混杂在一起，许久都不能褪去。

巴西作家保罗·柯艾略在他的小说《阿克拉手稿》里说过，"爱是神的状态，孤独才是人的状态"。将外面的孤独感与里面的欢庆感相互结合，这样的婚庆礼堂，真是应该属于喜爱艺术、喜爱情调的情侣，属于那些喜爱差异、喜爱有所不同的年轻人。

拥有独特、拥有别样，这是旅游之地必备的本领。当一场婚礼到来时，老年人看见"抓革命、促生产"的历史标语、年轻人看见礼堂里面欧化、西式的场面时，他们肯定都能掀起内心的波澜，并且将这种波澜互相"攻击"，掀起激昂的泪花，还有欢声笑语。

是的，婚礼是年轻人的，但参加婚礼的人，绝非仅有年轻人，当然会有他们的父母和长辈。让所有参加婚礼的来宾都能找到自己情感的遥想，一件原本很难的事，却在秦皇岛港这个婚庆基地实现了。而这一切，都是因为保留了历史的原貌，于是变得那般容易了。

不仅是婚礼场地，来宾吃饭的礼堂、休息的屋子，也是原来的车间，墙壁上还保留着那个年代的考勤表。旧与新、老与少、往昔与当下，所有的感慨都留存在一个空间里，让人不想离去。

没有人想在海边的屋子停留太久，还是想出去，于是那个面积不小的庭院，提供了最好的去处。可以散步，可以畅谈。庭院里的树木都是原有的树，粗大、挺拔，拥有力量。最主要的是，这里能够听见海水欢快的声音。

四

离海最近的地方，还是婚房。

饶有意味的是，婚房前方是整面的落地玻璃窗，直接面对大海。貌似敞开，但又有私密性。玻璃窗的左面，是一座小山，角度正好阻挡住小山上的人；右面非常开阔，很远处是深入海中的长堤。

正面就是宽阔的大海。一处凹进来的海面，还有私密的沙滩。只有进到这个庭院里的人，才能走到婚房前面的那片沙滩。也就是说坐在婚房的里面，你能看见前面的大海，所有人都不会看见你。那一刻，大海给了你自己，还有你心爱的人。

曾几何时，海子的诗句"面朝大海、春暖花开"，成为许多人对美好生活向往的注脚，假如说这是一件很难的事，那么在秦皇岛港的婚庆基地，已经变得特别容易，因为偌大的基地，只会为婚庆一家人使用。

我又一次想起塞萨尔·巴略霍的诗，他曾经对"激动"做过解释，"我向她做了一个手势，她来了，我给她一个拥抱，怀着激动的心情，别的还能做什么！激动……激动"。

爱情和爱意，其实非常简单，就是心中彼此拥有，然后点燃一根火柴,熊熊烈火就会冲天燃烧。

秦皇岛港婚庆基地,非常恰当地诠释了爱情本意,最关键的是,与港口相连,与遥远相接。

我又想到智利的瓦尔帕莱索古城,我到过聂鲁达的故居,那是一座看上去圆筒一般的五层小楼,越往上面,面积越小,但是远望视野越发宽广,能够看到一望无际的大海,还有远处港口上停泊的船。秦皇岛港婚庆基地的感觉,就像来到了聂鲁达写诗的故居。

荀子在《劝学篇》中曾经说过这样一句话,"登高而招,臂非加长也"。远望,只有站得高,才能拥有非同凡响的视野。同样,大海能够赋予登高一样的视野、一样的感觉。

平的大海,就是立的高山。

五

我再次站在火车旁,听说这几列火车能够开到很远处,能从港口开到四十千米以外的山区——老君顶、板厂峪。用一列火车,把大海和山谷相连,载着爱情、爱意的火车,立刻拥有了特别的韵味。

秦皇岛港,这个从1899年开来的"列车",截至今日,老树新芽,继续着自己的历史车轮。而且还会更加有力,更加富有朝气,富有新意。

还想说的是,秦皇岛港的婚庆基地,结婚的人要去,不结婚但拥有爱情的人也要去，即使爱情不再但还想继续挽留的人，更应该去。说不定去了，就能抹平镜面上的那道裂痕。又是一面崭新的爱情之镜。

易水秋风忆古城

最早知道保定，是在久远的少年时代。《敌后武工队》让每一个男孩子都热血沸腾，我们曾经戴上电焊工使用的墨镜，骑上自行车，排成一队在胡同里整装待发，尽管招来大人们的呵斥、阻拦，但依旧英雄般呼啸而去，以为自己骑行在保定城里，正去捉拿哈巴狗和候扒皮；《野火春风斗古城》中坚定、美丽、忧伤的金环和银环，还有大雨中的狭窄小巷、闪亮的积水地面和拐角处残破墙壁的青砖房屋，以及银幕上所有的一切，都曾让少年的我对保定充满了特别的遐想，甚至少年梦境中突然长出一双阔大翅膀飞往保定，在古老的钟楼下邂逅了一位银环一样的保定姑娘。

那时候的保定，在我的心中，拥有遥远、神秘、惊艳、梦幻的感觉，这种感觉在不经意间，竟然已经蔓延了将近半个世纪。

2016年秋的保定之行，因是第一次前往，好像一下子缩短了人生的距离，仿佛从少年一步跳跃到了壮年——那天保定街头的慢行,使得眼前的一切都有了饱经风霜的悠远意味。

首先要去直隶总督府,作为保定最重要的历史名片,必须在第一时间前往;只有洞悉了总督府的风光,才能拥有在保定游走、观望的资历。

秋季下午的阳光有些慵懒、散淡,曾经七十五人、九十九任的总督府院内异常清静。没有多少游客,只有秋风中飘落的树叶。那些树叶在地上轻缓地浮动,仿佛历史的久远叹息。这座占地三万平方米的清代衙署建筑群,因为刘墉、曾国藩、李鸿章、袁世凯这些历史名人的任职,更彰显了"一座总督衙署,半部清史写照"的特别注释。

要看李鸿章批阅公文的地方,要看曾国藩读书的地方,要看袁世凯会客的地方……但是写作者的视角更应该关注院子内外微小的细节。比如角落里民国初年直鲁豫巡阅使曹锟用进口水泥制作的大旗杆,当时高度为全国之最,如今变成了一截坚硬的基座,躲在角落里,上面落满了时代的寂寞尘埃,只能静默思考当年的"高耸"为何不能永存;除了要站在庭院里仔细端详北宋书法家黄庭坚书写的"公生明"牌楼、除了要看一看"正大光明"的总督办公之地,还要一个人走一走旁门一条狭窄、悠长的甬路,看一看小路上遗落了哪些历史的碎片。那些碎片肯定没有雕饰、粉饰的,因为太小而不被关注,它们潜伏在历史岁月的角落,但也正是"小",却又往往具有真实的"大"。

以现代人的眼光来衡量,其实总督府的面积并不大,但它却展现了历史的诸多截面。比如在李鸿章近百位的幕僚中,有许多美、德、英、法、俄国人的身影,当年的李大人从这些外国幕僚的身上,到底借鉴了怎样的思想?还有院内矗立的乾隆帝《赐直隶总督梁肯堂》的诗碑,诗中除了称赞梁总督端重的仪表,更有含蓄的劝勉。相信这样的劝勉不仅针对梁总督一个人,还曾赐给了众多的文武大臣,可是清王朝最后还是在这样的劝勉中灭亡了。为何古代君王发自内心的劝勉总是不断响起,可大臣们又总是不能真正领悟,原因何在?

在保定城内,除了总督府,还要看那座古旧的钟楼。钟楼距离总督府很近,在一个优秀弓箭手的眼里,大概也就一支飞箭之远吧。

钟楼坐落在闹市中,一个喧闹的十字路口。据讲钟楼建于金代,明代宣德年间重建后,称为宣德楼。清代康熙四十二年重修后,又称鸣霜楼。虽然钟楼特别著名,保定人也知道,常把它当作路标指给外地路人,但好多人却没有登上过,大概觉得近在眼前,就是自己家里的东西,着急什么呢?

钟楼两层。木楼梯很陡,应该呈八十度角,登上第一阶,第三阶、第四阶的楼梯几乎要贴到了鼻子尖上。在"吱吱呀呀"声中

"爬"到上面,外面的喧闹立刻遁去,似乎来到了另一个世界。

八吨重的生铁大钟盘踞在钟楼中间。钟楼为它所建,它是绝对的主人,当然应该得到这样显赫的地位。况且它是国内大钟的前辈——早于西安钟楼大钟203年、北京大钟寺大钟552年。用手拍一下,保定大钟纹丝不动,却发出低沉、悦耳的声音,钟声久久回旋,似要涤荡世间一切尘器。

因为大钟的存在,空间显得有些逼仄,但因为斗拱与护栏之间形成窗户一样的空隙,向外眺望,反倒生出一种深邃、辽远的历史空间。外面是熙攘的街市,最远处一座教堂隐约可见,青灰色的教堂在落日余晖中,显得几分孤傲、几分和蔼、几分沉静,它让人不仅思考自己,也会思考世界,思考自己与世界的关系。

记得那年在圣彼得堡的陀思妥耶夫斯基故居,听说他不管住在哪里,都必须有一扇窗户能够看见教堂的屋顶,只有看见教堂,这位经历无数磨难的人才能安静下来生活、写作。当时我站在这位俄国文学史上最复杂、最矛盾作家的屋内,眺望远处的教堂,向着那个鲜绿色的"洋葱头"(教堂顶部),看了很久、很久……那时候,我肯定不会想到多少年以后,我会站在河北省保定市的钟楼上,想起彼时的圣彼得堡,想起陀思妥耶夫斯基。

非常奇怪的是,钟楼上没有任何隔音设备,几乎就在街边上,却听不到汽车喇叭声,这是为什么?难道生铁大钟不仅自己发声,还能吸附市井嘈杂之声？我想世间不管什么东西，只要存在久了，就会拥有一种不可预测的灵气。

快下钟楼时，发现角落里还有一块大石头。蹲下身去，看文字说明，原来是战国时期燕赵两国的界石，早年镶嵌在保定城的西墙根下，保定人管它叫"大列瓜"，后来当地人把它搬上钟楼，与钟楼上寂寞的大钟长年厮守。

起风了。

燕赵之地的秋风，瞬间就能让人惆怅起来。

在保定城傍晚的秋风中，看着燕赵两国的界石，不仅写作者，就是一个普通的旅人，也不可能不想到古代燕国的太子丹，不可能不想到孩童都会背诵的"风萧萧兮易水寒"……自然也会想起易水河畔那个远行的悲壮刺客。

于是，来到保定城的所有人，尤其是想要寻找惊喜的旅人，怎能不去易县看看呢？许多保定的朋友真诚地告诉我，一定要去易县的，那里不仅有悲壮侠义的历史故事，还有迷人的自然风光和奔流不息的历史河床，你只要肯下到易水河淘洗，定会发现"不一样的易县"。

人在保定城，心却已经飞往易县——从保定城瞭望易县、从保定城出发去易县，我觉得这是前往易县的最好旅程。

常常地，有质量的旅程是需要精神铺垫的。

二

保定以北八十千米，即古称易州的易县。有通畅的高速公路，几乎眨眼之间就到了，短暂得来不及打瞌睡，甚至来不及任何思索和想象，易县只能"边走边想"，如今想来，似乎也是一种别样的旅行准备。

了解易县，是从晚上开始的。这又是一种特别之处，也是行走的极佳布局，就像乘坐游览三峡的游轮，一定要在重庆港的夜晚登临上船，要在灯光璀璨中慢慢启航，于是一路的航程就会变得风情万种，就会变得别有一种意味，就会充满太多的行走憧憬。

到达凤凰台满族村，已是黄昏时分。忽然感觉饥肠辘辘，似乎有烧烤的肉香随风飘来，很快香味便强硬地充斥在空气中，当然更会霸道地钻进鼻孔里，那种迷人的香味久久不肯离去。

一桌满族风味的晚餐是易县最好的迎接方式。如今，当越来越多的人把行走当作生活的极大乐趣时，如何吃、吃什么，悄然成了另一种猎奇。这种来自生理上的猎奇，因为不断地被满足，从而变得更加充满追求，于是这样的肠胃猎奇也就异常艰难。

尽管烧烤是满族饮食的最大特色，却早已经不是人们惊讶向往的饮食。但不可否认的是，其中的鹿尾、旗肠这两道满族的特色菜，却不是所有人都知道的，那么能够吃到的人也就更少了，似乎只有来到易县，只有来到凤凰台满族村中，才能知晓其中的独特奥妙。

起先，我以为鹿尾这道菜，真的就是鹿的尾巴，其实不是。它是以鹿尾为肠衣，往里面灌上猪肝，然后做成容易储藏的食物，作为狩猎之余的下酒菜。这是满族人为了牢记自己是马背上的民族所创造的一道非常独特的菜。只是后来鹿尾稀少而且价格越来越高，便以猪大肠代替，但名字却是依旧延续鹿尾的称谓，难能可贵的是，肠衣不同了，但风味却还依旧。

盛放旗肠的碟子端上来了，看上去和北方的腊肠相似，但是经过厨师的详细介绍，原来它不是腊肠换了称呼，它是以最为精华的瘦肉切成丝，再加上几十道调料和煮肉的老汤，经过充分的调拌，直到特别均匀才成，当然还没完，还要经过自然风干、笼蒸、抹油等诸多工序精制而成，吃起来外焦里嫩、醇香可口。

剩下好吃的东西那就更多了，什么小肉饭、饽饽，还有用大米、小米、小豆合焖而成的"龙虎斗"……其他花样繁多的饭菜，一时间已经记不清了。

"吃"也是行走的一部分，还是特别重要的一部分。只有嘴巴里残留着当地饭食的味道，才能在不断地咀嚼中让心情生发出来非常绵延的感觉，才能拥有继续探究的欲望，并且成为记忆的附注。

吃完风味非常独特的晚饭，忽然发现天已经黑透了。凭窗远望,恍惚感觉似乎回到了少年时代的夜晚,回到了想象保定、想象保定以北的燕赵大地乡村的淳朴日子,那真的是一种纯粹而又干净的黑夜,没有霓虹灯及任何人工灯光干扰的黑夜,一切都回到了本真的状态。我们忽然发现,绕了那么一个大圈子,我们还是想念最初的带有乡村意味的日子。

住宿在易县下辖梁各庄的清西陵行宫,这里距离清西陵很近,咫尺之遥,是当年清朝皇帝到西陵谒陵时的休憩场所。如今变成了老百姓的郊游度假之地。天翻地覆,历史就是这样的不可思议,却永远又是理所当然。

秋季的夜晚,山里还比较凉,在星光下看远处的山峰,有些影影绰绰;再仔细看,却又恍惚得完全消失。亦真亦幻中,更感觉到易县的古旧。如今,快速奔跑行进的中国,"新"和"翻新"到处都是,可历史的"旧"、原汁原味的"旧"却少了。不能没有"旧",那是历史的年轮,也是历史的户籍,更是当代人生活的深厚背板。一个没有历史年轮的国度,肯定缺少生长的滋养,也会丧失回忆的依托。

我是一个喜欢早睡早起的人。第二天很早起来,这才发现住宿的清西陵行宫原来那般古朴宁静。

一个人,慢慢地走。迎着清爽的晨风。而且一定要慢,只有慢下来,才能体味易县生活的况味,才能体味易县的风情。

我每去一个地方，总要提前做些功课，这样看山看水，才会备感熟悉和亲切。其实这样的功课，在保定的夜晚已经开始了，已经熟悉了清西陵行宫的历史背景：它建于乾隆十三年，也就是1748年。皇家当然讲究风水，所以它依山傍水，在南面有一座形似乌龟的小山，按照形状取名龟山。易水河从山脚下轻缓流过，西边则是大名鼎鼎的永福寺。

有山有水有寺，于是也便有了清幽。便有了思古之情的依托。

住宿在清西陵行宫，一定要早起，因为清晨的风携带着昨夜的梦境，如此才能穿越历史，才能拥有怅然的回味。据说当年清帝退位后，此处行宫处于荒废状态，野猫野狗野猪肆意游走，蒿草遍布，到处一片哀歌。当时不仅建筑损坏，行宫内所有的皇家用品也都散失殆尽，甚至八抬大轿都被人拆卸偷走。但改变发生在1949年之后，经人民政府重新修缮，成为科研院所，成为教书育人的学校……成为现在的宾馆。历史就像一个变幻莫测的万花筒，不断呈现不同的侧面，也正是这样的多彩侧面，才使得这处古老的建筑，拥有了丰富的历史内涵。

太阳升起来，应该前往易水河畔了。

三

如今的易水河，虽然水势不再浩大，但因为有秋风的吹拂，依旧拥有一种隐忍的气势。那种气势不张扬、不疯狂，却在内敛之中蕴含一种张力，一种不可小觑的英勇之气。

不知为什么，站在易水河畔，我又一次想起保定钟楼上那个被无数人摩挲得异常光滑的"大列瓜"，当年它作为燕赵两国的界石，怎么能不认识悲壮的荆轲呢？它一定见过他的刀、见过他落满尘土的脚，见过他强壮高大、忧伤悲壮的背影；也一定见过落魄的燕太子丹所乘坐的破旧马车，还有马车后面深深的车辙。一场大雨过后，车辙内一定蓄满了水，在冬日阳光照射下，车辙里面的水也会和易水一样忧伤地粼粼闪光。当历史风云逝去，原本所有的历史框架都变得模糊起来，似乎留下的只有风云下面关于人的思考。所以讲，从保定启程去易县，一定要看一看那个"大列瓜"，然后再站在易水河边，一切的想象和思考都有了厚重的依靠，有了触摸历史的、拥有温度的把手。

站在易水河畔，努力地站得更高，只要你站得足够高，就能看到宽阔的易水湖；再努力地登高，就能看到易水湖畔一座庞大的新兴小镇——太行水镇，一座适合行走旅游的小镇。

易县，不仅拥有历史的"旧"，还有现代的"新"。太行水镇就是易县的最新。这座极具旅游特色风光的小镇，让易县的历史没有停顿，拥有了前进的步伐，同时又增加了新的年轮。

我听到一个清亮的声音告诉我：太行水镇将太行民俗体验、乡村美食、传统手工、艺术展示、休闲农场、房车露营……结合在一起，同时这里又是乡村文化的传承之地。

这个清亮的声音还告诉了我许多关于太行水镇的奥秘。我寻找这个声音来自哪里，一个举着五彩风车的小女孩从远处跑过来，她指给了我方向——西傍风景优美的易水湖，北靠世界文化遗产清西陵，南连红色圣地狼牙山。

太行水镇就是在这样的拥抱之中，想不引人前往都是一件不可能的事了。它把历史与风水全都霸占了。

我是迎着清晨的阳光走进太行水镇的，那会儿的感觉，就像走进回味历史的隧道中。特别是仰望木制的巨大门楼，立刻"悬吊"起来某种豪迈的冲动，像是电影，像是梦境，更像是降临在往昔的生活中。

打动人的，往往是质朴的氛围，尤其是在当下。古老木门，泛黄的年画，挂满一面土墙的鲜红色辣椒，仿佛许多面旗帜在迎风飘扬。还有树林里的石桌、石凳，以及眼前窄小的石桥，还有小石桥下面流淌的溪水。

再往远处看去，就是太行山区的传统戏楼，我好像听见了戏楼上传来的鼓声、锣声、戏声，还有人们忘情的叫好声，那些台上台下的声音混杂在一起，在太行水镇的上空轻柔地漂荡着，始终不肯离去。

太行水镇街道两边是小吃店,驴肉火烧、牛肉罩饼、贵妃糕、脆香藕盒……近百种的河北小吃,在一家接着一家的干净整洁的小吃店里,等待着人们的光临。吃完了小吃,当然要漫步街头,看身穿传统衣服的杂技艺人的奇招绝活,还可以观看传统食材的酿造方法,品味当年乡村生活的味道。要是还有精力,可以和农户一起磨豆腐,滴上几滴香油,说不定还能吃上一碗。

这是一座能把来客挽留下来的小镇,风情客栈让来客迈不动脚步,红色的灯笼,被树木掩映起来的木制楼梯,都是在保留过去原有民宅基础上的翻修,原汁原味,从里到外都是太行文化的元素。

我站在太行风情小镇的街上,就让自己那样持久地站着,感觉真的来到了古老的乡村日子。追忆、回望,已经成为现代生活不可或缺的一部分。

在易县,就是在太行山区,就是在体味曾经拥有的那份质朴和纯真。

凯斯楚普十小时

因为这样那样或是那样这样的原因,我要在哥本哈根的凯斯楚普机场候机十小时。这是我所有乘机经历中时间最长的一次转机。没有感到紧张,机场如此热闹,人来人往,有什么紧张的?也没有感到孤寂,可以逛逛店铺,看看免税商品,有什么孤寂可言?也不会有什么特别的感受,在机场转机还会有什么感受?

经过九个小时的飞行,当地时间傍晚六点钟,飞机降落在读起来格外拗口的凯斯楚普机场。进关、出关的大厅很小,大约两个篮球场的面积。原本身边还有匆忙走过的旅客,转眼间就不见了,好像同机旅客中只剩下我。一个不懂英文的人选择如此漫长时间,不仅一个人独自候机,而且还是在异国夜晚,肯定不会有太多的同行者。

不可能在只有19℃的大厅呆坐十小时,我开始东走西看。但是按照以往经验,先要选择能够睡觉的地方。有阔大的黑色按摩椅,我不喜欢,排除了这个想法。站在大厅中央环顾,抬头看见楼上似乎还比较清静。

楼上是转机之地。左边是步行电梯,中间是步行通道,右边靠墙是连绵不绝的沙发座椅,有单人座的也有三人座的,因为没有扶手,三人座看上去像一张沙发床,下面还有可以充电的插座。不少座位上都有拉着箱子、拿着背包的旅客,却很少有人坐更舒适的"沙发床",我心中不免疑问,但还是选了"沙发床",明天早上才能走,漫长夜晚怎能不要一张床?

很快蒙眬入睡,又很快惊醒。这是转机乘客必经之地,每个人从你身边走过,都会响起沉重的脚步声,像是配备刀枪的强盗来抢劫。我疑惑地看着栗色的地面,原来是地板,用手摸一摸,好像是橡木的。我好奇地站起来,原地起跳,能够明显感觉出地板具有极强的弹性,像是舞厅的地板。这样的木地板肯定会把脚步声放大许多倍。机场铺设地板,以前真没遇见过。

已经晚上8点多钟了,哥本哈根的夜晚,丝毫没有黑下来的征兆,天空发白,隔着厚厚的玻璃,隐约可见远处淡淡的晚霞。凯斯楚普机场坐落在阿玛厄岛上,属于托恩比自治市。它三面环海,距离哥本哈根市区很近,乘坐出租车的话仅有十五分钟的路程。

不能走出机场,也无法入睡。楼上也没有其他乘客了,竟然只剩下了我自己。一片空旷中我总以为看错了转机时间。真要停留十小时？

只能四处溜达，像一个无家可归的人，像一个精神茫然无措的人。

拿出手机，上网简单查阅，得知凯斯楚普机场竟是北欧最大机场，1925年就建成了，也是世界上最早的民用机场之一，更是欧洲最大机场之一，与阿姆斯特丹、巴黎和伦敦的机场拥有相同的美誉。但我颇为疑惑，在戴高乐机场、希斯罗机场停留过，阿姆斯特丹的机场没有去过，但把凯斯楚普与这几个知名机场并列在一起，还是感觉那样不可思议。因为它太小，也太过简陋了。再仔细看网上的介绍，原来我所在的候机楼是第三航站楼，这里还有第一和第二航站楼。第一、二航站楼比较大，免税商场多，餐厅也多，但仅供丹麦国内航班使用。把豪华的航站楼用于国内旅客，却把最小的航站楼给了国际，丹麦人怎么如此忘记了面子？不知怎么解释，大概他们认定，只有让自己国民舒适才是最重要的吧。

快十点钟的时候，天才慢慢黑下来。原本大厅里有两个开放式的小商店。一个卖烟酒、纪念品还有各种小玩具；另一个出售面包、三明治、小零食，还有咖啡、饮料等。但不知什么时候，两个商店全都没人了，买东西是不可能了，买吃的可以自助付款，然后拿走食品。我发现周围没有摄像头，完全凭你的自觉。不仅食品店、商店没有摄像头，好像候机大厅也没有摄像头，凯斯楚普机场是一个不被探头窥视的地方。

我又去登机口。漫长的通道，每个登机口都寂静无声。我看看手表，当地时间23点钟，除了偶尔走过的警察和机场工作人员，还是没有旅客。我不想独自待在登机处，尽管也有舒适的椅子可以躺下来，但是灯光有些幽暗，似乎还没有转机通道热闹。我曾经如此向往公众场合里的安静，但真的有一天享受公众场合的"安静"时，却又感到莫名的恐惧。我这是怎么了，为何如此矛盾？

"安静的恐惧"在凯斯楚普机场的夜晚似乎特别凸显。比如当我走向卫生间时，蓦然发现里面黑了灯。卫生间怎么能没有光亮？这可是国际机场？脚步犹疑地慢慢靠前，仿佛前面是一个巨大的黑色深渊。黑灯，还是黑灯。当我站在卫生间门口时，里面的灯忽然亮了，恍惚中似乎还听见"咔嗒"一声，像是有人在里面替我打开开关。其实是过了零点，机场所有公共设施的灯光开启了感应开关。不仅灯光节能，卫生间里的坐便器也是"节能"，太小了、太小了，看上去儿童使用比较合适。让人惊悚的还有机场广播。声音很低，好像不是来自头顶上方，而是来自你的身后。我刚走进亮起灯光的卫生间，广播响起，把我吓了一跳，好像身后站着一个人在悄悄地跟你说话。

已经是下半夜了，机场变得更加清凉，只有12℃。眼前即使有无数张大床摆在那里我也是不想睡，于是继续在"篮球场"上转悠。

在一个巨大圆柱的后面,终于发现了一个隐藏起来的秘密。一个雕塑,一个世界上绝大多数人都知道的雕塑——美人鱼。因为它不声不响地躲在圆柱后面,我在她身边走来走去很多次,竟然没有看见她!她很小,坐在几块不规则的石头上面。做工不是很精细,但也说不出来有多糟糕。丹麦人把他们的"国粹"就那么简单地放在圆柱后面,一点儿都不当回事。

我站在"美人鱼"旁边左右环顾,看见旁边不远处还有一个支架,上面是一张类似讲座宣传的招贴画,上半部是英文,下半部是一个头发稀疏的外国人照片。我看不懂英文,又转到招贴画的后面,这一看我立刻高兴起来,原来后面是中文。那个外国人就是大名鼎鼎的安徒生。中文分成三部分,最上端是安徒生的生平简历、中部是安徒生的一句名言"旅行就是生活",最下端是介绍安徒生1839年出版的作品《飞箱》。

我没有看过《飞箱》,那不要紧,一米多远的地方是一个玻璃罩子,里面有一个破旧的皮箱。玻璃罩子外面都是外文,但也能明白,那个破旧的皮箱,正好对应着安徒生的作品《飞箱》!在这个人来人往的机场,没有介绍安徒生更加著名的《坚定的锡兵》《冰雪女王》,以及《夜莺》,而是介绍了相对比较陌生的《飞箱》。是的,这是机场,这是行走的客栈,"飞箱"摆在这里,似乎更加吻合机场的氛围。

安徒生，这个19世纪即被世界高度赞誉为欧洲文学界最具独创性的作家之一的人，这个从1840年就开始走出丹麦这个北欧小国，不断向世界传播人生哲理的人，此刻却在凯斯楚普机场一个不显著的角落，以一种特别简洁、特别素雅的方式，迎接着世界各国的匆忙过客。只能这样理解，丹麦人具有非常清晰的理念，这是机场，这是旅客顺利通行的地方，任何人都不能打扰行走的脚步，尽管是大名鼎鼎的安徒生也应该给旅客让路，绝不喧宾夺主。幸亏我在这里停留十小时，假如时间不长，很难发现安徒生的存在。但不要紧，他们把安徒生的名言放在这里了，已经给了凯斯楚普最好的诠释。

凯斯楚普机场的确非常陈旧了，但理念却是永远清新。注重精神交流，而这种交流，又绝不会打扰你的行走之路。

天亮了，北欧的夏季天亮得早。四点多钟天空就已发白。无论等候多么漫长，只要有时间在前面等你，终究会到来。

终于快要登机了，但晚点了半小时。机场没有任何解释，数百人等候也没有一点儿声响，可以用鸦雀无声来形容。乘客几乎都是丹麦人，亚洲面孔极少，这让我想起国人晚点时的那种焦虑、烦乱、暴躁。是的，我们缺少耐心，缺少等待的耐心，缺少享受任何过程，哪怕不是愉快过程的心理。显然，丹麦人把安徒生的至理名言学到了家——旅行就是生活。

去斯特拉福德

从伦敦维多利亚长途汽车站，乘坐大巴车前往斯特拉福德，仅仅需要两个小时。沿途是寂静整洁、鲜花扑面的英国小镇，带有坡度的阔远的牧场，自由自在的牛羊，还有像山泉清洗过的蓝天白云。虽然伦敦已经连续一个多月没下雨了，原本绿色的草地已经变成了枯黄的颜色，但也丝毫不能遮掩欧洲小镇的旖旎、安详，还有那种无边无际的精神遥想。

去斯特拉福德，这是我在英国居住十天中最为昂然的向往。

几年前在天津看过一场来自英国本土的话剧，用的是"电影话剧"的形式，所谓"电影话剧"就是用六台摄影机从不同角度，把真实的"话剧舞台"记录下来，然后再"原汁原味"地搬到世界各地，效果比在现场看得更加清晰，能够看到演员眼睛、嘴角乃至脸上皱纹的细微变化。当时看的是英国著名话剧演员、绰号卷福的本尼迪克特·康伯巴奇主演的《哈姆雷特》。那时候坐在剧场里就曾经有遥远的畅想,什么时候能够前往莎翁的故乡看一看? 要深入了解作家的作品,必须前往作家的故乡,哪怕就是在作家故乡土地上站一站,嗅一下清风、踩一下土地,看看作家生前生活的原貌、写作的氛围,都能在他作品的缝隙中拥有更加深刻的体味。

但是在前往斯特拉福德的大巴车上,心情却极为败坏。

坐在我后面的是两个身材高大丰满的年轻女子,栗色头发,带着硕大的耳环,还有短得不能再短的短裤,她俩一路私语,但是每隔五分钟就会爆发出毫无节制的放肆笑声,她俩说法语,搞不清是哪国人;坐在我前面和侧面的是一大家人,一个瘦弱的光头男子带着肥硕的金发媳妇和同样身材的岳母,还有两个三四岁的小女孩,他们虽然说英语,也是搞不清哪国人。金发媳妇始终歪头睡觉,光头男子一个人根本摆布不了两个调皮的女孩,不断用目光向岳母求救,岳母看也不看,只是歪着脑袋看窗外风光。其中一个女孩更加调皮,始终钻在车座下面不上来,只要光头爸爸让她上来,她便以撕心裂肺的哭声抗议,于是光头爸爸只能由她而去,有一会儿我感到脚下毛茸茸的,低头一看,小女孩的脑袋就在下面,我差点儿踩着她,吓得我赶紧用手示意她退回去。

原本静谧遥想莎翁的心情荡然无存。去斯特拉福德,任何人都会明白那是为了“看望”把英国戏剧提升到无与伦比地位的莎士比亚。如今却是如此烦躁地前往,真担心打扰了品味莎翁的心境。

二

镇子不大,倚傍一条名叫"埃文"的河。水面成环形包裹着小镇的一侧。岸边停泊着五彩斑斓的紧密相拥的游艇。远处还有一座用青砖装饰桥身的石桥。小镇上没人,好半天才会悄然驶过一辆汽车,汽车无声无息。

斯特拉福德位于英国中部的沃里克郡,是莎士比亚上小学的地方,他的出生地是近在咫尺的斯特拉特福,一点儿不远,也就是一个优秀弓箭手射出一支箭的距离。莎士比亚的童年和少年时光都在"两斯"安然度过。大约在他十七岁那年去了伦敦打工谋生,不久因为各种原因又回到小镇。这里不仅有他的创作,也有他浪漫的青春爱情,以及令人迷恋的悠长的娴静生活。

已经数百年了,似乎一切都没有改变。但也有改变,那就是因为莎士比亚的缘故,这里有了建筑精致高雅的剧院,看门前的广告,近期将有四部剧目在小镇剧院轮流上演。

七月阳光照射下的斯特拉福德,有着与中国不同的气候,在阳光下掠过的风儿不是燥热的而是清凉的,这也是为什么英国人喜欢在夏季晒太阳的缘故。阴霾潮湿天气持续了大半年时间,有了清香的阳光怎么舍得放过。

眼前是一座木质结构的两层小楼,临街矗立,一直到街的尽头。墙面是白色条状与原木颜色相互间隔的装饰,非常素雅大方。旁边是一座小教堂,像一个拳头紧紧地把握着狭窄的街角。小楼靠近教堂的两幢,是莎士比亚上小学时的教室,教室与其他建筑紧密相连,中间没有一点儿缝隙。少年的他,曾在斯特拉福德每天学习拉丁文的文法、修辞、逻辑等,下课后他会背着书包,经过河边的小桥回斯特拉特福的家。教室不大,讲桌高高在上,桌椅仿照四百多年前的样子,墨水瓶放在桌子左上角的人工凹处,所以无论怎么摇动桌子,墨水瓶都不会掉落。墨水瓶旁边依旧放着仿造旧时的鹅毛笔。

坐在低矮、窄小、笨拙的木椅上,想他的《哈姆雷特》,想他的《麦克白》。我不明白莎翁悲剧的三元素"乱伦、谋杀、复仇"如何诞生在这静谧的小镇,他又如何在纯净的蓝天白云下演绎人间惊愕的悲欢。

有诸多的原因。他一定是具备戏剧性格的——据说他在十五岁那年辍学,曾经跟随父亲学过宰牛,传说他在宰杀小牛的时候,首先要有一番动情的演讲,然后才要下刀。显然,这不是宰杀小牛前的屠夫行为,那番演讲莫非早已奠定了莎士比亚的戏剧天赋?当然也少不了他在伦敦剧院打工时的经历,还有做龙套演员时的短暂快乐。

三

走出闷热的没有空调的小楼,在小镇上漫无目的地游逛。来到埃文河边，水面上有不知名的鸟儿，水里有黑色的鸭，也有白色的鸭。被阳光过滤后的风，放大了所有的思想，更加飞扬跋扈、无拘无束。

我猜想莎士比亚的心中也一定具备生活原型——据说《哈姆雷特》来自他少年时代的一次伤痛记忆，小镇附近有一个铁廷顿村，一个如花似玉的少女在埃文河溺死，小镇组成十二人陪审团调查少女是失足还是自杀，为此把已经下葬的少女尸体挖出来。按照当时的法律和教规，自杀者不能葬在教堂墓地。据说这件事给年幼的莎士比亚留下极深的印象，传说之后的《哈姆雷特》就是从这件事上引发而来，是他最初的悲伤萌芽。当然，这只是传说、猜想、臆测，没有任何事实根据，也没有文字记载。真的，来到斯特拉福德，想象像是插上了翅膀，不想都不成，禁不住地飞翔。

斯特拉福德，因为莎士比亚的缘故早已名扬世界。原本以为这里的人们会把有关他的一切进行供奉，进行特别的突出、特别的彰显，但是没有，一点儿都没有。除了一些小屋子门上雕刻有莎士比亚的头像——非常小，不注意根本看不出来——"莎士比亚的一切"对其他建筑、对小镇的后人们没有任何的"影响"。

斯特拉福德人要说刻意的话，也只是"刻意"保留了他的气息。这种看不见的气息，莫名其妙地弥漫在小镇上空、渗透进小镇人的生活中。也就是说，莎士比亚在斯特拉福德就像一个普通人，没有得到任何特殊的待遇，但是他剖析人类善恶、追问生命意义的文学精神却被有效地保护下来。

这种阔大飞扬的气息，你要慢慢地品味，要在小镇某个角落安静地坐下来，眺望这里的一切，然后再加以你的想象——无论何种肤色的人，都会拥有自己对生活的联想。正如那句名言所讲"一千个人的心中会有一千个哈姆雷特"。

我的思绪已经穿越大巴车里那放肆的笑声、喧闹的哭声，看见了伦敦几家大的连锁书店，每个书店都会拿出一面墙的专用书柜，专门摆放莎士比亚的书籍。莎士比亚精神附着在他作品之上，从斯特拉福德、斯特拉特福飞出，飞出英伦，飞向世界。

行走的意义

——写在滨海国际写作营

一

参加滨海国际写作营,在一个月的时间里做什么?是躲在舒适的小楼里埋头写作、看书,还是与其他作家坐在温度适中的咖啡厅里谈文学?我都否定了,我想要去行走——在写作营行走。

行走,也是阅读,也是写作;是更广阔的阅读,更宽广的写作。

来到写作营的第一天,当主办方询问我想去哪里看看、想要写些什么时,我立刻回答,现在最想去的地方是"大火箭",最想写的题材也是"大火箭"。

"大火箭"是滨海人对天津航天长征火箭制造有限公司的简称,它是由中国运载火箭技术研究院及下属两家单位共同出资组建,主要从事长征五号、长征七号等新一代运载火箭的研制生产及总装,能够满足我国未来三十至五十年发展空间技术及和平利用空间的需要,并开展航天技术应用产业项目的经营开发。

有了这样的想法,思绪立即辽远起来——我曾经在四年前去"大火箭"采访过。记得那时滨海工业区的夜晚还很安静,采访到了很晚,当我站在厂房门口眺望四周时,只觉漆黑一片,没有任何声响,只有天上微弱的星光。那一刻,光亮似乎也变成了声响。因为"大火箭"坐落的地区原是一片滩涂区,举一个小例子便可知道当初建厂时那片滩涂的恐怖:今夜施工的工地上停着一辆挖掘机,第二天早上就没了,消失得无影无踪。原来庞大的挖掘机沉进了泥沼里。可就是在这样一片不毛之地上,仅用了几年的时间就诞生了"火箭奇迹"。

"大火箭"现在是什么样子?

二

来到滨海国际写作营,我的行囊里有几本中外作家的书,以备失眠时派上用场。有杜鲁门·卡波特的《冷血》、普里莫·莱维的《再度觉醒》和菲利普·罗斯的《行话》,当然还有其他作家的书,之所以单独拿出这三本书为例证,是因为这三本书都与行走的话题有关。

开创非虚构小说这一崭新形式的《冷血》,毫无疑问地来自卡波特的"行走"。卡波特自己在谈到《冷血》创作经历时说:"本书所有资料,除去我的观察所得,均来自官方记录,以及本人对与案件直接相关人士的访谈结果。这些为数众多的采访是在相当长的一段时间内完成的。"很显然，"访谈结果"和"采访是在相当长的一段时间内"，代表了卡波特为了创作《冷血》所付出的最大代价——行走。

行走，不仅能够发现第一手资料，还能发现最为鲜活的素材。比如我采访在"大火箭"工作的青年，谈到他们初到工厂的孤独状态时，知道了一个小故事。当时来自全国各地的年轻人，集中到周边没有任何娱乐设施、没有体育活动场地的工厂时，有的年轻人就把捉到的小老鼠当宠物，精心饲养在瓶子里。还有一个故事也非常有意思，是几个身材瘦弱、手指白皙的博士生讲给我的。说他们刚来时，面对的只有一个厂房，周边都是尘土飞扬的大工地，再远处就是一望无际的荒地。看不到人，连鸟儿也看不到，因为没有树，鸟儿来到这里，会因为没有停歇处而累死或晒死的。那年冬天，车间没有暖气，甚至没有厕所，当然更没有食堂了。吃饭时，这些博士生举着盒饭在厂房外面吃饭，周围都是参加土建的农民工，与他们用一样的姿势吃饭，一样地蹲在太阳地里。于是有趣的现象出现了，大学生和农民工，在午后的阳光下，开始了一场特殊的对话。农民工问他们一个月挣少钱？技术员告诉他们，两千多块钱。于是农民工们说，工资太少，我帮你介绍一个活儿，推沙子，每个月四千多块钱。这些博士生说到这个故事时，脸上带着天真的笑容。

这样的"细节",没有采访——行走——肯定不会得知。

三

与孤独相伴的并非颓丧,有时也有高傲。

在"大火箭"采访时,我有一个程序——重点采访之前,先要"散访",也就是要把所有的车间都走上一趟。记得当时在机加工车间,我注意到了几个身穿淡蓝色工作服的工人。他们很年轻,围绕着两个像变电箱一样的柜子在干活,地上散放着数百条各种颜色的电线。我特别好奇,慢慢走过去,想要借机和他们攀谈。但走到近前,忽然犹豫了,我发现那几个年轻工人的脸上带着一种高傲的神情,对走近身边的人几乎视而不见,甚至没有任何反应。我静静地站在离他们也就三米左右的距离,等待着他们中间的某个人能够看我一眼,那样我就能够走上去和他们交谈。但始终没有人。这么多年过去了,脸上挂着高傲神情的蓝领我还是第一次遇见,应该承认,他们用一种独特神情完全征服了我。我想这样"高傲的神情",并非来自他们自身,而是来自他们对自己职业的那份尊崇。他们中的许多人都跟我骄傲地说过,他们在做着"天大的事"。

意大利作家莱维的写作,同样来自行走。而莱维的行走,更加特殊甚至更加极端,他特别强调"要亲身经历"。他的非虚构作品

《再度觉醒》，是描写他在奥斯维辛集中营的生活，任何手头的资料还有别人的转述，他全都"不相信"，即使细节再"离奇"、再"惊艳"，他也决不采用，他只相信自己的"经历"。但难能可贵的是，莱维的写作，没有拘泥于"自己的经历"，他的最大意义在于"延伸"。他除了详尽地记录集中营内的遭遇，他还记录自己和同伴们走出集中营之后、返回故乡之路上的真切感受。

正是来自文学大师莱维的启发，所以我才想到了那些蓝领工人"高傲目光"的"延伸"——"天津火箭公司"是中国航天对外展示实力和成就的重要窗口，也是中国航天运载火箭产业化发展平台，未来将发展成为滨海新区先进制造业的代表，成为国际知名、国内一流的大型航天制造企业，形成"一门户、两中心、三基地"，即中国航天展示制造实力的重要门户、中国航天高新产品的制造中心、中国航天制造技术的研发中心、国家重要的现代制造业基地、国家重要的科研成果产业化基地、国家重要的制造人才培养基地。

四

菲利普·罗斯是美国当代著名作家。在美国出版界，"美国文库"是一家非营利出版社，文库收录的作者大都是美国文学史上被盖棺定论的经典作家，罗斯是唯一在活着的时候、全部作品便被收入"美国文库"的作家，另外他始终还是诺贝尔文学奖的热门人选。

他的那本经典的小册子《行话》，我看过很多遍。这本小册子记录了罗斯与莱维、克里玛、辛格、马拉默德、昆德拉等世界级作家的采访实录以及对话。以罗斯在世界文坛的声望以及他与这些作家的亲密关系，他完全可以凭借着自己的"记忆"来"操作"这本《行话》。但罗斯没有偷懒，他重新对这些作家进行了若干次的采访，而且采访是全方位的，几乎有点儿"同吃同住"的味道。并且还就某个问题，与被采访者进行深入交谈。正是有了前期大量的具体的工作，所以《行话》才能具有深刻的精神探索和哲学思考，而不仅仅局限在文学范畴。

这也是行走的意义，没有行走，也就没有罗斯的《行话》。但也由此而知，行走又并非简单地"走"，要有一定的难度，要有一定的技巧。

"大火箭"的工人们就是有技巧的工人，而且还是"雕花"一样的技巧。焊接车间一共有十三个程序，每一个程序都不能出差错。比如在直径5米、长20米、厚度只有0.3毫米的一个箱体上焊接，难度很大，犹如在一根软面条上焊接。但又不是简单的焊接，要求焊缝不能有微小的缝隙。因为这些箱体，一个是装零下270℃的液态氢，另一个箱子装的是液态氧，这两个彼此靠近的箱体，绝不能发生任何微小的泄漏，否则就会产生爆炸。焊接难度之大，常人无法想象。

五

　　文学作品的意义在于塑造鲜活的人物。鲜活的人物，需要鲜活的细节来支撑。那些鲜活的细节来自哪里？来自生活，来自行走中的发现。

　　"国际写作营"不应该只是高谈阔论，还要有踏实地行走。我已经准备好行囊，准备走出舒适的小楼，再次走向"大火箭"，走向滨海新区火热的生活，我想……"大火箭"肯定会有新的故事、新的细节……已经四年过去了，对于滨海新区这块飞扬的土地来说，四年的时光大概相当于四十年的飞跃。

圣彼得堡的留恋

　　想要走遍广阔的俄罗斯，恐怕是一件难以完成的事情，但对于旅行者来说，去莫斯科和圣彼得堡，恐怕是最明智的选择。有一年的冬季，在十天的时间里，我匆匆走了这两座城市，回来后，总是不自觉地把这两座城市，不断地做着各种比较。

　　假如，在莫斯科和圣彼得堡之间做一选择，我更倾向于后者。我觉得圣彼得堡更加具有底蕴，而且大气、开阔，还有历史的悠长。最主要的，圣彼得堡似乎更加宁静。所以从莫斯科到圣彼得堡后，我感觉整个身体瞬间都松弛了下来，只有精神在缓慢地游走。

　　我是在冬至前夜的那天来到圣彼得堡的。已是傍晚时分，慢慢地走在城市街道最为笔直的涅瓦大街上，清冷的夜风不断地吹过脸颊，远望细雪中的道路两侧，那些看上去已经非常老旧的灰色建筑，在昏黄的灯光下，似乎成为一件古老的工艺品。这座城市给我的第一感觉——旧，但这种"旧"，反而使悠远的圣彼得堡让人觉得更加真切,在内心里似乎有一种独自一人在冬夜里抚摸天鹅绒的忧伤和怅然。

冬至的夜晚,是一年中最漫长的一夜。在已经过去的岁月里,我还从来没有感觉过夜是那样漫长,在圣彼得堡的第一个夜晚,每一次醒来,窗外都是黑夜,好像黑夜永远没有尽头。圣彼得堡的黑夜,不是漆黑,而是灰白色的黑,可能是因为积雪的反光,抑或建筑上灯光的反射,"黑"得并不彻底,却"黑"得非常持久——当转天上午11点钟的时候,天空才开始慢慢地呈现灰白色,街上的路灯随之也慢慢熄灭。因此,触摸圣彼得堡的过程,可以说是在夜晚中进行的。

来到圣彼得堡,当然要去冬宫。坐落在涅瓦河畔的深灰色的冬宫,墙壁那样敦厚、结实,就连普通的一扇木门,看上去都是那样实实在在,仿佛一千发子弹都不能将它射穿,就是大炮也不能将它轰开。我站在冬宫靠近河边上的入口处,静静地眺望着涅瓦河,想要寻找当年阿芙乐尔号巡洋舰,想要在心中聆听那著名的"十月炮声"。当然没有——据说阿芙乐尔号还停泊在原来的岸边,可能是天色灰暗的缘故,我始终没有找见,一切都是那样安静,冬宫就像一位沉默的三百岁的老迈巨人。

走进冬宫,最大的感觉就是高耸、巨大,无论是穹顶还是廊柱,都是那样浑厚、饱满,仿佛不是人类建造的,像大地、天空一样,似乎它早已存在,让你觉得它还能万年不败。冬宫里面有上千个大小不一的厅，每一个厅的里面，墙壁上都悬挂着世界名画。达·芬奇、拉斐尔、毕加索的巨型原作，不可思议地呈现在眼前，让你总是无法相信这是真实的。至于高更、梵高、马修斯的画作，那更是比比皆是，毫不稀奇了。

尽管大厅里有许多儿童，还有许多的大、中学生，他们站在画作前互相说着什么，时而还会有一些争论。他们的样子，让我恍惚看见了自己小学时候，在那狭小胡同里的家庭小组学习时的场景，还有小学生学习中的打逗说笑……但是在冬宫里赏画的那些孩子们，却是没有发出一点儿声音，甚至连轻微的"嗡嗡"声都没有。那一刻，我真的羡慕他们，他们能在这些画坛巨匠的原作面前学习和讨论，显得那样奢侈。许多时候，生活是不平等的，就像我的小学时代，我在墙壁上看到的是疾风暴雨般的大字报，是"打倒""揪出"这些吓人的字迹，还有不明所以的愤怒口号……

来自世界不同肤色的人们，在这些巨匠们的巨作前，都以同一种姿态——以仰视的角度静静地观望。人在极度仰视的时候是很难发出声音的，即使发出声音，也是"啊、啊"的赞美的声音。所有粗鲁的、鄙夷的、愤怒的声音，不可能在极度仰视状态下发出——造物主就是这样神奇，达·芬奇、拉斐尔、毕加索们在用自己的作品，艺术地诠释了这个简单明了的道理。

冬宫里面的画作和艺术品，是需要穷尽一生欣赏的，因为每一个大厅里、每一幅画作前，都足能让你停留一生。可是人的生命太短暂了，怎么可能？我在离开冬宫时，除了感慨，剩下的就只有遗憾了。因为半天的时间，连"走马观花"都谈不上，所以离开时，心中只能留存更大的伤感。

在圣彼得堡，还应该去的一个地方就是陀思妥耶夫斯基的故居了。作为一个普通的写作者，能够近距离地亲近像陀思妥耶夫斯基这样的文学大师的故居，哪怕在里面站一站，吸一口故居里面的空气，恐怕都是一种不可或缺的阅读。

我最早知道陀思妥耶夫斯基的作品，还是和一场爱情有关。那是中国大街上到处唱响着常香玉高亢的豫剧的年代，懵懂青涩的我，作为一个信使，给两个爱好文学的青年男女邻居悄悄地传递情物—— 一本封面上有着模糊的图书馆红色印戳的破旧书皮的《罪与罚》。这是第二次为他们传递情物。第一次传递的是巴尔扎克的《高老头》。

我是想着三十多年前的陈旧往事来到陀思妥耶夫斯基故居面前的。这是一条老旧狭窄的街道，正门极小，而且比大街上其他的大门都低矮了许多，陀氏故居与旁边街道上的其他房屋没有任何的区别，甚至还有些寒酸。要是没有人热心指点，外来者根本不会注意这幢陈旧的二层建筑。

跟随一位身材瘦高、面颊消瘦的中年女士，在故居房间里慢慢地走着,听着这位研究陀思妥耶夫斯基的博士专家,讲解着陀思妥耶夫斯基的生活和他不朽的文学作品。

陀思妥耶夫斯基是俄国历史上最复杂、最矛盾的作家之一,有人说"托尔斯泰代表了俄罗斯文学的广度,陀思妥耶夫斯基则代表了俄罗斯文学的深度"。无论是广度还是深度,必将渗透着作家不一样的人生经历。陀思妥耶夫斯基患有癫痫病,从九岁发作,一直伴随他终生——六十年。他是天才的作家,因为在他二十五岁的时候,就以书信体短篇小说《穷人》一举成名。那时候,初登文坛的陀思妥耶夫斯基,被别林斯基称为"天才",被涅克拉索夫称为"又一个果戈理"。他真的是一个文学天才,但他还是一个不折不扣的酒鬼,还是一个逢赌必输的狂热赌徒。

我下意识地抿住嘴唇,端望着陀思妥耶夫斯基的肖像:阴冷的脸庞,深邃的目光,坚强的下巴……所有的一切,似乎如何都不能与酒鬼、赌徒联系上,可是现实……莫非这与他的医生父亲——热烈酗酒、性格凶狠——有些关系?

陀思妥耶夫斯基有着大起大落的人生。他在写完《穷人》的第二年便参加了彼得堡的革命小组。尽管他赞赏革命,但他和托尔斯泰一样,反对暴力,主张改良。可是尽管如此,他还是遭受了命运的起伏——因为牵扯一桩反对沙皇的革命活动而被捕,随后立即被执行死刑,可却又在刑场上临时改判流放西伯利亚。随后流放几年后，又很快被释放——但必须在西伯利亚服役。就是这变化莫测的两件事情，让陀思妥耶夫斯基度过了人生中非凡的十年时光。

陀思妥耶夫斯基的故居保存完好，打字机、礼帽、书桌、书柜、木床，孩子玩耍的小木马，还有巴掌大小的便签，令人惊奇的是，都是当年的原物。那时候，穷困潦倒的陀思妥耶夫斯基不断搬家，这所故居是他在圣彼得堡的最后一处居所。他一生执着于研究"天堂与地狱"和"人与上帝"的关系，这种研究的方向，也使他自己对生活有了要求——他对自己居住房屋的唯一条件，就是从屋子里的某一扇窗户望出去，一定要能够看见教堂的洋葱形的尖顶子。我站在故居进门处的一个狭长的玻璃窗前，毫不费力，轻松地看见了不远处一座教堂的洋葱尖顶。当年，伟大的陀思妥耶夫斯基，也是站在这里，长久地望向教堂的屋顶吗？那时候，他又在想什么？

我没有嗅到故居中丝毫的酒气，却目睹了陀思妥耶夫斯基创作的辉煌，在1866年到1880年的十四年间，他神奇般地完成了《罪与罚》《赌徒》《白痴》《卡拉马佐夫兄弟》四部巨著。其中，《赌徒》是在一个月之内完成的。如此高产，不能不提到他的第二位妻子安娜。这位速记学校毕业的高材生，速记的快速和准确，几乎超过了陀思妥耶夫斯基的口述。也正是在妻子安娜的帮助下，陀思妥耶夫斯基在出版社规定交稿日期之前完成了《赌徒》，最终才能彻底买下这幢永久的房产。从此，漂泊的陀思妥耶夫斯基终于在圣彼得堡安定下来，有了一个固定的家。

陀思妥耶夫斯基每天晚上写作，上午睡觉，下午接待上门求教的读者。当他在书房睡觉时，他的孩子们绝对不能打扰他。在故居，我见到了孩子们从书房门缝下塞进去的小纸条原件，上面写着歪斜而又规整的俄文：爸爸，我想吃糖。

就像陀思妥耶夫斯基作品里的人物自身都具有双重人格、自我对立一样，他同样也是一个矛盾的合体。他一方面严厉、阴郁，一方面又友好、温善，他的一生就是在这样的矛盾中艰难度过的。最后，在一个冬季的夜晚，因为挪动笨重的书架，寻找掉在书架下面的东西，大概因为用力过猛，导致脑血管破裂而死去。大约有上万圣彼得堡人自发来为陀思妥耶夫斯基送行，人们默默无语地跟在他的灵柩后面，长长的队伍，蜿蜒崎岖，仿佛一条山间的小路一样，看不见头，也看不见尾。

陀思妥耶夫斯基的妻子安娜在他死后，从家里什么都没有拿走，只带上了装满丈夫手稿的大皮箱，她离开了这所能够随时看得见教堂尖顶的居所——我们后来之所以能够见到那么多陀思妥耶夫斯基的著作，与这位贤良的妻子有着重要的关系。当年托尔斯泰知道安娜的行为后，大为赞赏这是一个"伟大的女性"，并且为此羡慕不止。

在陀思妥耶夫斯基的故居，那天下午，我足足待了两个小时，除了感慨，还有伤感——和在莫斯科图拉的托尔斯泰庄园里拥有一样的心境。是的，陀思妥耶夫斯基不仅是俄罗斯文学的深度，还是现代文学的心理叙事的鼻祖，心理和意识描写的一代宗师。他影响了20世纪很多作家，譬如福克纳、加缪、卡夫卡等文学大师，被高尔基誉为"就艺术表现力而言，只有莎士比亚能与他媲美"。

在陀思妥耶夫斯基故居斜对面的角上，有一个小小的安静的咖啡馆。因为精神的疲惫，走出故居后，我来到这家小咖啡馆，坐在里面，慢慢地喝着咖啡，那会儿我忽然感觉，时光怎么会那样地缓慢，就像口中浓郁的咖啡香味儿，久久不能散去。

我坐的那个座位，正好能够看见故居的进门处。我望着那显得寒酸的大门，突然想起了陀思妥耶夫斯基的一句名言：我只担心一件事，我怕我配不上我所遭受的苦难。

是的，苦难也是财富——对于作家来说，必须拥有经历，不管这种经历是什么，必须拥有。

离开圣彼得堡，冬宫里的亮丽辉煌和陀思妥耶夫斯基故居里的灰暗沉闷，总是在我的眼前交替浮现。就像在莫斯科和圣彼得堡两座城市做选择，我选择圣彼得堡一样；假如让我在冬宫和陀思妥耶夫斯基故居再做一次选择，我会毫不犹豫地选择陀氏故居。

不用再问我为什么。我的答案只在我的心里。

携《船讯》去喜鹊梁

一

知道百里之外就是崇礼。

但目光里还住着沽源的一切,那是水的阔远与草的清香,还有风的清凉。想起站在闪电河国家湿地公园最高处,迎接塞外吹来的清风、看远处青草地上犹如闪电形状的河流,还有更远处黑马、棕马、白马的悠闲漫步,以及极远处新石器时代的祭坛和辽金元时代的点将台。

这一切,都在不可思议的蓝天白云之下。

沽源蓝天的蓝,是不动声色的海水蓝;在不动声色的蓝天背板下,白云的形状却是调皮得瞬息万变,一会儿是天鹅的翅膀,一会儿是浪花飞溅,一会儿是万花齐放。只要你的目光稍微躲开天空,哪怕就是一滴水落下的时间,再仰起头,原来的白云形状就消失了,马上又会有新奇的画面迎风而来。

站在眺望的木桥上,仿佛身在天地之外。那一刻多么久远的往事都会蓦然飞来,而且还会伴随着往事的画面。时间与空间的交叉变换,每时每刻都会令人猝不及防。

离开令人无限遐想的闪电园,前往观鸟园。虽然都是湿地公园,却犹如一次惊诧的迁徙。

兜兜转转的木质长廊里,把外面的骄阳完全隔开,好像另外一个清凉的世界,而且安静得耳边会响起孩童时胡同小巷里的风铃声。因为目光平视,没有了闪电园里的辽阔,反而倒显得精神更加集中,内心也更加平静。心平气和的时候,目光就会专注起来。即使没有高倍望远镜,只要你平静下来,微微地闭上眼睛,努力向远处眺望,你就能看到无数珍奇的鸟儿。屏住呼吸,你肯定能够看到。

黑鹳、大鸨、白头鹤、遗鸥……

我想把在沽源游走的诸多感觉,比如目光的奢侈、激动的感慨、无边的喟叹,能够准确地描写出来,却不能。亚高原上独特的湿地风貌,对于久居平原、抬眼就是另外一户人家窗子的我来说,似乎显得有些手足无措。

最为焦灼的还有辞藻的贫乏。对于我这样向往"李白乘舟将欲行,忽闻岸上踏歌声"的诗歌爱好者来讲,在张家口地区坝上、坝下的漫游行走,感觉口袋里的语句突然少了。缺少一种把握,或是书写的灵感。

我想起来了，应该带上一本书。在阅读中漫无边际的行走，可能会找到叙说的路径。人，是不能走错路的。叙说，也是同样如此。否则，那就是另外的图景。

二

从沽源到了崇礼。

因为每次看见山，我总是莫名地想起海。所以，我的手边有了长篇小说《船讯》——安妮·普鲁的精神赠送。

满眼都是起伏的山。每座山峰，看似相同，其实又不同。无法看透的大山。

"也许，水比光更古老……大海中央出现了森林。也许，一根打了结的绳子，可以把风囚禁。"这位获得过普利策奖的美国作家具有非凡的想象力，她竟然能想象出来"大海中央出现了森林"？还有，"打结的绳子把风囚禁"？

那么，山的中央会出现什么？怎样才能把大山储存在心间？

读着隔海飞翔而来的安妮·普鲁的《船讯》，越野车停在了桦皮岭下闻名于世的草原天路的下面。

桦皮岭是崇礼的高山，海拔两千多米。桦皮岭的山脚下就是"天路"的始点。正是因为桦皮岭的背衬，这条路才被叫作"天路"，才会像一条带子一样随云彩飘浮，与远天无限接近。这就像写小说,背景多么重要。人物可以"小",事情也可以"小",但背景一定要"大"。

路边的青草地上点缀着紫色的地榆花,它们长在长长的柔弱的枝条上端,它们并不是传统意义上盛开的花朵,特别像短小的蒲棒,只有指甲盖大小。还有一种当地人称作的"树叶鸟",小鸟儿小得真像一片树叶,可是叫声高亢嘹亮。它们站在树的最高处,在那么细小的枝叶上放声歌唱,站在树下,我怎么都琢磨不透,那么响亮的叫声与它们小小的身体却有如此差异。歌声的能量来自哪里呢?

在草原天路上,汽车开了一会儿,就要停下来,再徒步走一走。每一处停车之处,都会呈现无法预料的风貌。

仰望"天路",有一种奇特的感受。那就是,感觉自己不是自己,像数十年前的自己。或是,感觉自己是数十年后的自己。总之,不是当下的"我"。

小说《船讯》里的奎尔也是这样的,所以安妮·普鲁说奎尔"他最早意识中的自己是一个遥远的人"。是的,在纽约生活的奎尔,是一个普通的记者,三十多年来都是跌跌绊绊地活着,但是回到祖居的加拿大纽芬兰岛,在四十多年无人居住的老屋里,失意的奎尔却摆脱了失败的阴影。

为什么奎尔回到故乡就能摆脱失败的阴影?眼前这条弯曲起伏的草原天路,又会带给人怎样的生命启示?

我不知道什么时候能够走完东起崇礼区桦皮岭、西至张北县野狐岭的这段一百三十二公里长的草原天路,我怎样才能拥有一条"打结的绳子"?

远处山坡上白色的风车,不紧不慢地旋转着,原本是发电的功能,却因在遥远的绿色山坡上,于是它们在远行人们的眺望中有了浪漫的意味。

看着童话般的白色风车,越野车停下了。那大片的稍微平整的土地,正好形成天然的观景平台。视野所及,永远都是连绵的山。但是却在山的缓坡上,呈现大片的层次分明的梯田。上面种些什么,似乎已经不重要了,重要的是它们的形状,给人想象的阶梯。

草原天路的下一站还能看到什么?还能看到荞麦花、土豆花,还能看到油菜花、苜蓿花……所有花的背景都是绿色的群山。还能看到古长城遗址,还能看到狐狸出没的野狐岭……

看着继续向上飞翔的"天路",我忽然想起安妮·普鲁笔下的"绳结",莫非就是航船上的缆绳?

打结的绳子能把风囚禁,缆绳能把大海固定吗?

三

相对于草原天路的驰名,崇礼的喜鹊梁则有些默默无闻。要是不到当地，真没有听说过。

去喜鹊梁之前，听当地人讲，之所以叫喜鹊梁，因为这里没有人，是喜鹊的家，经常会有数十只、上百只、几百只的喜鹊欢聚于此。他们说起喜鹊梁，脸上带着某种神秘的笑容，过去一会儿再想起那种笑容，依旧意蕴悠长。

果然，刚刚拐上一道山梁，几只喜鹊就毫无理由地突然出现，它们翩飞在汽车的前面，似乎像是引路又像是戏耍，在车头前面忽上、忽下飞着……随即消失在两旁的树林里。

所有的期待与畅想，瞬间被这几只喜鹊点燃。

汽车继续向上走。看见了山门。

徒步而上，脚下是碎石渣铺就的窄路。这与草原天路的柏油路面不同，也正是这种不同，却显示了山乡间的原始风味。

还没有走上喜鹊梁的山路，两旁幽深的桦树林，悄无声息地出现在视野里。这些林子呈现出原始林的状态，看不出人为管理的些微痕迹，林子下面都是厚厚的落叶，踩上去犹如松软的草毯。这种原始的状态，更是让人浮想联翩。想要看见喜鹊漫山飞舞的欲望，再一次被点燃。

几乎没有"登"的感觉，眨眼间就到了山顶。我这才明白，为什么这里不叫"山"而叫"梁"的缘故。因为将近傍晚，人不多，在这片开阔、舒缓的山坡上，始终没有看见喜鹊的身影。

喜鹊梁，难道没有喜鹊？

周围依旧是安静的群山。脚下是没过小腿的草，还有遍地的野花。

望着山，我再次想到了海。奎尔为什么回到家乡后，能够摆脱失败人生的阴影？因为面对吞噬生命的大海、巨浪、冰雪还有疾风，所有平凡的人们互相伸出援手。正是因为人与人之间的合作、人与人之间的相互体贴，所以能够战胜一切困难，每个人都能获得新生。

"正是人类的赎救和疗伤，人类精神才能复活。"安妮·普鲁在纽芬兰岛的风暴中，书写了人类最宝贵的精神。

那么，没有喜鹊的喜鹊梁，如何让人如此向往呢？

想象，我相信来自想象，来自民间的想象。他们把一只喜鹊想象成了数十只，把数十只想象成了数百只。

小说家也是这样。小说家的想象来自人物的"飞跃"。约瑟夫·康拉德在他的小说《在西方的目光下》里，就是让他的人物在圣彼得堡和日内瓦之间来回"飞跃"；布尔加科夫的《大师和玛格丽特》，同样让人物在莫斯科和耶路撒冷之间来回"飞跃"。

作家的想象力在"飞跃"中迸发。小说里的人物只有"飞"起来，才能带动写作者"飞翔"。是的，小说中人物的话语、行动，怎么能是作家写出来的？不是，是人物与生俱来的。

站在草地上，望着远方……面积并不宽阔的喜鹊梁、没有喜鹊的喜鹊梁……忽然变得无边无际……许多喜鹊飞翔在草地上、飞翔在天空中。那一刻我好像看见了《船讯》里纽芬兰岛的巨浪，在飞溅的冰冷的浪花中看见奎尔飞起来了……我也看见喜鹊飞起来了……黄昏中的喜鹊梁，被远天的夕阳映照得像黄昏中的大海。那些飞翔的喜鹊，变成了漫天飞舞的缆绳。

技术性阅读的愉悦

——贵州"时间的书页"讲稿

一

阅读是我抵御寂寞焦虑抑郁以及其他不好心情的手段,也是我抵制突然而至的自卑沮丧愤怒的知心好友。问题是,作为一名有着三十多年写作经历的人,阅读又不仅是精神消遣和心理倾诉,一定还有另外的功能。那就是,应该对写作有所帮助。我想了许多词汇来定位写作者的日常阅读,最后感觉用"技术性阅读"比较贴切,暂且这样定义。

欣赏文学经典,要具备技术性阅读的能力,这也是阅读的基本能力。也就是,要知道优秀作品的"优秀"在哪里?还要了解创作出来经典文学作品的作家是怎样思考的?从某方面来讲,作家与读者之间就是一场智力对决。这样讲不是危言耸听,因为道理很简单,优秀作家的写作是"有预谋"的,不是随意性的,优秀作品需要酝酿很多年,甚至用生命来做"赌注"。文学经典从某种意义上来讲,一定具有"侵略"的属性。由此可以预见,在写作前,作家心中的预谋是惊心动魄的、是波澜起伏的,优秀作家绝不会轻易下笔,否则自己都会看不起自己。

那么,优秀作家又是怎么预谋的呢?可以把作家写作间的窗帘稍微掀开一条缝,窥视一下他们在屋里走来走去的思考模样,他们一定会在某个时候、在不经意间喊上一嗓子,那时候他们心中的"阴谋诡计"已经形成。

说作家心中揣着"阴谋诡计",一点儿都不冤枉他们。你看,美国作家斯蒂芬·金,阴沉着脸,狡诈地说道,"要让小说具有人身攻击的效果,应该让你难受,要惊到你,吓到你",随后他感觉还不解气,继续补充说,"就像用金属锐器去划玻璃所发出的声响"。

还有一个美国作家,叫雷蒙德·钱德勒,他写作的预谋更吓人,"唯恐天下不乱,是作家的职责所在,责无旁贷"。

当然,斯蒂芬·金所讲的"惊吓",不是要吓得你哇哇大哭或屁滚尿流的那种"吓",而是指阅读过程中的心理震撼。这种震撼可能会让你会心一笑,或是击掌叫绝;激动的时候,合上书本在屋子里来回走动,极有可能还会在空中有力地挥一下手臂,那会儿心里肯定在说"写得太绝了"。当然,雷蒙德·钱德勒所讲的"天下",也不是指现实世界,是指作家通过作品所建构起来的"文学世界"。

在作家精心布局下的写作,毋庸置疑,肯定会朝着具有"侵略性"的文学经典大道驰骋。这也正是读者所热诚期盼的结果。

二

优秀的文学经典,肯定需要全方位的优秀。语言、人物关系、叙事节奏和结构乃至精彩的对话,等等。太多太多了,在一篇文章里肯定谈不下来,几天几夜也谈不下来。那就先从三个方面来谈。当然,也只能是浅谈。

情节、细节,还有独特人物的独特个性。

三

关于情节。读者常说"这小说太抓人了",拥有怎样"情节"的小说才能"抓人"? 还是先听作家怎么讲,看他们是否跟读者、跟同行"掏心窝子"了。

英国作家伊恩·麦克尤恩,是一位在中国备受推崇的作家,尤其受"70后"作家推崇。有一个阶段,麦克尤恩的作品像"礼物"一样在"70后"作家中互相"赠予",大家说到他的时候都显得特别激动。

麦克尤恩说过:"优秀小说,一定是下一个情节,是对上一个情节的背叛。"这句话说得太明确了。假如说得再通俗一点儿,那就是"你不能顺着一个情节走,要有转向,这样才能精彩"。绝妙的情节，一定是反转的，一定是出其不意的，一定是在意料之外的。

再听一位美国作家怎么讲，他叫巴纳比·康拉德，他对于中国读者比较陌生，坦诚地讲我还没有读过他的作品，听朋友讲，他曾与人合著过一本书《大作家史努比》，这本书十多年前在中国出过汉译本，据说销量一般。但巴纳比·康拉德关于"情节"的说法，倒是有些意思。他说："一旦人物摊上了事，摊上了大事，那么其摆脱困境的千方百计，就是作家需要去做的工作。"也就是"编排情节"。

伊恩·麦克尤恩和巴纳比·康拉德的观点，基本上趋于一致。还有一个人，则不这样认为。他就是长篇小说《迷雾》的作者、西班牙作家米格尔·德·乌纳穆诺，他在谈到小说创作中的"情节"时，与刚才提到的两位作家的观点都不一样。乌纳穆诺认为"没有情节，情节是自己形成的"。后来有评论家对他的观点提出异议，但面对评论家追问"没有情节，何以塑造人物"时，乌纳穆诺自信地讲"人物是随着他们的言行——特别是言论——塑造的"。

三位作家的观点摆在那里，各有各的道理，但我想还是应该去分析具体作品。无论是"虚构"还是"非虚构"，看看"情节"是怎么"编织"起来的；或者讲，"情节"是怎么"自己形成的"。

梭罗在他的《瓦尔登湖》里，讲了一个"好玩的故事"。他写了一条狗，说是这条狗忠于主人，当看到任何接近主人或者主人家的农具、房屋、物品的陌生人，这个狗就会狂吠不止，不仅能够及时通知主人,很远的地方都能听到狗吠,如此一来,肯定会吓跑陌生人,所以主人特别信任这条狗。有一天,主人放心外出,回到家发现屋子里的东西没了,但是狗还在,而且周边的邻居都没有听到狗吠。后来通过警察局调查才知道,原来小偷是赤身裸体来偷东西的。主人恍然大悟,这条看家护院的忠诚的狗,平日里看见的都是穿衣服的人,突然看见一个一丝不挂的人,它不知所措,自始至终一声不吭,本来是看家护院的狗,却成为小偷的帮凶。

虽然这个"情节"来自"非虚构"作品,但也足够吸引人的注意。不难理解,吸引人的关键之处在于"颠覆"。只有"颠覆"常识,才能让在常识中形成观念的人们产生浓厚兴趣。

最近因为写作的需要,我在研究江户川乱步的推理小说。有本书叫《江户川乱步的推理写作课》。他把有特点的推理小说整理介绍,其中讲到一个英国作家的作品,这个作家我还是第一次听说,他叫罗纳德·A.诺克斯,写过一篇推理小说《陆桥谋杀案》。

《陆桥谋杀案》的故事年代不详,但从故事描述中能够看出来,距今比较久远,最少也要一百年。写的是一个身患绝症被医生判定马上就要死了的人的故事。这个人胆小如鼠,不敢自己去死,又恐惧等待死亡的过程,于是他开始想办法。他想让别人杀他,可是谁又会蒙受杀人罪名去帮他呢?于是,他想了一个好主意,一个人扮成两个人,用真实的自己去杀死假扮的自己,然后以此获罪,被法院判刑枪毙。他按照自己琢磨出来的"死亡计策"去施行。不久后的一天,他上了一列火车,进了一个包厢。一会儿又出来,躲在卫生间换了一身衣服,再进包厢的时候,大大方方地跟列车服务员、乘客打招呼,甚至还会说上几句关于天气之类的闲话,他的目的很简单,让所有人都清楚,这个包厢里有两名乘客。到了晚上,他把一具人体模型扔下火车经过的大桥,造成有人坠河的假象。第二天早上,他又假装慌张的样子逃跑,并且把慌张的神情与动作尽量做得夸张一些,故意让人看见。结果不言而明,警方很快抓住了他,他也特别配合,供认不讳。可是就在准备判刑的时候,他又害怕了,聘请律师为自己辩护,最后证明他没有杀人,一切都是他自己制造的假象。这个人被当庭释放,但是在回家的路上,他被载货的大卡车撞死了。费尽周折,终于完成了他死的夙愿。

这个故事我觉得"情节"的设置有许多疑点,有不可信的地方,其中疑点最大的地方就是"人体模型"。这个模型是怎样的材质?从列车上扔下去,还要让人知道有人坠河,必须有比较大的响声,那就需要"人体模型"具有一定的重量,而携带具有一定重量的"人体模型",又如何不被人发现?这个问题不设计好的话,坠河这个情节无法成立。在《江户川乱步的推理写作课》中讲述罗纳德·A.诺克斯的《陆桥谋杀案》时,并没有进行详尽的解释。但是身患绝症的这个人想要死的过程却是设计得一波三折,完全符合"这一个情节击败上一个情节"的逻辑。

还有更加极端的"情节背叛"。那就是智利作家罗贝托·波拉尼奥的《美洲纳粹文学》。

波拉尼奥曾在中国风靡一时,特别是他的《2666》被翻译成汉语出版后,更是形成一阵阅读热浪、热议话题。前几年他的这部作品还被法国人改编成十小时长度的话剧在天津上演,当时许多外地作家朋友都来天津看这部话剧。其实《2666》是作家五部小说的集合,本来波拉尼奥留下遗嘱要分别出版,可是后人将五部小说放在一起出版了。

"情节背叛"的《美洲纳粹文学》,不是一个情节背叛上一个情节,而是集体背叛。这部小说中的作家、作品评论、出版社等,貌似以"非虚构"面貌出现,但全部都是虚构的,都是没有发生的事情。可以这样讲,这部作品是彻头彻尾的"情节背叛"。波拉尼奥创作这部小说的想法很简单,假如我们不警惕的话,纳粹就会在智利出现,出现后的文学状况就像他书里写的一样。

我曾去过智利访问,也与当地作家、读者、新闻媒体接触过,有两点感触,波拉尼奥的预言非常具有前瞻性,并且具有现实性。不仅因为智利当地有大量德国人和德国人后裔,以及德国人与当地人的混血儿,而且这个国家历史上对德国充满好感,二战结束后的历史大家都知道,大量纳粹战犯还有纳粹军官士兵逃到智利并且被收留下来。

另外,智利这个国家产生具有魔幻性质的文学作品一点儿也不稀奇。我举一个生活小例子可以证明。智利首都圣地亚哥是一座非常安详幽静的城市,空气特别好,没有苍蝇、蚊子,而且街道非常有特点。街道看上去是横平竖直的,但只要走过两个路口,肯定就回不到原地了,就是努力记下标记,也会迷路。我在圣地亚哥住了三天时间,两次早上出去散步两次迷路,要不是带着酒店住宿卡,最后打出租回去,真不知道会走到哪里。我猜想,这可能也是诞生"奇怪小说"的"生活原因"吧。

四

再说细节。为什么经典文学作品能给阅读者留下深刻印象,我以为精妙的细节起到了至关重要的作用。作家笔下的"细节"呈现,或者讲,是描写下的"细节",一定与日常生活有所区别,也就是我们评论家经常挂在嘴边上的"陌生化效果"。这是一个优秀作家必备的"绝技",要是没有这点儿绝活儿,迈上优秀作家的台阶,肯定还会需要一段时间。假如到停笔那天,还没有这个"绝技",那就注定是个失败的写作者。

对于我来讲,有个特别好的例子,那就是司汤达的《红与黑》。

我最早接触《红与黑》,也就是七八岁。那时候我是一个乖孩子，还有一个好习惯，嘴巴特别严，谁跟我说的话，我都不会外传。当时街坊中有两个青年男女谈恋爱，那时候我们街上的人，把谈恋爱叫作"搞对象"。这对青年男女，都是长相好的人，男青年像《侦察兵》里的演员王心刚，女青年像《我们村里的年轻人》里的演员金迪。在20世纪70年代初期的社会背景下，"王心刚"与"金迪"和大多数青年一样，特别腼腆，所以"搞对象"也是秘密进行。这两个青年看中我的嘴巴严，让我替他们"传递情报"，有时候是电影票，有时候是信件，还有时候是书籍。有两本书，我记得特别清楚，一本是《高老头》，另一本是《红与黑》。两本书包着牛皮纸的书皮，我就像阿尔巴尼亚电影《宁死不屈》里的女英雄一样，把书藏在怀里，像没事人一样来到"王心刚"家或是"金迪"家，趁人不注意，努一下嘴巴，然后快速掏出书，放到他或她的枕头或炕席下面。他们两人特别喜欢我，为了报答我，曾经给我买过"大白兔"奶糖，还有一百响的小鞭炮。后来他们结婚了，每当看见我，总是要拍拍我的脑袋或是肩膀。因为"高老头"和"红与黑"名字好记，我记得牢牢的。也可以这样讲，好的书名，也是"细节"，所以才有那么多作家为了起一个亮眼的书名，不知失眠了多少个夜晚。

　　但真正阅读《红与黑》，是在1980年我十八岁在工厂做学徒那会儿。午休的时候，我穿着油渍麻花的工作服，倚靠在墙壁上，读着书禁不住流泪。为于连的命运，也为自己的命运。小说最后，德瑞那夫人抱着于连头颅并且放在大理石台子上的细节,让我记忆深刻。我记得人高马大的师傅看到捧着书本并且泪流满面的我,叹口气说:"你不适合当工人,你适合当干部。"我师傅把所有文化人和成功者都称为"干部"。三年后我发表了第一篇小说,师傅看着杂志再一次强调:"我早说了,你应该当干部。"我记得当时师傅把《红与黑》拿过去,看了一眼,然后把手套递给我,跟我说:"走,去钢板库取料。"

"细节"有多么重要。一本书里的精妙细节,再配上一个亮眼的书名,不仅能够让读者牢牢地记住这本书,还能记住彼时的氛围及相关人物,甚至彼时周边的色彩、光亮和气味,也因为书中难以忘怀的细节而被铭记。

关于"细节",在我阅读中有着太多太多的记忆。那就多举几个例子,好好地享受一下"技术性阅读的愉悦"。

首先说说古巴作家阿莱霍·卡彭铁尔。这是一个怎样优秀的作家呢?关键要看同行怎么评价他。大名鼎鼎的墨西哥作家卡洛斯·富恩特斯,对卡彭铁尔是这样评价的——"我们都是卡彭铁尔的后代"。这是了不起的尊崇。

卡彭铁尔有一个短篇小说《月亮的故事》,五六千字,其中写到一个人吹牛,卡彭铁尔是怎么描写吹牛者的呢?"我能干净利落地打断美洲鸳的脖子,地上的蚂蚁把鸟头抬走的时候,鸟身子还在天上飞呢。"在这三十多个文字中，不仅形象地刻画了吹牛人的气魄，还把吹牛人的生活氛围、生活特色也写出来了，而且给人留下深刻的画面感。

中国作家汪曾祺，同样是一位在"细节"上下足了功夫的作家。我第一次接触并阅读汪曾祺的作品，还是在20世纪80年代初。那时候，我刚刚开始学习写作，参加了一个区级文化馆的读书班，当时一位大学老师兴奋地讲授汪曾祺的作品《受戒》。在当时一派"控诉文学"的氛围中，突然读到这样的迥异之作，真是"吓了一跳"。我记得，那是一个周末的晚上，下大雨，或者说是下暴雨。我去听课的文化馆地势低洼，当我走到文化馆门口时，雨水已经没过膝盖。那天老师到了，学员却来得少。但就是因为《受戒》，我记住了那场大雨。今天不谈《受戒》，而是说说汪曾祺另一篇不太知名的作品《徙》。这篇小说具体内容我记不得了，但是一个细节却记得很深——关于"门"的细节描写。每次主人回家，家里的门，大门、二门等所有的门，只要主人走到门的前面，都会自动打开。当然，门能打开并非电动门，而是因为门的后面站着人。这个人物过的是什么样的生活，小说里不说，一个字都没讲，只用这个细节——门——来展现。相信读者也会明白小说中人物的生活优渥和地位的尊贵。通过一扇门来展现说明，更加证明"细节"用好了，真是一件"省时省料"的好办法。

法国新小说派创始人、代表人物罗伯-格里耶,是中国作家熟稔的作家,曾经在某个时段经常被挂在作家们的嘴边上。他的小说《密室》非常有名,其中有个细节写屋子里的"亮光",他是这样写的:很难说清楚那亮光是从哪儿照进来的。无论是圆柱下还是地板上,都没有迹象表明光线的方向。没有一扇窗,也没有任何其他光源。整个场面似乎是由这具乳白色的躯体照亮的……这样一个"细节"的呈现,让读过这篇小说的人真是难以忘怀。我还运用"拿来主义",把这个"细节"当作我一篇"阅读笔记"小说中的"细节",直接标明来处并加以恰当使用,成为小说的叙事"助燃剂"。

　　20世纪80年代,在中国非常有名的美国作家,应该算是威廉·福克纳了。他不仅出现在作家的唇边,还经常出现在作家的创作谈里,以及作家之间聊天时的谈资。福克纳作品与宗教、历史、名人密切相关,譬如《押沙龙,押沙龙!》书名,出自《圣经·旧约》中的以色列国王大卫的儿子。《喧哗与骚动》出自《麦克白》中的台词"人生如痴人说梦,充满着喧哗与骚动,却没有任何意义"。仅从书名就可以看出来,福克纳的作品喜欢用历史与经典做精神的"托举物"。福克纳是一位腼腆的美国南方人,据说他获得诺贝尔文学奖时有些过于激动,他由于精神紧张,坐在椅子上竟然忘了站起来,瑞典国王走到他身边去颁奖,而按照颁奖仪式,获奖者是要走上前去的。还有在致答谢词时,福克纳声音很小,在场的人几乎听不到,据讲也是由于过于紧张所致。由于我们没有听过福克纳的说话,所以只能这样猜测。但就是这样一位腼腆紧张的福克纳,却在他的《八月之光》中呈现出了特别的"凶残"的语言。《八月之光》写一个小镇里十天的生活,三代家史,书写人类的真实情感。这是一部彻底打乱了叙述顺序的小说。我很多年以前看过,这部小说的语言带给人一种暴力感,并且喜欢用细节呈现。比如这样"细节"的凶残描写:"在划破的衣服下面,淤积的黑色血液从他的大腿根和腰部像呼出的气息般汹涌泄出,像腾空升起的火箭所散发的火花似的从他苍白的躯体向外喷射,他仿佛随着黑色的冲击波一起上升,永远进入了他们的记忆。"

我还想再举一个卡彭铁尔的例子。在他的小说《人间王国》中,有个细节写得也非常好,写一个人脚很有力量,怎么有力量呢?他用脚跟踩地,楼下的小教堂发出剧烈声响,他把小教堂当成一个鼓来敲。而在他的另一部小说《时间之战》中,有一个细节的呈现也是特别绝妙,写干旱之后下雨,刚开始是雨点飘落,"干裂的瓦片吸着水滴,发出铜币一样的声响"。

我觉得拉美作家在"细节"方面的关注,真是令我们赞叹,应该向他们学习。学习他们勇于寻找"陌生感"细节的勇气,学习他们知难而进的不懈精神。

另一位被马尔克斯等人大加赞叹的墨西哥作家胡安·鲁尔福,

同样也是令人赞叹的"细节大师"。鲁尔福在他的经典之作《佩德罗·巴拉莫》中,通过细节描写,同样给我留下深刻记忆。"房间里,那个站立在门槛边的女人,她的身躯挡住了白昼的降临,只能从她双臂下才能看到几小块儿天空,从她的双脚下透进几缕光线";还有一个细节描写,也是非常具有经典意义的,"在很长的时间里,我的手指上仍保留着他睡着了的双眼和心脏跳动的感觉"。

阅读《佩德罗·巴拉莫》需要慢慢品味,其中关于"细节"的妙处比比皆是,需要的只是读者的耐力。只要心静下来,就不难发现。

<h1 style="text-align:center">五</h1>

那么,有没有既是情节又是细节的呢?也就是"情节"与"细节"混合使用。有,仅举一例。也就是脑子里一下子涌现出来的例子。

写作《黑羊》的危地马拉作家奥古斯托·蒙特罗索,是让略萨和卡尔维诺倾慕的作家,因为他能在干净、剔透、简短的语言中,充分展示出来叙事的巨大魅力。《黑羊》小说集,我是好多年以前在台湾诚品书店购买的,当时大陆没有这本薄薄的小书,所以印象很深。我在诚品书店还买了其他书籍,却没有印象了,只记得《黑羊》。

还是说"情节与细节"混合使用的例子吧。那就是蒙特罗索的一句话小说——"他醒来时,恐龙依旧在那里"。

六

第三方面要说的,是独特人物的独特个性。

曾经多次被提名诺贝尔文学奖的美国作家菲利普·罗斯,有一本翻译成汉语小册子的书叫《行话》,在这本书里,罗斯介绍了许多位驰名世界的作家,其中包括意大利作家普利莫·莱维,和他重要的"非虚构"作品《再度觉醒》。

《再度觉醒》这部作品,写战争之后犹太人离开集中营、返回家乡的故事。莱维在接受罗斯访谈时,敞开心扉,讲述了在集中营里亲身经历的人和事。莱维说当年在奥斯维辛集中营,有一个其貌不扬的意大利瓦匠,是一个被忽略的人物。有一天,德国看守让这个意大利瓦匠修补破损的围墙。被关押的人听到这个消息非常激动,悄悄找到这个瓦匠,希望他在修补围墙时留下破绽,为的是将来能够逃出去。可这个意大利瓦匠当即拒绝。问他原因,他说他不仅不会故意留下破绽,还要修补得更加牢固,瓦匠给出的理由是,绝对不能让德国人看不起他的手艺,因为他是一个技艺高超的瓦匠。莱维讲的这个故事,让罗斯非常感慨,说这个意大利瓦匠颠覆了我们的常识,把他写进文学作品中,肯定是一个独特的文学人物。

其实,让这样的人物"走进"文学作品中,才是作家最有意义的工作,才是我们写作中常说的那个口头语——"这一个"。这样"独特人物"所呈现出来的"独特个性"还有很多，比如《老人与海》中的老渔民桑地亚哥，《红与黑》中的于连，《巴黎圣母院》中的敲钟人卡西莫多，等等。

那么有没有更加独特的例子？有。

独特人物，有的时候是"文学作品里的人物"，是作家虚构出来的人物；但也有的时候，就是作家自己。作家把自己纳入文学作品当中，将自己也塑造成为"文学人物"，并且还是独特的"这一个"。

比如日本作家太宰治。我写过一篇"阅读笔记小说"，叫《灰烬上空的亮光》，把凯鲁亚克、策兰还有太宰治这三个"悲怆的人"联结在一起，通过他们三人作品精彩的情节与细节，再由虚构的中国人物去表现。

太宰治在他最为著名的小说《人间失格》中，他就是把自己写入小说中了。他在"后记"中，以作者本人也就是"我"的视角，通过阅读前面正文所拥有的情绪，进而巧妙地把"我"揉进小说中，成为小说人物中的一员。所以，《人间失格》中的"后记"部分，也是小说的一部分，也是一个完整的整体。

还比如我们太过熟悉的卡夫卡。他的《致父亲的信》是他所有发表和未发表作品的"作品后记"，"卡夫卡"本人，也就是《致父亲的信》中的"我"，同样也是他作品当中的"人物"。甚至可以极端地讲，要想了解卡夫卡的作品，必须去读《致父亲的信》，这是读者了解卡夫卡作品的重要路径。

因为"父亲"这个人物,在卡夫卡人生经历中有着举足轻重的地位。卡夫卡的父亲是一个内心与性格都非常矛盾的人,平日对待子女,用中国人明白的话讲,就是"只许州官放火,不许百姓点灯",他对卡夫卡要求异常严格,最常用的手段就是把腰带解下来,放在椅子背上,做出随时鞭打的准备,以恐吓年幼的卡夫卡。他的父亲敌对所有人的行为,对卡夫卡性格成长影响很大。年少时的他,怎么也不明白,父亲为什么把铺子里的店员称作"领酬金的敌人"。父亲许多不可理喻的言行,都成为卡夫卡性格形成的重要推力。所以,《致父亲的信》是阅读理解卡夫卡作品的"一把钥匙"。卡夫卡创作的作品中,都有他自己的影子,也有父亲带给他重大影响的影子。

太宰治、卡夫卡,他们的言行与常人有着很大的不同,所以他们自己"走入"作品中,也自然而然地成为"这一个"。

七

最后再补充一点,或者说再啰唆几句,作为文章的结尾。

为什么伟大作家能够创作出来流芳百世的伟大文学经典,为什么他们能够写出震撼人心的"情节与细节",这与他们生活氛围、人生经历和对生命对世界的感悟有关系。

在这里,简单说说生活氛围还有人生经历吧。

比如托尔斯泰的故居,也就是著名的图拉庄园。我是很多年前冬季去的,庄园中到处都是白雪。许多房屋的窗户非常窄小,尤其是托尔斯泰卧室的窗户,与他高大的身材完全不成比例。倒好理解,因为俄罗斯冬季太漫长了,太寒冷了,所以才把窗户、门做得窄小,以此抵御狂风暴雪,而且整个冬季看不到太阳,天空永远都是灰蒙蒙的。也正是看过他生活的地方,才能明白《复活》开篇为什么用了那么多的笔墨,来写春季到来小草的生长状况。

还有陀思妥耶夫斯基的生活怪癖,他因为有过陪绑上刑场和流放西伯利亚的经历,所以他要求自己居住的地方,必须有一扇窗户抬眼就能看见教堂,只有看见教堂顶部的"洋葱头",他才能心中安然。还有他白天睡觉,晚上工作。他与孩子交流,都是通过写纸条的方式,通过门下的缝隙进行传递,进而进行交流,他的死去也是遗憾,他在夜晚整理书柜,被笨重的书柜压在身上不能动弹,因为他有过交代,没有他的允许,谁也不能进到他的卧房。所以家人发现他被笨重的书柜压在下面时,已经过去了十几个小时。这样经历和性格的人写出《罪与罚》《卡尔马佐夫兄弟》,似乎才相互匹配。

还比如大诗人聂鲁达生活的城市——智利的瓦尔帕莱索,这是一座向天伸展的城市。为什么要这样说呢?因为这座城市街道过于陡峭，应该有45度。我在街上行走时，站在高处向下看，从街道另一头快速行驶过来的小汽车，就犹如一发发炮弹从下面向上面射出来。那样的场景，相信其他城市很难见到，几乎不可想象这样的街道怎么能开车行驶，甚至怎么能正常行走。但是那里的居民，甚至身体佝偻的老妪，不仅脚踩高跟鞋，还能把车子开得飞快。再有聂鲁达的故居，在一座类似小山一样的高地上，窗外三面朝着大海，不是一般的海，而是无边无际的太平洋。也正是这样的生活环境，所以在他的诗歌中，我们才能看到飞扬的诗句。

请看，"听凭你的要求，我的灵魂在水中荡漾。请用你的希望之弓，为我指明路程，我会在狂热中射出一支支飞快的箭……无言的你催促着我那被追捕的时光"。

再请看，"俯视着黄昏，我把悲伤的网，撒向你海洋般的眼睛。那里，在最高的篝火上燃烧、蔓延。我的孤独，它像溺水者那样挥动着臂膀。我朝你那出神的眼睛送去红色的信号……从你的目光里时时显出惊惶的海岸"。

用文学人物去呈现"中国精神"

——在甘肃敦煌"鲁院论坛"讲稿

一

我们今天坐在一起探讨"'一带一路'语境下的文学使命",不可否认,这是一个宏大深远的主题。探讨这个话题的意义,其实也是再一次提醒我们,文学既要关注人类的日常生活,展现生活的细微之美;同时更要关注人类未来、使命、精神,呈现文学的宏大气魄。这是文学本质所决定的,是不可能逃避和消解的,也是必须面对的、认真思考的,当然也还需要我们付诸具体行动的。

众所周知,"一带一路"包含两层含义:一是历史,二是当下。

历史,是指古代中国通往西方的重要之路,由陆路的丝绸之路和海上的丝绸之路构成。最初在进行"物物交换"的时候,可能只是简单的商业行为,但随着时间的推移,随着我们脚步不断地前行,逐渐在商业行为之上,不可避免地有了文化交流,"驼铃和风帆"把中国悠久的传统文明传播到了世界各地,同时也接纳、吸收了世界文明,在古老中国历史上呈现了绚烂的历史图景,同时也给世界带来永恒的历史话题;当下,则是指现代中国重新起航丝绸之路,在古老历史图景的"关注"之下,注入新时代中国的现代元素和现代精神。

中国"一带一路"倡议的提出,是21世纪重大思想之一,它在经济发展概念之下注入了中国文化和中国精神,已经引起世界各国的高度关注,它在共同协助、共同发展的理念之下,还有着重要的文化交融、相互理解的阔大思想,给中国人民和世界人民带来福祉的同时,也使得不同文化、不同文明更加深入地坦诚对话,让拥有不同种族、不同文化的世界家园更加文明、安宁,从而呈现出更加崭新宽阔的未来前景。这在并不太平、继续充斥着冷战思维的当下世界,确实具有特别重要的意义,甚至在未来,文化的意义可能大于商业的意义。

如何在世界范围引起极大关注的"一带一路"倡议和实践中,发出中国作家的文学声音,这是一个必须特别重视、不容忽视的问题,也是我们今天在这里探讨的意义所在。

二

作家表达思想最有力、最有效的办法,不是作家躲进书斋里的自言自语,更不是豪情万丈的振臂高呼,而是应该呈现特有的文学本质,也就是让文学作品中的"文学人物"说话,这才是文学最本质的表现方法。

每一个作家在塑造文学人物之前,即使这个文学人物是混沌的、迷茫的,但作家心中应该是清晰的、理智的,"文学人物"不可能不呈现作家的思想、思考。所以说在"一带一路"浩瀚宽广的思想之下,作家首先应该理解"一带一路"的深刻内涵,才能清晰书写路径,才能让笔下的"文学人物"发出应有的声音。

中国古代的丝绸之路,在没有航空器的年代,把两种与外界交流的途径完全应用,在不断地向前走的进程中,展现了中华民族精神和文化内涵。"和而不同"和"合作共赢"的包容理念始终贯穿在这条千年之路上,它用"合作"代替"对抗"、用"相融"解释"壁垒"。那么今天呢? 必须说的是,我们今天提出的"一带一路"倡议,始终面对着很多艰难险阻,不同的思想、不同的文化、不同的国家利益,要在"这条路"上达到相互理解、相互合作,这的确是需要极大政治智慧和远大思想气魄的。

作为一名写作者,在这个宏大主题下,不可能面面俱到地去谈,所以今天我只想谈一谈如何通过写作、如何通过塑造人物,来阐释"一带一路"进程中的中国思想和中国精神。

我没有完整走过丝绸之路,但有过到沙漠和戈壁滩的经历。

很多年前,我曾经前往坐落在戈壁滩上的边防哨所采访,我曾经尝试着一个人向远方行走,当边防哨所的房屋在我身后变得只有拇指大小的时候,我突然开始感到恐惧,四周没有房屋、没有树木、没有鸟儿,当然也没有人,那种被剥离大地、无依无靠的恐慌感觉,至今想来还是非常令人惊悚。那么千年前的古人是怎样克服无法想象的困难,用脚步去丈量遥远的欧亚大陆的?这需要勇气,需要精神。这种勇气和精神,其实就是我们中华民族的不屈不挠、勇往直前、探索未知的精神,也是我们祖先留给我们的宝贵的精神财富。

作为今天的一个写作者,在作品中如何把握这种走向世界、融合不同文化的历史智慧和历史气魄?首先需要作家深入了解世界文化和世界文明,要做到心中有数。每个民族都有自己的习俗、文化,都有自己了解世界、认知世界的方式,"一带一路"犹如一条宽广的大道,具有不同政见的世界各国共同走在这条大道上,在世界各国的共同互动中,我们首先要做的一点,那就是应该把中国传统文化中的具有当代价值和世界意义的思想精髓提炼出来,要在"一带一路"的语境下去充分展现,要与世界各国人民共享,要让世界了解清楚。特别是要把中华文明的持久生命力完整地表现出来。由中国倡导的"一带一路"发展模式,要求我们不能仅仅展示生产、财富,最应该展示的是中国精神、中国思想、中国文化。许多时候,发生的误解、敌意,极有可能就是由文化的隔阂所造成的。当西方现代思想在世界盛行的时候,具有五千年历史的中华思想更应该体现自己独特的不可替代的东方精神。如今看来,这种体现已经迫在眉睫,已经是必须做的事情。

文学作品在此时此刻,具有不可替代的宣传中国思想和中国精神的重要作用,是不可或缺的一个重要方面。甚至在许多时候,它可能比新闻宣传更加有效,也更加容易被接受。

三

我们书写、塑造"中国人物",实现在"一带一路"语境之下的文学书写,除了要把"一带一路"作为"故事背板"之外,还应该让笔下人物的"思想观念、人文精神、道德规范"是中国的,应该具有鲜明的"中国精神标识"。

文学的力量在于潜移默化,还在于能够跨越不同文化、不同种族去呈现大炮子弹和牛奶面包所不能呈现的巨大力量。在这方面,许多文学名著早已经体现出来,早已经给我们带来启示。

海明威的著名小说《丧钟为谁而鸣》,通过小说里的人物罗伯特·乔尔丹,让我们对西班牙内战历史有了更进一步的了解,对正义终将战胜邪恶也有了更加深刻的感悟,但是不要忘记,罗伯特·乔尔丹这个人物,他是美国的,他是"教西班牙语的美国教授",海明威写的是西班牙,但表现的则是"美国精神";伊夫林·沃的《荣誉之剑》,同样通过作品的人物克劳契贝克,表现了人们对战争目的的巨大失望和深刻反思,虽然作家让克劳契贝克前往达喀尔、克里特乃至南斯拉夫经历战争,但这个人物是英国的,伊夫特·沃所表现的反战精神,也是"英国精神"。我们通过对这部作品的一个简单分析,就让我们应该明晰,同时也再一次验证,文学作品没有国界,但作家是有国界的,作家心中应该时刻拥有国家精神。国外的作家已经去做了,而且做得很好。

作家除了"原始胎记"，还应有"自我烙印"

——在第二届中国—中东欧国家文学论坛讲稿

一

第一句话不好讲，就像一篇小说的第一句话。

我想，还是把我要说的内容凝结成一句话，然后再阐述我对"文化传统与文学创作"之间相互关联、相互作用的认识。这句话就是——作家除了拥有不可改变的来自母语文化的"原始胎记"，还应有清晰的、理性的、同样来自文化范畴的"自我烙印"。这种"自我烙印"，应该来自不同文化，并且是包容的、开放的，是不断变化的。"自我烙印"应该始终自觉理智面对"原始胎记"。只有理顺、看清文化路径，才能把握文学创作方向。

二

我从出生到现在，在五十六年的时间里，一直生活在中国天津。

那是一座靠海的城市，但生活中却又感觉不到海风的存在。这座城市有1300万人口，但并不显得拥挤，也没有匆忙急迫之感。从1860年到1945年，在将近百年的时间里，那里曾经是半殖民地，被九个国家瓜分。至今还有保存完好的各种风格的建筑。我没有在那些巴洛克式、哥特式房屋里生活过。童年和少年时代，我居住在中国式民居里，却走在异国建筑风格的街道上。但我从来不认为，我是生活在一个文化割裂的城市里，因为西方风格的那些别墅小院里也有中国元素，比如象征荣华富贵的、带有中国传统文化特色的蝙蝠，会被雕刻在别墅的某个地方；同样，中国古老的民居里也有西方文化的渗透，悄然表现在一些日常生活方式上。这样的生活经历，让我从很小的时候，就对这个世界有着太多的好奇，有着想要走遍世界寻访探究的心理。我就是带着这样的心理慢慢长大，开始读书、开始尝试写作，去体验、去书写对生活的理解，去不断矫正对生活认知上的一些偏差。对生活不断加深理解的过程，也是对文化深刻感悟的过程。文化永远离不开生活。它们紧密相连，在柴米油盐酱醋茶的缝隙中时刻充满着文化的意蕴。

三

在20世纪60年代直至70年代，不，应该还要更早一些，电影是中国民众主要的文化消费之一，那时候在看电影之前，先要放新闻纪录片，或是放一部、两部动画片。我记得除了有表现中国民间智慧的《阿凡提》，还有一部外国动画片，名字叫《好兵帅克》。那时我年龄小，很多年以后才知道《好兵帅克》是捷克作家哈谢克的作品。捷克的《好兵帅克》与中国的《阿凡提》一样，印刻在一个当时只有六七岁孩子的大脑中。那是中国"改革开放"之前的一个特殊阶段，那时候阅读也是一件非常困难的事情，许多经历过那段特殊时期的中国作家和对中国当代历史有所了解的外国作家，都会有很深的感触。但是任何一个民族的文化传统，绝对不会因为某个特殊时期的特殊情况而中断，它总是会以各种各样的形式存在、延续、发展，就像我刚才讲的，甚至会以动画片的形式深扎在民间生活中。甚至其他民族的文化也会"漂洋过海"，以各种形式被本民族所接受、所感染。

四

那么，作家的创作呢？

你拥有怎样的窗外景色，你就会拥有怎样的文化思考。这话说得对，但也不全对。每位作家都拥有自己的"窗户"，但"现实的窗户"并不能桎梏有理想、有追求的作家的精神视野，在这扇窗户面前，既有对历史的回望，也有对现实的拥抱。鲁迅先生"少年的窗外",是局促的"百草园"和不大的"三味书屋",但鲁迅先生却用"人类共同的思考",在讲汉语的孔乙己、阿Q的身上,注入了不同文化所理解并认同的不朽的"文学人物"。同样,还比如卡夫卡的"窗外"。布拉格是卡夫卡的诞生地,他在那里几乎度过了一生,直到晚年才离开,但不妨碍他对歌德、福楼拜、陀思妥耶夫斯基思想的认真领悟,也不妨碍他作品中集聚了多种文化的思考。也就是说,本民族的文化传统可以影响作家的思考,但不能完全禁锢或限制作家的思考,一个具有全球视角的优秀作家,会在尊重本民族文化的立场上,去吸收、借鉴其他民族文化的精髓,成为具有独立精神、独立思考的鲜明的个体。

五

在很早以前,中国文学对西欧、美国、俄国、日本文学关注得多一些,相对而言,对东欧文学介绍不多,这可能与过去缺少小语种的译介专家有关。现在这种情况早已改变,因为所有人都认识到,文化的精髓与语种大小没有必然的联系,也更加认识到,只要代表了人类文明的精华,就应该认真吸收和学习。中国广州的花城出版社曾出版过由中国东欧文学研究专家高兴先生主编的一套"蓝色东欧"作家丛书,这套丛书曾经在中国产生广泛的影响。中欧、东欧很多国家虽然地理面积不大、人口也不多,但他们却是文学大国,比如说捷克、罗马尼亚、波兰、匈牙利等,都出现过20世纪以来影响世界的文学大师。中东欧的作家大多会很多语种,阅读面很广,这些作家既是民族、地域的作家,很多人也是世界公民,是面向世界的。他们的写作,无论是风格、情调还是语言表现形式,都有很多值得我们借鉴的独特东西,他们的浪漫、深邃、优美、绵密,和他们的民族气质、自身的历史经历和民族文化传统息息相关。

其实回顾历史,早在20世纪初前期,鲁迅、周作人等就翻译介绍了一些东欧作家的作品。20世纪50年代,匈牙利诗人裴多菲、波兰作家显克微支、捷克作家哈谢克、伏契克,以及罗马尼亚、保加利亚、南斯拉夫、阿尔巴尼亚作家的一些作品就被介绍进来。尤其是中国改革开放以来,捷克作家赫拉巴尔、昆德拉、克里玛,以及曾获诺贝尔文学奖的波兰诗人切斯瓦夫·米沃什的作品被更多中国读者所了解。对于新时期中国文学而言,东欧的昆德拉与南美的马尔克斯一样,是两位对中国作家产生了重大影响的作家。

六

文化传统与文学创作,这是一个庞大而又广泛的话题,永远不能穷尽。也正是因为富有丰富的内涵,才值得每个作家去认真思考、认真梳理,才值得我们坐下来慢慢地研讨。

一个民族的文化边界没有尽头,其内容也是包罗万象,渗透在人们生活中的每一个细节里面，可以说终其一生都不会完全读懂。但作家又绝不能沉浸其中，排斥其他文化，还是应该相互包容，只有这样才能在创作上拥有更加广阔的视角。一个作家不能因为过于迷恋窗外风景而一去不返，终究还是要回来的，正像昆德拉在《生命中不能承受之轻》所说的一句话："我已无暇顾及过去，我要向前走。……迷途漫漫，终有一归。"

我们用更加理性的目光来审视本民族文化，因为不管走多远，最终还是要站在母语文化立场上来书写文学作品，即使某一天有可能用其他文字来书写，也还会有母语文化的烙印，这就是"原始胎记"。这种与生俱来的文化印记永远不会消失。

那么，如何站在更高的层面上去认识世界，这时的"自我烙印"就会显得更加重要，在后天的自我修养、自我完善中，正确对待母语文化，不悲不喜，这是考验作家正确认识世界的标尺，也是正确认识自我的根基。

七

一个拥有独立思考、视野阔大的作家，除了认可与生俱来的本民族的"原始文化胎记"，还应该主动学习与接纳其他优秀的文化，也就是说，应该拥有后来的"自我烙印"。但是这种"自我烙印"应该与"原始胎记"自然、和谐，努力地去寻找相同与不同之处，在原有文化基础上具有更高层次的审美趋向，而不是变成一幅不伦不类的文化图案。一个自身和谐的身体，才能诞生具有审美价值的精神，才有写作出来拥有不同文化背景的人所能共同尊崇、认同的文学作品。诡异的文学视角、独特的文学理念、惊心动魄的故事，并不是来自错乱的身体、混乱的思想，而是诞生在作家母语文化与外来文化如何相互学习、如何相互借鉴的清晰认知中。即使像卡夫卡那样用精神病患者的眼睛去看世界、去书写文学作品，我想那也只是他独特的文学视角，而并非完全彻底的生活视角。

我始终认为，所有的文学视角和创作技巧都是作家为了对世界深度思考、更加深刻表现而服务的，无论怎样，文学作品书写的终极目的都要直抵人的精神、人的内心。所以讲，无论哪个国家的作家的作品，能够让我感到动心的，是对历史的回顾、对现实的思考，在母语文化与外来文化的多重角度下的客观认识。

秋千

一

北方晚秋的黎明时分,疲惫困倦的我被"秋千"荡醒。身体在上下起伏中,天花板上的影像也在瞬息万变:好似飞扬的白色菊花,好似一匹奔跑的汗血宝马,好似一座深灰色的大理石宫殿,好似带着清水味道的喷涌的泉眼,好似无数条交叉折叠起来的青草小路……在无限奔腾的想象中,原本空白的大脑,又降落在溪流中的古老磨房里,我看见千年石磨"吱吱呀呀"地转动起来,随后冰冷的卧房中响起晨光穿越森林、摩擦树叶的"索索"声响。

有一个声音赶走其他的声音,真诚地跟我讲话。那个声音是我自己发出来的,还是另一个酷似我的人讲出来的,我一时分辨不清,也不想分辨,只是窃喜"秋千"的出现,欢心"关于推理的无限遥想"的话题。

我相信直觉,相信突如其来的直觉必与行为、阅读、思考,以及创作冲动有关。这是我近年来的惯常联想,也是我创作前的惯常梦境。

二

让"秋千"继续荡,说说"关于推理的无限遥想"。

我认为的"推理"有两个方面的含义:一个是推理小说,另一个是推理生活。

先说推理小说。

我过去固执地认为推理小说应该在冰冷氛围里展开,这样才会符合惊悚惊颤的阅读氛围。在过去的一百多年里,推理小说(也称侦探小说)大多生长在墓室里,或是犹如墓室一样的黑暗空间里。一般情况下,推理小说大多会与凶杀案有关。推理小说的鼻祖美国作家爱伦·坡发表于1841年的《莫格街凶杀案》,被文学界公认为是第一部推理小说,随后推理小说掉转车头,离开美国,向欧洲进发并且遍地开花。比如威尔基·柯林斯的《月亮宝石》、阿瑟·柯南·道尔的福尔摩斯系列小说,接着就是阿加莎·克里斯蒂、埃勒里·奎因、约翰·狄克森·卡尔,以及中国的程小青等。

推理小说给读者留下深刻印象的题材就是凶杀案,就是阴森恐怖的叙事模式。这种"小说种植技术"早已深入人心,是后来推理小说作家想都不用想、顺手拿来的叙事平台,也成为读者早已适应的阅读习惯。也有推理小说作家,非常喜欢套用真实的历史、真实的历史传说,在历史土壤中把自己想法栽种下去,生根发芽,变成一棵有无数枝条、无数树叶的参天大树,成为自己的"私有物品",这给其他推理小说作家带来了丰富的启示。

举个时光遥远的例子,看看还有没有其他表现形式的作品,看看有没有被忽略的推理作品。很快找到了,生活在公元5世纪的一个叫希罗多德的人,他在游历埃及途中从当地传说中得知一个故事。这个故事比希罗多德生活的年代还要早,在公元前1200年,来自拉姆西斯四世国王时代的传说。

"拉姆西斯四世十分富有,金银财宝堆积如山。财宝如山,总不能像山一样堆积在外,于是国王在宫殿旁边修建一座石库,专门用来存放财宝。"

有了这样的叙事铺垫,想不发生跌宕起伏的故事都不可能。这样的叙事套路也符合早期具有推理小说结构的故事——发生在废弃的古堡中。虽然这个故事发生地把"古堡"换成"石库",但性质却没有任何改变,同样桎梏在一个有限的空间里。在有限的空间里、在限制性的范围内,是早期推理小说性质作品的异常熟悉的伎俩。这样讲故事的方式比爱伦·坡的叙事模式要早上很多年,我私下里想,不知道爱伦·坡有没有借鉴。

继续看石库故事。

"石库建筑师心术不正,在修建过程中松动了墙壁中的一块石头,表面看没有异样,但只要用力就能将石头抽出来,一个密道保存下来。"

故事讲到这里,没有一点儿惊奇之处,任何一个读者都会猜测到。但这里却是一个非常重要的节点,是否此刻开始"起承转合"。按照一般的思维惯性,应该发生故事了。意想不到的是,故事没有马上展开,而是一下子拉长了几十年,建筑师并没偷走财宝,也没有告诉任何人,直到临终前才把两个儿子叫到床边,告诉了他们石库中的密道。

几十年时间,白白过去了,没有营造故事,却给读者带来开阔想象。建筑师在漫长的时光中要承受怎样的精神煎熬?"秘密"总是令人不安的,一个人守口如瓶的过程,是生命中最为强烈的精神煎熬。这个故事本来可以在"几十年间"营造很多的"文章",可以拉长很多章节,怎么编排都绰绰有余。可是没有,故事的发展一下子把这个可以编织故事的时间节点滑过去了,单凭这一点,这个真实的故事或这个传说的故事,在塑造成为推理小说之前,已经有了令人期待的向往——所谓的"好戏在后头",民间说法就是"把你腮帮子勾起来了"。

建筑师的两个儿子在父亲死后,按照"父亲遗嘱",隔三差五地去石库偷盗，每一次偷拿的财宝不多，石库门也没有被破坏，所以在很长时间里，没有人知道石库发生被盗的事。

突然有一日，国王（是不是当时命令修建石库的国王？不得而知，这个故事或这个传说也没有详细交代）命令大臣清查石库的金银财宝，这才发现少了许多财宝，国王没有声张，立即命人在石库中设下圈套。设置了怎样的圈套？依旧没有交代，本来可以在"圈套"问题上大做文章，又是依旧遗憾滑过，毫不吝惜摆龙门阵的大好机会。

建筑师的两个儿子不知道石库里已经有机关设置，贪得无厌的兄弟俩继续偷盗。可是这一次当他们再进入石库时，哥哥被暗设的机关缚住不能动弹，弟弟无法解救哥哥。如果哥哥就这样死去，真相就会大白，弟弟以及所有家人后果不堪设想。无奈之下，哥哥让弟弟把他的头颅割下来带走，这样可以保全家人平安。弟弟含泪照做，于是一具无头尸体留在了石库中。

"无头尸体"的情节，也是后来推理小说、谍战小说、武侠小说以及其他类型小说中经常出现的情节，中外作家热衷采用，虽然这个情节早就不新鲜了，但不同年代的读者却始终买账。我记得青少年时代看书或看电影，只要出现"无头尸体"的情节或画面，我就会立刻紧张起来，手脚还有身体所有关节部位全都紧缩起来，感到脖子后面阴风嗖嗖，冰冷的感觉顺着脊梁骨一直蔓延到全身。人类身体和情绪面对紧张惊恐的下意识反应，从来不会随着时代变化而有所改变。许多时候，变化的只是外在形式，实质性的东西并没有改变。

接下来的故事怎样才能不落俗套，是考验这个故事的真正时刻。

"国王命令把无头尸体悬挂在高高的城墙上，然后派人秘密监视，只要有靠近尸体的人或表现出来情绪异样的人，立刻抓捕审问。可是几天下来，没有人亲近无头尸体。但不可思议的是，共同作案的弟弟在几天后却是巧施妙计，把尸体给偷走了。"

弟弟偷走哥哥尸体这个情节，依旧可以大做文章。失望的是，故事还是一笔带过，还是不做任何详细说明。既然国王亲自下令派人监视，一定是万倍的严密，很难轻而易举偷走尸体。弟弟是怎么爬上高高的城墙，又是怎么把尸体放下来？是否还有其他人帮助，或是这个弟弟得到了什么高人的指点？或是内部有人协助完成？疑问最多的这个节点，遗憾的是都没有详说。

读到这里的时候，感觉这个故事的最大特点，总是在"关键之处"留下"空白"，而且非常大，无论空间还是时间，大到都可以变成另外一部小说，读者完全可以"肆无忌惮"地在"空白"之处继续编织故事、继续嫁接自己的想象，甚至可以自己"参与"其中，催化新的故事发生。遗憾之余再转念一想，正是这样的"空白遗憾"，才能催促读者继续期待下去、继续阅读下去。

但是接下来，更有意思的情节出现了。相信任何读者都不会猜出来接下来的故事发展：国王竟然命令公主住进妓院，打扮成妓女，借机打探每个嫖客的身世背景，通过这样的办法来找到盗走无头尸体的人。国王坚信，找到盗走无头尸体的人，就能顺藤摸瓜，找到盗走石库内财宝的人；而盗走无头尸体的人，一定会到妓院来消遣狂欢。

这是一个不好好"荡秋千"的做法，是把秋千上的伙伴——读者——完全搞蒙的做法。无论是这个故事的作者希罗多德，还是希罗多德所编织的1200年前的埃及故事，现代读者很少会猜到是这样的故事走向，但逆向思维，也不能完全否认1200年前的埃及不会出现这样的事。按照现代人的观念去判断千年之前的生活观念，不一定是正确的主意。这个故事在现代人"不可能"的重重疑问中继续讲下去。

活下来的盗贼弟弟，竟然反其道而行之（继续不管不顾读者的感受），没有躲藏也没有逃跑，而是直接去了公主所在的妓院。（读者更不会想到）盗贼弟弟在去妓院之前，竟然用刀把哥哥的手臂割下来一截。在妓院面对公主的盘问，弟弟直接承认偷盗石库财宝的人"就是我"。公主大喜，感叹父王的英明决策，不由分说地抓住了盗贼的手臂，盗贼弟弟却没有丝毫反抗。

故事还会怎么发展？想不到，反正我是没有想到最后的结局竟是喜剧。公主来到国王那里，展现在国王面前的没有人，只剩下一截手臂，原来公主抓住的手臂，是死去的盗贼哥哥的手臂，她根本没有抓住人（这样的故事设计，又有些玄幻的味道）。国王得知故事的整个经过后，赞叹年轻人的智慧，于是告知天下，不再追究这件事，这样也就等于赦免了盗贼弟弟。

这部从冰冷的石库故事出发，最后却以皆大欢喜来结尾的故事，给了固有的推理小说模式一个大耳光，而且用力很猛，甚至可以用"恶狠狠"来形容。这个时候，我想到一个人——英国19世纪著名作家、评论家吉尔伯特·基思·切斯特顿。

切斯特顿热爱并推广推理小说，同时自己也创作推理小说。他首开犯罪心理学的方式来推理案情，并且创作出了一个独特的文学人物——布朗神父。与福尔摩斯注重物证推理的派别分庭抗礼，成为两个"势不两立"的推理小说门派。由此可见，切斯特顿是个了不起的人。

切斯特顿说过一句关于推理小说的经典之语："推理小说最根本的趣味在于悖论，而化不可能为可能即悖论。"最后，他还高瞻远瞩地补充一句，这就是"思想魔术"。

从切斯特顿的角度来看，希罗多德在埃及历史传说基础上所编织起来的这部推理小说，最后以读者意想不到的喜剧方式来结尾,应该说完全符合切斯特顿关于推理小说的悖论理论,也是对切斯特顿的理论做了一次非常完美的解读,或者说,切斯特顿在前人创作基础上,做出自己的理论阐释。

我一点儿都没有想到,阅读到这里或者说"秋千"悠荡到这里,我开始关注起推理小说如何与喜剧并联,这是我最初没有想到的情况,真就犹如"荡秋千",跃升到最高点,不知道会看见什么意想不到的事物。

我开始关注喜剧性在推理小说中的有效应用,就这样毫无征兆地开始了。

三

喜剧结尾的推理小说充满别样的趣味,但假如只有一种表现形式,还是会显得单调乏味,也不符合小说"无限可能性"的存在意义。这是我阅读推理小说过程中的新发现。过去我对推理小说不感兴趣,阅读量也很少,但这部喜剧结尾的推理小说,让我对这种类型的文学作品有了继续探究的欲望。推理小说的革命,不仅需要读者提出来,通过阅读的选择来倒逼作家改变叙事策略,同样更需要来自推理小说作家内部的"自我革命"。

仅以喜剧收尾的方式来做探讨,就有许多种类型;只有多种变化,才能充分显示推理小说的魅力。

我看到"受害人即罪犯"类型的推理小说。

不要看到"受害人"字眼儿，就会立刻想到残忍的画面，在我之前接受的教育以及阅读过程来看，曾经有过这样的草率认定，而且时间漫长。但我讲的这篇"受害人即罪犯"类型的推理小说，不仅远离血淋淋的文字画面，还会带来"喜剧色彩"，不是单纯的喜剧结尾，而是喜剧元素渗透进故事之中，在紧张的叙事进程中，每个细微之处都会彰显喜剧元素。

有"受害人"和"罪犯"字眼儿的小说，"喜剧色彩"如何涂抹？如何在紧张的叙事推进中，呈现多姿多彩的喜剧效果？

继续讲。

在某年某月某日某个欧洲国家，在一条道路起伏的小街上，满眼都是古堡式的建筑，街道地面由石块与鹅卵石铺就，马车驶来，无论迎面看去还是侧看，高大的马匹走得小心谨慎，马掌与地面碰撞，发出清脆的响声，光线灰暗的地方，能够看出马匹脚下发出碎金一样的闪光，相信要是在夜晚，一定会出现萤火虫一样的闪光。

在这样古老古旧古色的傍晚时分，街道拐角处一家古董商店的老古董商，将一块儿保存多年的宝石出售给了一位有钱的老主顾。这笔价值不菲的交易，完全符合东方大国古董界的一句俗语"三年不开张，开张吃三年"的特点。老古董商尽情享受这笔大交易带来的欢愉，他把钱放进镶嵌于墙壁内的保险柜里，随后关好门，到街上有着百年历史的酒吧里好好喝上一杯，朗姆酒、杜松子酒抑或威士忌。那家酒吧里存放有老古董商的酒，高兴的时候，老古董商就会前往酒吧，痛痛快快地豪饮。还在路上的时候，高兴的老古董商就已经嗅到了从酒吧里飘溢出来的酒香，看见酒吧的灯光，老古董商嘴巴里的舌头和牙齿已经在窃窃私语，叽叽喳喳地开始吟唱起来。

可是老古董商没有想到，快乐的心情没有持续几天，老主顾忽然来到店里，把宝石还有相连的底座一起带了来，声称宝石底座受到损伤，希望老古董商进行修复。老古董商看了看底座，果然有裂缝，不仔细看，还真的看不出来，于是满口答应老主顾，三天以后来取货。

接下来的故事该如何发展？

我虽然阅读推理小说的时间很短，却养成一个"坏毛病"，只要读到紧要之处，立刻合上书本，猜测作家下一步会如何设置叙事圈套、又该怎样巧妙解扣儿，从而继续推动叙事发展。最好不要让我猜测出来，要是猜测出来的话，我会对接下来的阅读产生抵触情绪。

阅读这部"受害人即罪犯"小说的时候，我多次合上过书本，曾经想到两位英国人西·康诺利和安·伯吉斯在他们合著的《现代主义代表作100种提要现代小说佳作99种提要》中，两位作者合力赞颂美国小说家伯纳德·马拉默德,说他是"少有的始终如一的作家,他从来没有写过一本平庸的作品"。

按照这样的标准进行推断,更"烧脑"的推理小说应该更加远离平庸,我当时就想,这部小说是否优秀,意味着能否在"接下来"的叙事中,是否有特别新鲜的情节出现,能不能有出人意料的细节支撑。

"受害人即罪犯"这部推理小说,真是给了我新鲜的感受:老古董商在修复底座的过程中,惊异发现,自己视若珍宝的宝石,原来竟是赝品。(请注意,故事发展到这里,还没有喜剧元素的出现,但已经有了刺激读者神经的情节。)

老古董商再三思考,最后认定自己的这个老主顾没有理由故意调换宝石来欺骗自己,因为老主顾是个货真价实的大富豪,在数十年的接触中,没有发现其人品有问题。老古董商想来想去,唯一的可能就是自己进货的时候没有发现宝石是赝品。老古董商想要换一块儿真正的宝石,在修好底座后一并送还老主顾,遗憾的是,这块儿宝石特别罕见,一时找不到同样的。老古董商想,这件事要是败露的话,损失的可不是一块儿宝石,而是自己一生的好名声。那样的话,就要关闭商店,永远离开这座城市。但是,一流的古董商人是永远把信誉放在第一位的。

怎么办?(我还是惦记一个老问题,那就是故事来到这里,喜剧元素怎么没有出现呢）。这是考验推理小说作家智商的关卡，同样也是考验其他类型作家的一道分界线。

这时候，我想到了卡夫卡。（请允许我有这样反复的联想，因为这是一部总让我合上书本、激动畅想的小说）。

弗兰茨·卡夫卡的作品别具一格，他的作品令人琢磨不透，原因在于他的作品"深深地蕴含于简单平淡语言之中的、多层交织的艺术结构"，当然还在于他"用一个精神病患者的眼睛去看世界"。没有读者强求所有作家都拥有卡夫卡那样的生活状态、创作状态，但作家也要缜密考虑，在创作过程中，要把自己从正常状态思考中剥离出来，要把自己变成另类阅读者，变成一个与读者"处处作对"的人，这样才能创作出别人无法直接判断故事走向的小说。

那么让我们继续看老古董商的做法，他怎样做，才能把故事变成"曲径通幽"；也要看一看创作老古董商这个故事人物的推理小说作家，又该如何把自己的思维搞得"不正常一些"。

故事是这样编织的：老古董商想了一个办法，深夜假扮窃贼从天窗潜入工作的房间，将宝石和底座"偷走"。转天一早，老古董商当着店里其他人的面，大摇大摆地进入工作房间，立刻大喊"窃贼光顾"，马上向警局递交商店出现"偷盗案"的声明。警察立刻来到现场，当然"很容易"就发现了窃贼的偷盗路线，盗窃案顺利了结。老古董商当面向老主顾道歉并原价赔偿。老主顾赞扬老古董商是个讲信义的人，并且义正词严地抨击盗窃案，此事赢得这条古老小街上的人们的真诚赞扬。最后在一派欢歌笑语中，推理小说作家结束了这个"受害人即罪犯"推理小说的叙事。

这个故事，比上一节的故事更具有喜剧效果，因为没有死亡发生，整个过程也没有沾上一点儿血腥气味，让具有喜剧风格的推理小说变得更加纯粹。

把原本情节紧张的推理小说，改造成为不失紧张特点又带有轻松活泼风格，这的确满足了读者的更高需求。

在那个没有丝毫睡意的中国北方黎明，我在想还有没有更加"好笑"的、"皆大欢喜"的推理小说呢？

月亮已经慢慢隐退，太阳就要升起来。我期待推理小说能有更多更好的表现形式出现，就像永远不会改变的太阳，但因为面对太阳的人拥有了不同的心事，而会发现太阳也会有变化。这是一个突然闯入推理小说领域的阅读者的内心感想。

希望变化，希望不要重复的变化永远发生。

四

故事来了，新的故事来了。

一位身患绝症的男子，被医生告之马上就要死去。男子不能忍受等待死亡的降临，想要自己结束自己的生命，可是又对自己下不去手。他想了许多种结束自己生命的方式,但感觉都有困难。

于是,男子想要请求别人帮助,让别人把自己杀掉。这是一个好办法,他激动起来,问了不少人,可没有人愿意蒙受杀人罪名来帮助他。身患绝症的男子又想出办法,准备自己先去杀人,然后被警察抓住,再被法庭判死刑,这样就可以省去自杀的胆怯。可问题还是存在,自杀不容易,杀他人也不容易,男子再次陷入进退两难的境遇。

暂时合上书本,暂时抛开这个未来可能是喜剧色彩的推理小说,把目光看向其他作家、其他小说,发现现实生活中或是文学作品中,自杀并不是一件难事,轻而易举就能做到。

先说作家。有一个叫约翰·肯尼迪·图尔的美国作家,他在创作完成小说《笨蛋联盟》之后,寄给美国所有的出版商,没想到全都拒绝出版,当图尔被最后一个出版商拒绝出版之后,毫不犹豫地选择了自杀,当时图尔只有三十二岁。后来这部书由图尔的母亲交给美国著名作家沃克·珀西,大作家沃克转给路易斯安那州立大学的出版社出版,随后这部小说获得了普利策奖。作家图尔自我了结得很是利落,比小说中患有绝症男子的优柔寡断不知"痛快"了多少。

再说作品,那就更多了,譬如法国作家萨德所著《拉胡列塔》中的国王、法国作家雅里笔下的超级男性、英国作家马·格·刘易斯笔下的僧人，还有英国黑色小说中令人毛骨悚然的写作素材——幽灵、被囚禁的教士、变狼狂、古堡上钉着的手……

关于身患绝症男子想要自我结束生命的这部推理小说，在接下来的叙事中，作家没有使用生活中惊悚的素材，而是让小说中的男子想了一个"巧妙"的办法——"一人扮两人"，用"真实的自己"杀死"假扮的他人"，这样就可以被抓起来，并且获得死罪。

这是一个颇费脑筋的办法，做法如下：这个男子先假扮成一个虚构的人，来到一列火车的二人包间，然后从车厢的另一头下去。下车后，男子恢复自己的真实身份，再次上车进入那个二人包间。在再次上车的过程中，他有意与列车长、服务人员还有乘客过多接触，尽量给众人留下深刻印象，让所有人都觉得这个二人包厢中的确有两个人。

当列车驶上桥梁时，男子把事先准备好的人体模型扔下列车，掉入湍急的河流中，并且想办法让大家知道有人掉下列车的事。当列车抵达下个车站时，他装出慌张状态急忙下车，此时包厢内当然是没有人了。一个没有到站便慌忙下车的人，立刻成为重大嫌疑人。事后，这个身患绝症的男子如愿以偿地被警方逮捕入狱。

在接受审判过程中，绝症男子却对即将到来的死刑惊恐不已，于是又向辩护律师讲出事情经过。经过辩护律师的极大努力，男子最后被无罪释放。就在男子心情放松但又心灰意懒地走在大街上时,被迎面而来的卡车撞死了。

这完全是一个意想不到的结尾,是拥有无限惆怅的喜剧结尾,是无法笑出声来的喜剧,是令人深思的喜剧,更是一个把喜剧嫁接在推理小说之中的作品。

智利作家罗贝托·波拉尼奥曾经用"无中生有"的办法创作了一部小说《美洲纳粹文学》,波拉尼奥在"幻象·科幻"章节里这样说道:"故事发生在扭曲的'现在时'里,表面上是虚无缥缈的;或者发生在遥远的未来,在一座座废弃的城市里,有着可怕的寂静风景……"

我也不知道为什么会有这样大跨度的联想,我也不知道会有这样无法描述的心绪……

五

再说推理生活。

在作家心中、特别是在推理作家心中,现实生活带来的经验,不可能原封不动地纳入小说之中,来自现实中的真实元素,只要进入虚构的小说中,原本具有的感动、感慨的气质,往往就会荡然无存;现实中跌宕起伏的故事,只要进入小说中,常常会变得乏善可陈。这是虚构的特质,这是虚构的魅力,必须把现实生活的情节进行加工,加入佐料,才能变成小说中的情节。

优秀的推理小说的情节,必须有悖于常理但又能使读者相信。

像所有写作者都明白的:必须在"不可能"之中"制造"出"可能"的情节,"制造"出令人信服的、符合生活的、符合科学的细节,这才是作家需要完成的步骤。也就是讲,在推理小说创作之前,需先做好推理生活。因为即使是历史传说,也与真实生活有着密切联系,彼此之间也有着太多的蛛丝般的关联。

其实,每个人都有着推理生活的状态。比如,你要去做一件事情,肯定会有许多的盘算,这件事情怎么做才能成功,怎么做才能避免失败,怎么做才能在成功的同时还能赢得众口一词的好口碑,等等。也就是讲,心里或多或少会有一个揣摩和推算。这应该划进推理的范畴。

我想起很久之前的事。

这样的"想起",是想到墨西哥作家卡洛斯·富恩特斯所讲"小说是获得自由的工具",但他立刻补充道"没有一部小说可以和历史无关"。对于富恩特斯的立场,我深有感触,这就犹如我当下的阅读行为,貌似无理由地开始对推理小说热爱起来,其实仔细想来,是有历史缘故的,不可能无来由,一定会与我过去的经历有关。

20世纪90年代初期,我热衷于采访刑事案件,接触过所有岗位的警察,那时候我的打算是,要在真实案件的基础上,写作侦探题材的小说。我结识了许多公安战线的优秀警官,有的还成为无话不讲的好朋友。其中有两个人,我非常容易想起他们:一老一小，一男一女；老的是男性，小的是女性；男性是法医，女性是痕检。这两个警界朋友给我留下深刻的印象，应该也是我当下对推理小说产生浓厚兴趣的最初萌芽。

男法医不苟言笑，甚至有些过于严肃。他有着一双浑浊的发黄的眼珠。我第一次跟他见面的时候，主动握手寒暄，他却挺直身子不跟我握手，依旧注视我的眼睛，似乎没有看见我伸过去的手，这让我颇为尴尬，那只热情洋溢的右手，只好默默地缩回来，插进黑暗的口袋里。后来相互熟悉了，男法医才跟我讲，他们天天跟死尸打交道，从来不主动跟人握手，即使遇到对方主动，他也坚定不伸手。他还讲，他一般不去别人家里做客，即使躲不过去，也从来不用人家的水杯喝水。男法医望着远方，面无表情地说，原因很简单，担心对方因为他的职业，过后会浮想联翩。我长呼一口气，觉得疲惫无力。

女痕检二十五六岁，身体单薄，脸上有着青春痘风暴吹过之后留下的明显瘢痕。她跟我讲，在她刚参加工作不久，单独完成了一件痕检工作，至今让她难以忘怀——她在夏季乡村菜窖里独自待了四个小时。不是一个人待着，身边还有一具高度腐烂的尸体，围绕着尸体还有许多从来没有见过的小虫子，还有无法形容的浓烈气味。痕检工作结束后，她从菜窖里踩着木梯子出来，来到地面还没有站稳，她就不由自主蹲下身子，把胃里所有的东西全都呕吐出来，几乎要休克过去。尽管下菜窖前，她已经把袖口、领口、裤腿都用细绳子捆扎好，戴着三层口罩，耳朵也蒙起来，但换衣服时，还是发现有小虫子附着在皮肤上。她说她回到刑侦队，洗了好几遍热水澡，还是觉得浑身刺痒，下意识地抓挠皮肤，皮肤上留下像蚯蚓一样的抓痕。好几个月过去了，她依旧不能看见肉类，看见肉类就会条件反射般呕吐。

女痕检告诉我，她还有个习惯，无论去哪里，即使回到家里，第一件事不是关门，而是把屋子内外包括床底、柜子看一遍，然后才会倒退着关上屋门。为什么进屋先不关屋门呢？女痕检说，假如屋里藏着人呢？假如屋里藏着的这个人手里带有凶器呢？假如遇到险情，屋门敞开着，她可以第一时间顺利逃走。她随后笑道，职业病呀。

男法医和女痕检只给我讲一般故事，再具体的工作流程以及详细的工作方法，他们从来不讲。也正是他们的"从来不讲"，让我对刑侦工作充满兴趣。现在想来，对推理小说的兴趣，说不定那时候就已经栽种在心里了。也是因为结识男法医和女痕检以及其他岗位的警察，慢慢地，我对日常生活也产生了推理兴趣，就像女痕检所讲的那样——假如屋子里藏着人呢？假如屋子里藏着的那个人手里有凶器呢？

在过去的岁月中，我是一个内心有戒备的人，无论做什么事情,首先考虑最坏的结局,考虑这件事将会遇到的种种麻烦以及诸多的"不可能",然后再去设想怎么把"不可能"变成"可能",这是否也应该算是一种推理生活呢?

"推理"充斥在生活的每个角落、每件事情的每个环节。可以说,"推理"与"生活"紧密相连。这种紧密相连也就不可避免地渗透进案件的侦破中。

有两个瑞典人阿恩·斯文森和奥托·温德尔合写了一本书,后来又有一个美国人巴里·A.J.费希尔加入进来,对这本书进行补充、修订,这本书叫《犯罪现场勘查技术》。在这本书里,三个刑侦专家提出一个明确的观点:"任何一项物证都可以直接同特定的人、地、物相联系……指望一根毛发或纤维就能与独一无二的来源联系在一起。"

我们可以清晰地认识到,人、地、物,还有毛发或纤维都来自现实生活。所以,推理小说与推理生活有着不可分开的理由,它们是一对难舍难分的双胞胎兄弟。

在一件案情的认定中,寻找来自生活中的物证是侦破案件非常重要的环节。什么是物证? 说得专业一些,比如在韦氏辞典里的定义是——作为查明被调查的所谓事实的真相的一种手段,而在调查前依法提交给主管法庭的某种东西。

刑侦警官每天都要处理有关证据的问题,一个案件能否破案成功,很大程度上取决于在案发现场勘查中鉴别、搜集和使用证据的能力,也就是说,出现场的警官做得好坏,也决定着破案速度的快慢。

物证可以任何形式出现,它可能像住房那么大,也可能像纤维那么细,可能像气味那样转瞬即逝,也可能像爆炸现场那样显而易见。物证对于破案有着特别重要的作用。为什么呢?因为物证可以证实已经实施的犯罪行为,或是确定犯罪的关键情节;物证可以把嫌疑人和被害人或犯罪现场联系起来;物证可以认定与犯罪有关人员的同一;物证可以证实无罪;物证可以证实被害人的陈述;在物证面前嫌疑人可能承认事实或供认罪行;物证比犯罪见证人更加可靠。

实物证据(也就是物证)与言词证据成为侦破案件的共同举证。实物证据也就是物证,来自现实生活,来自现实世界。

我至今怀念三十多年前的采访经历,那些经历可能是我当下能够顺利进入"推理状态"的原始动力。可以说,所有的经历都会成为日后写作、创作思考的素材与基础。

另外,我还想阐明一点,说到推理小说,大部分人首先会想到"黑暗"字眼儿。但我要澄清一个事实,无论世间角落有着怎样可怕的案件发生,只要充满希望,只要充满正义终将战胜邪恶的信念,一切都会变得不那么可怕,就像被誉为"爱尔兰的乔乔·莫伊斯"的国际畅销书作家席亚拉·格拉蒂,她借助"一场突破人生瓶颈的公路之旅"的小说《意外旅行团》,把自己最喜欢的《玛丽·泰勒·摩尔秀》的主题曲《爱无所不在》吟唱出来——谁能用微笑将世界点亮／谁能直面毫无意义的一天,瞬间让它意义非凡?

六

我在这里要感谢日本推理小说作家、评论家江户川乱步,这篇关于推理小说的纷杂感想,是在阅读《江户川乱步的推理写作课》(原名《探侦小说之谜》)之后的阅读笔记。当您读到这里的时候、当您看见这样说明的时候,第一时间会想到第一部分中那故弄玄虚的铺垫。亲爱的读者,您一定不要责怪我,一定不要认为我在戏耍您,这同样是讲述、分析推理写作的一部分。这样的阅读笔记也从另外一方面说明,"推理"和"推理小说"的影响力量以及无处不在的现实,它能够勾连起阅读者的无限联想。

"推理小说"与"读者"之间,我想过许多种比喻,都感觉不太贴切,最后觉得还是"荡秋千"的比喻好,它们就像一对恋人一起去荡秋千,在起伏的类似飞翔的状态中,始终能够保持一种相对平衡。在"故事推进"与"阅读推进"的双向进程中,读者一定会在某个时段出现疲惫,而疲惫导致的精神不集中,一定会消解推理小说与生俱来的强度与韧性。为什么这样讲?虽然"小说"和"读者"在发生关系的时候,二者处在一个相同的"运动频率"中,但二者的心态会有不同,这是由"小说"与"读者"的各自属性决定的,他们本身就是相互较劲的对手,高明作家创作的时候,心里始终憋着一口气,要把读者"绕进"他的叙述轨道中,要让读者拥有喜怒哀乐的所有情绪,而对推理小说作家来讲,这样的"阴谋诡计"则会表现得更加旺盛,更会兴致勃勃。

有了这样的前提之后,"荡秋千"开始启动的时候,"推理小说"就要暗暗地、主动地"矮下去",要悄悄地把读者"推上去",要让读者骄傲起来、麻痹起来,要有短暂的貌似猜透作家意图的快活得意,一旦读者发出"原来这篇小说不过如此"的感喟,这时候"推理小说"就要倏然陡立,要恶狠狠地使出百倍、千倍的力气,要有把"秋千"荡起来的独自内力,要有让读者从高到低地"矮下去"的凶狠气势。气势这东西不用讲出来,读者能感受得到,因为人类身体内部是有接收信号功能的……于是,在如此往复的起伏中,在双方"矮下去"或"扬起来"的姿态转换中,"推理小说"与"读者"共同完成了"讲述过程"和"阅读过程"。

"荡秋千"这件事,无论是物理运动还是阅读运动,都是一件赏心悦目的事,而阅读推理小说,特别是阅读带有"喜剧趣味"的推理小说,更是一件日常生活中无可替代的"有氧运动"。

我望着窗外,这时候太阳已经完完全全升起来了。生活的沟沟坎坎全都大白于天下,没有大白于天下的,那就由推理小说去乘虚而入;考验推理小说作家的,永远是在没有遮蔽之下的眼花缭乱的轻盈。

谢谢江户川乱步,让我在阅读中拥有了"荡秋千"的迷人快意。让我在这样一个普通的黎明中,拥有了那么多关于阅读、关于推理小说的畅想。

灰烬上空的亮光

一

很多年前在河北省野三坡,有三个写诗的男子,沿着一条细长清浅的河流游走,从他们相互之间的称呼中,得知他们是老戴、老关、老傅。老戴和老关一路走来话语滔滔,中外作家经典作品脱口而出;老傅则沉默不语,时常望着远方发呆,目光特别忧郁。

这天傍晚,三个人宿在临河的一个小村庄上,用五元钱购买了一堆木材。卖木材的是个怪异的老汉,身长腿短,身体特别结实,感觉三个诗人一拥而上也扳不倒他;老汉手掌出奇地大,三个诗人把手掌摞在一起,也没他手掌厚实。老汉把五元钱举过头顶,对着夕阳看了看、抖了抖,仔细折叠好,掖进裤子口袋里,又用大手掌使劲儿按了按口袋。

三个诗人各自抱着几块木材,走向逐渐矮下去的河滩。

老戴转过身,再问老汉:"这条河……什么河?"

拒马河。老汉声音含糊不清,像在喉咙里打转儿。接着往前紧走两步,朝老戴怀抱里又放进一块木材。老关停下脚步,用目光示意老汉也往他怀里放一块。老汉张着双手来回摇摆,像是热烈鼓掌的样子,老关瞪了他一眼,转过身去,大步前行。

三个诗人怀抱的木材是白杨木,有成人小臂长短,劈得整整齐齐,能让人想象出来板斧的锋利。诗人们来到河边,蹲下身子,把各自怀里的木材放在一起,搭成众星捧月的形状。

拒马河是河北省内长年不断的河流,每个段落名称不同,而且各有特色。有的河滩布满大小不一的鹅卵石,河床与河滩没有区别;有的河滩则由细沙和湿泥组成,特别平坦,且软中带硬。

三个诗人住宿的小村庄,出了村口便是拒马河。平坦的河滩被太阳暴晒了一天,三个人躺下去,时间不长,额头便微微发热。河水流速很快,浅浅的河床,“哗哗”的水声好像浮在水面上,像许多小孩子在轻声唱歌。卖木材的老汉没走,站在河边,似乎要看三个笨家伙如何在风中点燃坚硬的木材。

三个诗人刚刚喝了酒,老戴、老关喝得多,话语与身形有些飘浮,嘴巴更加喋喋不休。老傅喝得少,用余光看着自己的同伴。老戴原本挺直的身子,变成侧身状,一只手托着下巴,另一只手拍打大腿,驱赶嗡嗡作响的蚊子。身旁的老关被老戴的动作影响,也挥着手,驱赶围拢上来的蚊子。快要立秋了,蚊子最后的张狂。

老戴问老关:“你知道杰克吗?”

"当然知道。"老关原本躺着,这会儿坐起来。

"你心里想的杰克,肯定是杰克·伦敦。"老戴把眼镜向上推了推,坏笑道,"你是不是想说杰克·伦敦?"

老关不明白他的意思,但还是诚实地点点头。长发垂下来,遮挡住一只眼睛和少半边脸。

老戴摇摇头:"我说的这个杰克,不是你想的那个杰克。我说的这个杰克,叫杰克·凯鲁亚克。"

老傅猜测老关不知道凯鲁亚克,因为老关动作僵硬,身体姿态没有变化。老傅知道凯鲁亚克,但他没有接话,他是个不爱讲话的人。

老关笑着说:"卖我们木材的老汉,我有必要知道他叫什么名字吗?我知道木材是白杨木就可以了。"

老戴活动着脖颈,不再言语。

天已经彻彻底底、踏踏实实地黑下来。月亮不知道什么时候升起来,河水冲击着河床上的鹅卵石,水珠儿争先恐后蹦跳起来,在月光照射下变成数不清的亮点。

老戴、老关的酒劲儿似乎舒缓了一些,没喝酒的老傅催促他俩快点儿起来,三个人一起点火更容易点着。三人从口袋里拿出折叠好的旧报纸,点着,放在木材下面;又趴在地上,用嘴巴使劲儿吹。

木材扭扭捏捏地烧起来。

老戴、老关以为是他们嘴巴吹风的结果，站起来，围在篝火前，双手叉着腰，得意地交谈。老傅清楚，木材燃烧哪是嘴巴的力量，是突然起风的结果。空旷的河滩无遮无挡，夜风越发强劲，一阵风强过数十人嘴巴。

老戴、老关继续欢呼。老傅照旧冷静不语。

"灭掉。"一个声音突然喊起来。

老傅看见一个黑衣黑裤的老妇人站在他们面前。

"灭掉。"老妇人继续命令。

醉意没有彻底消失的老戴、老关，同时转过头，他们看不清老妇人的脸，即使在月光下也看不清，但能感觉出来老妇人特别愤怒。

老关解释道："你们当地人卖给我们的，说好了燃篝火用。"

"哪个卖的？哪个卖的？"面容模糊的老妇人问，"你们把他找过来？"

老戴、老关环视周围，刚才还在旁边站立的卖木材的粗短老汉不见了，只有不远处黑森森的树林正在注视着河滩，千百棵树木在风中摇晃，好像马上就要扑过来。

"灭掉。"老妇人说着，走上前飞起一脚，把"众星捧月"踢飞。

老关质问老妇人为何蛮不讲理？

老妇人不说话,转身就走。她个子同样不高,与卖木材老汉高矮差不多。

老戴、老关看着凌乱散在河边的木材,刚才它们还团结一起、热烈燃烧,现在成了一截截毫无关系的忽明忽暗的炭棒。

老傅脑子里还在想着那个也有"杰克"两个字却不是"杰克·伦敦"的人。他不明白老戴刚才为何突然想到那个远在天边的美国人。他们三个人相识不久,由于写诗的缘故走到一起。野三坡之行是他们三人第一次结伴远行。

这件事……这件事……已经过去了很多年,应该有三十年了……那个叫杰克·凯鲁亚克的美国人,像中国拒马河畔散乱燃烧的白杨木一样,画面清晰地印记在老傅的记忆里。老傅不知道是不是也刻印在老戴、老关的记忆中。写诗的老关真的不知道凯鲁亚克?这怎么可能?老傅始终没有把心中疑问讲给老关。

后来,老关才知道杰克·凯鲁亚克。知道的时候也正是傍晚时分,但不是在中国河北省的拒马河畔,而是在美国第六十六街和百老汇路口,那个被老戴说起的杰克·凯鲁亚克正在买报纸。

凯鲁亚克在美国大街买报纸那年,比三个中国诗人在拒马河边烧篝火要早上很多年。

最初不知道凯鲁亚克、后来比老戴和老傅更加深刻了解凯鲁亚克的老关,曾经告诉过很多人:凯鲁亚克在第六十六大街和百老汇路口买报纸的时间——1957年。

二

　　曾被老戴善意讥笑的老关,很多年以后在一次文学讲座中说到了凯鲁亚克。话音未落,电路突发故障,会议室陷入一片黑暗之中。在座的每个人瞬间没有了面容。那天没有月光,会议室外的院落里也没有亮光。

　　老关处变不惊,继续说道:"1957年9月4日,一个非常明确的日子,当时和凯鲁亚克一同来到第六十六街和百老汇路口的报摊前的还有一个人,那是一位作家,同时也是他的同居女友乔伊斯·约翰逊。"

　　"你们猜一猜,是谁告诉我的?"老关看着漆黑一片的会场,问。

　　没有人接话,如黑夜一样安静。

　　老关笑道:"一个叫安·查特斯的人告诉我的。"

　　有听众大声问:"您认识安·查特斯?"

　　老关转弯抹角道:"记不清查特斯的容貌了,就像记不清当年拒马河畔卖木材老汉、踢飞篝火老妪的容貌一样。时间太久了。"

　　会议室又安静下来。

　　听众接着听老关说:"我记不清查特斯的容貌,并不妨碍你们倾听查特斯讲述的故事。你们现在听我描述,或者说,是听查特斯描述——想象一下彼时的场景。"

会议室所有人——通过中国诗人老关的讲述——清晰地看见查特斯描述的场面：

他们俩（杰克·凯鲁亚克和乔伊斯·约翰逊）站在路口报刊亭前，等候送报的卡车送来《纽约时报》。因为出版社已经事先通知凯鲁亚克，报纸要刊登一篇关于他小说《在路上》的评论。凯鲁亚克第一时间买了报纸，等不及回家，站在刚刚亮起的路灯下，打开报纸迅疾找到"时报图书"一栏。评论者名叫吉尔伯特·米尔斯坦，他的评论是这样写的——《在路上》是杰克·凯鲁亚克的第二部小说，在极度的时尚使人们的注意力变得支离破碎、敏感性变得迟钝薄弱的时代，如果说一件真正的艺术品的面世具有任何重大意义的话，该书的出版就是一个历史事件……小说写得十分出色，是对多年前以凯鲁亚克本人为主要代表，并被称为"垮掉的一代"最清晰、最重要的表述。就如同《太阳照常升起》比二十年代任何一部小说都更被认为是"迷惘的一代"的信仰声明一样，《在路上》将被奉为"垮掉的一代"的信仰声明。

在诗人老关缓慢话语的引领下，听众们的思想继续飞翔，又看见了另外一个场景：

凯鲁亚克和作家女友约翰逊，走进附近一家老旧破烂的酒馆，在暗淡的灯光下，凯鲁亚克看也不看约翰逊，只是一遍又一遍地看着关于《在路上》的评论,他一点儿都不高兴,脸上没有任何表情,只是不停地摇头……后来,约翰逊在她的回忆录《小人物》里写道:"仿佛他(凯鲁亚克)闹不明白为什么自己高兴不起来。最后,他们回公寓睡觉。杰克最后一次作为一个默默无闻的人躺下。"

电路故障排除了,会议室明亮起来,老关语调悠长地说:"第二天早上,电话铃声吵醒了凯鲁亚克,这时候他还不是很清楚,自己已经出名了。"

三

老关讲述杰克·凯鲁亚克的故事,后来让老戴知道了。随后,老戴又从老傅那里得知当年拒马河畔因为他带有嘲讽的询问,让老关的心情郁闷、忧伤了好多年。老傅重新提起多年前的话题,老戴有些懵懂,如何也想不起来早年拒马河畔关于凯鲁亚克的话题了。他自语道:"那不就是酒后的胡言乱语吗?"却不想同样酒后的老关,却把这个扣结记得清晰,并且暗自去阅读、去研究凯鲁亚克。

老戴无奈地对老傅说:"诗人可以郁闷、可以怅然,但心胸不能狭窄。"

老傅后悔讲这些鸡毛蒜皮的小事,他可不想把简单的事搞复杂,于是赶紧摆手道:"应该不会,不过是我闲来胡想,与老关没有关系。"

老戴好像想起了什么,忽然说:"你倒是给我提醒,当年要不是那个黑衣黑裤老妪破坏捣乱,我可能在河滩上还要讲太宰治呢。我也不知道为什么,对当初拒马河的漫游,竟然有着强烈的讲述欲望。"

"为什么?"老傅问,"为什么要讲太宰治?"

"太宰治与凯鲁亚克有着太多的相似。"老戴说,"你不觉得吗?说到凯鲁亚克,常常会联想起太宰治。这就是阅读的联想。"老傅不明白阅读为什么必须有这样的联想。

老戴答非所问,嘟囔道:"凯鲁亚克在美国扬名的1957年,远在日本的太宰治已经不在人世了。但是,十年前的1947年某天傍晚,太宰治和凯鲁亚克却有着相似的经历,他也没有待在屋子里,正在日本大街上无聊地漫游。"

老戴说:"老傅,你知道太宰治吧?"

老傅点点头。

特别喜欢讲话的老戴说:"太宰治没有待在屋子里这件事,可不是别人讲的,是太宰治自己讲的。你去读他的书,能看到这样的文字。"

老傅说太宰治在《人间失格》里有"我害怕一个人待在那个房间里,仿佛随时会遭到什么人的袭击或暗算似的,所以我常常跑到大街上去"。

老戴说："看来你是真知道太宰治，不像老关那样，多少年之后自己去慢慢阅读、研究，然后又偷偷去讲授，为自己挣回面子。"

老戴说着，忍不住讲起太宰治。他说："太宰治的作品对于挣扎在时代边缘的理想主义者的心理剖析可谓入木三分，少有比肩者，所以他被评为'昭和文学不灭的金字塔'，后来与川端康成、三岛由纪夫并列为日本战后文学的巅峰人物。可是，太宰治一点儿也不认为自己多么伟大。"

性格平静的老傅接着说："太宰治有句话特别知名，那句话是'我扮演小丑，这是我对人类最后的求爱。因为我虽然对人类极度恐惧，却不能对他们彻底死心。'"

"说得没错。"老戴感慨道："我能想象当时的场面，太宰治站在日本街头，幻想自己面对人来人往的街道演说。他的目光不想接触到其他人的目光，而是傲慢地越过人们的头顶，向着天空讲述。可是没有人停下来听他讲，我现在猜测也可能这些话是太宰治站在街头向自己讲述的。"

不善言谈的老傅感动了，他遥望远方，似乎也想跟太宰治对话。他喃喃道："太宰治不敢向街上的人们讲，也不敢面对人们的目光。他有着自己的解释，他对着无处不在的空气说：'我对人类总是恐惧，终日战战兢兢，对于作为人类一员的自己的言行没有丝毫自信，于是我将自己独有的烦恼深藏在胸中的小盒子里，竭力将这一忧郁和敏感隐藏起来，一味装出天真无邪的乐天个性，使自己逐渐变成了一个滑稽的异类。'"

老戴善谈、老傅沉默，性格反差很大的两个诗人说起太宰治，却有着相同的激动和忧伤的心绪。

四

有一天，老戴、老关和老傅三个人再次坐在一起，一边呷酒，一边阔谈诗歌，从凯鲁亚克、太宰治，最后又说到了策兰——一个1970年去世的诗人，同时又是一个不爱待在屋子里的人。许多个傍晚时分，策兰如同凯鲁亚克、太宰治一样，也是一个人走在大街上。

讲起策兰的人生，老戴、老关和老傅发出共同感叹。但接下来，依旧是老戴和老关滔滔不绝。老傅一旁静听，偶尔插句话。老戴和老关早已和好如初，从拒马河畔至今，他们有着三十多年的深厚友谊，还是以诗歌作为握手的友谊，在这样的情感基础上，不管遇到什么问题，总能冲破性格不同的羁绊。

老戴说："在策兰去世的前一年，也就是1969年，凯鲁亚克去世。他们俩相隔一年离开纷乱的人世，用拒马河畔卖木材的老者的话说'脚跟脚走了'，用踢飞篝火的老妪的话讲'他们去那边了'。"

老傅忍不住问："你为什么总是忘不掉拒马河畔的往事？"

老关早就消解了拒马河畔曾经的尴尬，应和老傅的话，也这样问老戴。

老戴变得深情起来，说："联想没有缘由，我就是忘不了那个刚刚燃烧起来就被灭掉的篝火，还有月光下带着火光的木材。它们即使没有伙伴同行，也依旧独自燃烧，它们要与天上的月光对话，要与所有光亮的物体对话，当然也包括与所有的生命对话。"

老关叹口气，说："我至今不明白，为什么一个卖给我们木材、让我们点燃篝火，而另一个却要拼命毁掉我们的篝火。他们肯定相识，肯定是一个村子里的人。"

老傅禁不住说："是呀，他们都是普通人，不应该有什么阴谋与使命，可为什么要那样做？怎么想怎么都没有道理。难道老汉和老妪不希望我们谈论伤感的诗人和作家？"

"又有谁能阻挡诗人的作为？"老戴摆摆手，呷一口酒，转移话题说，"你们应该知道策兰傍晚徜徉的大街，是哪个国家的大街？"

老关毫不犹豫地说，策兰的故乡泽诺维茨，原属于奥匈帝国布考维纳首府。策兰出生的两年前奥匈帝国瓦解，该城划归罗马尼亚，1940年以后被并入苏联的乌克兰共和国，改名为切尔诺夫策。你们说，他应该在哪个国家的大街上？"

不爱喝酒的老傅，此刻突然一饮而尽，说："按照策兰去世那年讲,他应该算是苏联人。但他在很长时间里住在维也纳。"

老戴说:"策兰一生都在追问,在问自己'我是哪国人'。他一定觉得自己比凯鲁亚克、太宰治更加不幸,凯鲁亚克和太宰治毕竟有自己的国籍、清清楚楚的归属地。可是策兰呢?"

老傅说:"杰克·凯鲁亚克、太宰治和保罗·策兰,在他们三个人中,策兰更加在意自己的身份。"

老关站起来,他有些兴奋。近年来老关脾气有变化,比如喝酒到兴头上,他一定要站起来讲话,你让他坐下他好像听不见,也不想听。他站着开始讲起策兰。显然,他像当年秘密深入阅读凯鲁亚克一样,也深入阅读过策兰。他喜欢独自深入阅读,把自己和喜欢的作家作品牢牢地绑缚在一起。

老关说:"策兰从小受到良好教育,最初上的是德语学校,后来转入希伯来语学校,开始学罗马尼亚文,但他们在家里的时候则只说标准的德语。在热爱德国语言和文学的母亲的影响下,策兰六岁时就会背诵席勒的诗,青年时期开始用德语写诗。这种对德国语言文化身份的认同,使他们后来对德国人施加于他们的一切都毫无准备。"

老关停不住了,变得越发感慨。他说:"德国纳粹杀害了他的父母,这使他从小就讲的德语成了'凶手的语言'。他也只能用这种语言写诗并'说出他自己的真实'。这也就是他为什么会冒险偷渡到维也纳——一个可以讲德语但却不是德国人的地方。"

老傅说:"一切都是命中注定,他只能成为一个用德语写诗的、被德国纳粹迫害的、被迫流亡的犹太诗人。"

平日说话滔滔不绝的老戴,突然陷入沉默。只有老傅依旧说下去。

五

"我们还能再去野三坡吗,再在拒马河边站一站?"老戴给老傅打电话,"不点燃篝火也没关系。"

老傅正在小区花园里和老伴推着儿童车,照看一岁的孙子。接到老戴电话,问他在哪儿?

老戴说:"跟你一样,也在公园里遛弯儿,突然想起我们年轻时的日子,你还记得吗?有一次我们去公园划船,你激情朗诵普希金的诗歌,我听得激动了,跳下小船,我穿着西装呀,刚买的新西装。"

老傅想起来那件事,对着手机哈哈大笑。狂野的笑声,把眼前的小孙子吓得不知所措,随后哭起来。老伴一把推开老傅,说:"你神经病呀,接个电话,笑什么呀?"

老傅举着手机,赶紧离开小孙子。

电话那端的老戴继续说,那天我又想起来,在拒马河畔踢飞我们篝火的那个老太婆。

老傅找到一张长椅坐下来,问老戴为何最近总是回忆往事,为何总是想起拒马河的那次沿河游玩?

老戴说:"我想到了'流亡'两个字。"

"为什么?"老傅问。

"我们哪个人的生命不是在流亡?有的人可能一生都没有走出过小镇,或是一个小村子,但不能否认他的精神没有过短暂的飞翔。只要精神游走,即使身体还在原地,那也是一种流亡。"

老傅明白了老戴的心思,问道:"此时此刻你是不是想说凯鲁亚克对于'流亡'两个字的另外解读?"

"是的。"老戴说,"尽管他的'流亡'可以称作'行走'。是的,'行走'似乎更准确一些,也可以说是'在路上'。"

老傅说:"我觉得凯鲁亚克的《在路上》永不过时。因为它常常让我们想起来,只要经常想起来那就是经典。"

老傅还想继续说下去,老伴挥手招呼他过去,他只好跟老戴说:"哪天我们喊上老关,一起去吃个饭,又有一段时间没见了。"

老戴连说好好好。

老戴和老傅通完电话,才过去没几天,恰好有个机会,三个诗人再次如约见面。原来一家文化馆的文学社,搞了一个诗歌沙龙,老、中、青诗人都有,邀请老戴参加,老戴不想一个人去,把老关和老傅约上,主办者倒也高兴,热烈欢迎三位老诗人去与青年诗人交流。

文化馆所在地是这座城市的中心城区，街道热闹非凡。三个人在文化馆门口集合后，一起走进会场。

老戴、老关和老傅没想到，如今诗歌沙龙还会有那么多人参加，关键还有好多的年轻人。这让他们想起20世纪80年代文学的繁荣。那时候，他们全都参加过文学辅导班，还有过蹚着积水没过膝盖的雨天里，执拗前往文学社参加活动的经历。

热闹的诗歌沙龙上，三个老诗人讲了许多往事，有文学的话题也有人生的感慨。老戴再一次讲起凯鲁亚克，令他欣慰的是，年轻人都知道凯鲁亚克和他的《在路上》。

老戴说："凯鲁亚克消磨'在路上'的时间有七年，但用于写作《在路上》只有三个星期。《在路上》出版那年，就是他大红大紫的那一年，他才三十五岁。《在路上》写作初期，凯鲁亚克在还没有想到'在路上'这三个字时，就已经想到了两个大名鼎鼎的人，一个是塞万提斯，一个是约翰·班扬。因为塞万提斯写了《堂吉诃德》，约翰·班扬写了《天路历程》。这两部书都跟'行走'有关。也就是说，一开始凯鲁亚克就把他的这部作品，想象成塞万提斯的《堂吉诃德》或者约翰·班杨的《天路历程》之类的探索小说。"

老关和老傅也都讲了阅读经典作品的感想。在场的青年人热烈呼应。

文学沙龙持续了三个小时,因为害怕赶上道路拥堵时间,老戴、老关和老傅只能提前退场,他们需要坐一个多小时的公交车才能到家。

老关望着车窗外,感慨道:"'流亡'与'探索'有着多么相近的精神内涵。"

老傅指着老戴,对老关说:"那天他打电话说起当年拒马河畔的篝火,说是想要再去一次。"

老戴抢过话头说:"你们还记得那个黑衣黑裤的老妪飞起一脚踢飞篝火的事吗?"

老关说:"不会忘记,那个画面我印象深刻。"

六

最近,老戴、老关和老傅相聚有些频繁,或是喝酒吃饭,或是喝茶聊天,或是四处溜达,年轻时的话题似乎再次来到身边。

这一天,三个人闲情逸致地来到一家博物馆。这是一家"藏"在大学里的博物馆。一百多年前,这家博物馆是科学研究机构,后由一位古生物学家创办成博物馆,有二十多万件古生物、动物、植物、古人类和岩矿标本,其中很多还是珍贵的国家级展品。

博物馆有两幢对称小楼,红瓦坡顶,清水砖墙。楼顶建有法国曼塞尔结构穹顶,北侧建筑强调古典构图原则,西侧建筑还有一个内部的小教堂，采用半穿顶。两个小楼用封闭式天桥相连，总体上是三层建筑，局部则是二层。

老戴指着门口说："进吧，边走边聊。"

老傅永远走在最后，老关不往前走，他也不走。老关只好趋前一步，老傅这才跟上。老傅曾经说过，他喜欢看人的后背，喜欢看人的侧脸。至于什么时候开始有这样的习惯，老傅倒是没有详细解释，老戴和老关也没有追问过他。

可能是"缩"在大学校园里面的缘故，这家博物馆非常清静。只有几个零散的游客，他们低声细语，脚步缓慢前行。在一个巨大的恐龙化石面前，老戴再次扯起忧伤话题，问老关和老傅，怎么看待太宰治"自己与自己讲话"。

老关说："太宰治有很多心里话，都是在书的'后记'中讲出来的，他是那么喜欢后记，喜欢在自己文字中'自己与自己讲话'。还是以不认识那个写出《人间失格》作家的语调讲述。"

老关忍不住背诵起来："那天夜里，我和那个朋友（带他去京桥酒吧的那个人）一起喝了点儿酒，决定留宿在他家。夜里，我开始看那三篇笔记，看得入了迷，一直看到天亮。"

老戴说："这段话就是来自太宰治《人间失格》的后记，这里所说的那三篇笔记，就是太宰治本人所写，但太宰治却以另外一个人的口吻讲述。"

老傅补充说:"还有一点也必须阐明,从某种意义上讲,这也是一篇非常重要的'小说章节',如果没有这篇后记托举,《人间失格》将会黯然失色。就像阅读卡夫卡的小说一样,一定要认真阅读他的那篇《致父亲的信》。这样讲似乎感到烦琐,但绝对不是赘述;假如把后记比作一个人的话,那么这篇后记就是深刻阅读太宰治的'引航员'。"

三个人在博物馆大厅里休息,很少讲话的老傅这会儿兴奋起来,津津有味地讲起太宰治。他说《人间失格》由三篇笔记组成,当然还包括那篇著名的后记。毋庸置疑,这四个部分都是来自太宰治的手笔,但太宰治又在后记中写下这样的一句话——"我并不认识写下上述笔记的精神病患者",紧接着,第二句话却又变成"但我与笔记中提到的京桥那家酒吧的老板娘的原型略有交情"。随后马上又写,"这三篇笔记主要描写的是昭和五至七年那段时间的东京风情,而我在朋友带领下,去那个京桥的酒吧喝过两三次加冰的威士忌酒时,正值日本'军部'越来越露骨地走向战争的昭和十年前后,所以,我没有机会见到写下这些笔记的那个男人"。

老戴说:"在后记里,太宰治表示不认识写前面三章的作者。尽管阅读过《人间失格》的人们都承认这是太宰治的'矫情',可却非常认可他这样的'虚假'表述。"

"这是一件有意思的事。"老关说,"从这样的情形来看,太宰治内心的纠缠以及对自我的憎恶与否定。"

老戴对老关说:"太宰治是多么难受与压抑的人。"

老关却转向老傅,说:"就像你老傅,不要总是那么沉闷,应该像今天这样滔滔不绝。"

老傅苦笑着摇摇头,说:"我也不知道为什么,老了老了,变成了话痨,但愿不都是废话。"

老戴摆摆手,说:"人生就是由许多废话组成,就像一个人一生中做过许多没用的事一样。"

七

那天从博物馆出来,三个诗人舍不得分手,坐在校园的长椅上,迎着秋日阳光再次回忆往事,也再次畅谈起策兰的诗歌。在凯鲁亚克、太宰治和策兰之间,他们有着某种默契——更钟情策兰。这也很好理解,他们毕竟是诗人。

老戴新配了一副眼镜,显得更加精神,他朗诵了《油脂灯》中的诗句:"我诉说贝壳和轻盈的云彩,而一只船在雨中发芽。"

过去留长发的老关,早就改成短发,或者称作"二茬儿"。上了年岁,头发短了,反而更加有神采。他朗诵了《死亡赋格》中的诗句:"我们在空中掘一个坟墓,躺在那里不拥挤。"

年轻时的老傅是光头,到了老年,当然还是光头。他也不甘示弱,想起策兰关于手指的描述,他把自己的手指举起来,对着太阳,闭着眼睛,朗诵"有些神经质的手指",随后做成螺旋状,慢慢向上伸展,仿佛正在痛苦摸索"一幅童年用的地图"。简短的诗句、简单的手势,把策兰的心境完全表述出来。

意犹未尽的老戴,随后加上一句:"一个独一的、必死的灵魂以它的声音和沉默摸索着它的路,只有真实的手写真实的诗。"

他们面对着一百多年前由外国人建成的博物馆,面对着博物馆前面那道缠满鲜花的低矮的木栅栏,几乎同时想起策兰一生中永远难忘的那道横亘在亲情之间的"栅栏"。

三个中国诗人集体穿越到了1955年,他们清晰地看见策兰和妻子吉瑟勒一起去看望住进修道院的吉瑟勒的母亲,回来不久策兰便写下了《言语栅栏》的场景。吉瑟勒父母很难接受一位流亡的犹太人成为女婿,所以这次见面显得异常"冷寂",始终隔着一道"栅栏"。策兰在诗中忧伤地说:"他们只能远远地解读我,他们无法将我把握,他们握住的只是我们之间的栅栏。"

策兰与亲人之间那道无法跨越的"栅栏"是历史造就的。那么凯鲁亚克呢?横亘在他生活中的"栅栏"又是什么?是否也是由历史营造?

三位中国诗人,好像同时听到了凯鲁亚克的解释:他与朋友和家人之间,有着一种他永远无法解决的双重人格的生活。

凯鲁亚克生活中的"栅栏",不是历史,而是他的"双重人格"。在很长一段时间里,凯鲁亚克把时间的一部分用于同哥伦比亚校园帮鬼混,进行无法无天的"实验";另一方面,同他父母的劳动人民家庭一起过着循规蹈矩的生活。"双重人格"在精神上筑起一道"栅栏"的同时,同样也能变成生活中的"栅栏"。

那个秋季的博物馆午后,老戴、老关和老傅变得无比伤感,似乎只有这样的情绪,他们才能共同进入集体回忆的情境之中。

八

老戴、老关、老傅三人相聚越发频繁。再一次相聚,是在一家狭窄的小酒馆。

酒馆不大,墙壁是没有装饰的红色砖墙,或者说故意装饰成砖墙模样。地面既不是瓷砖也不是地板,而是老派的青砖。老榆木的桌子、凳子,已经包了浆,闪烁着暗幽幽的光。

小酒馆特别适合老年人喝小酒聚会,没有多少钱,环境还特别清静。这是一个年轻人不会光顾的小酒馆。他们再一次谈起凯鲁亚克,因为凯鲁亚克与他女友也经常在小酒馆中探讨创作与人生。

酒过三巡,他们想起三十年前在拒马河畔关于阅读的议论。

老戴说:"凯鲁亚克的女友乔伊斯·约翰逊回忆,确实带着'奇特的礼貌和耐心'——解释'垮掉的'一词。那是凯鲁亚克在写出

《在路上》的十多年前，他在时报广场从一个名叫赫伯特·洪克的小混混嘴里听来的，洪克用它来形容一种亢奋而精疲力竭的状态。凯鲁亚克记住了这三个字。从此以后，"垮掉的"伴随他一生。

老关说："尽管《在路上》酝酿了那么长时间，但凯鲁亚克却夸口说，《在路上》的原稿是他一鼓作气在三星期内完成的。美国最为傲慢的作家杜鲁门·卡波特，对此嗤之以鼻，嘲笑那不是写作，是打字。尽管凯鲁亚克伴随着《在路上》出了大名，但当时美国媒体普遍认为，恐怕要等另一代人成长起来很长时间，凯鲁亚克才会被下一代年轻人接受。事实也确是这样。《在路上》成为美国经典作品之后很久，凯鲁亚克才得到承认。必须明白一个问题，'出名'与'承认'有着不同的概念。"

老傅说："凯鲁亚克承认他写作《在路上》时的努力，是他一生中最为沮丧的经历之一。因为在写作《在路上》初期，凯鲁亚克始终在努力做一件事，那就是摆脱他所羡慕的作家作品的吸引，经历了批评家哈德罗·布鲁姆所说的'影响的焦虑'那个困苦的阶段。尽管他只写了三个星期，但在那三个星期里，他最受灵感支配的，是他始终在听的'疯狂的爵士'的演奏。尽管几度身处绝境，但却从来没有放弃过。"

老戴补充道："通过《在路上》的写作，凯鲁亚克终于找到了自己的声音和真正的主题——他自己作为局外人要在美国寻找一个位置的故事。也可以看作描写探索的书,外加检验所谓无限自由的美国梦是否能够实现。"

老关意味深长地说:"我们与凯鲁亚克一样,永远在路上。"

九

这一天,老傅分别给老戴和老关打电话,说是市展览馆有个摄影展览,我们应该去看一看。

老戴说:"为什么要去?"老关也是这样问:"为什么要去?"老傅说:"我要是说出摄影展的名字,你们肯定去。"于是,老傅说了。

转天,三个人相约去了,他们真是因为摄影展的名字去的——"拒马河畔的往事"。

市展览馆建成不到十年,建筑设计完全融合了中国意象之美、对称之美和简约之美,无论色彩运用还是空间构造,都给人简约的感觉。馆内设计吸收中国古典水墨画意象,借鉴中国传统画中留白的手法。比如馆内所有的台阶,巧妙地将整个建筑的各个楼层连接起来,台阶的厚重与空间的灵动相得益彰,充分展现出水墨中飘逸洒脱的意境。

三个人几年前来过这里,但这次来还是东张西望。

他们上到二楼,果然看见了"拒马河畔的往事"。他们回忆起三十年前的野三坡之行、拒马河畔失败的篝火。三个人慢慢走着——看见了令他们同时激动的一幅摄影作品,他们看到了三十年前的场景:他们围着那堆刚刚燃烧起来、又被黑衣黑裤老妪踢飞篝火后发呆的画面,那些继续带着火光的木材,散乱在他们周围。

老戴看见了三十年前自己的侧影;老关看见了三十年前的自己的背影;老傅看见自己三十年前独自望向黑树林的背影。他们三个人还看见了浅浅河床上蹦跳起来的水珠儿的亮点,还有无边无际的漫天星光……

这是谁拍摄的?

三个人顺着画面的镜头方向——向后看——回忆起来那黑漆漆的茂密树林——这幅摄影作品的镜头方向就来自那片树林中——过去了三十年,他们依旧能够回忆起当年的周边环境。这幅照片的拍摄角度,就是来自河滩背后的黑树林。

这幅照片的拍摄者在哪里?

三个人在大厅里环视着,似乎在寻找这幅作品的拍摄者,也像在寻找三十年前阅读经典作品后永无休止的探讨。

癸卯年回乡

一

从小学到退休，我记不清填写过多少表格。一般情况下，紧随在"姓名""性别"之后的便是"籍贯"。那时候遇到初次相识的朋友，不仅要问你是哪里人，还要再询问籍贯在哪里。如今已经很少有人多此一举了。不过随着两鬓白发增多，如今的我，却特别愿意多此一举，主动告诉别人，我的籍贯是山东。要是遇上山东人，讲得更详细，从"县"说到"镇"，再说到"村"。

近年来我经常在梦境中行走在山东宁津的土地上，而梦境的依托，则是来自1980年陪同父亲还乡。那是我唯一一次近距离亲近我的籍贯地。当年我陪父亲在那个好像举手就能触摸到星星的小村庄待了七天，也在县城里走了走，从此便因为这样那样的原因，与那里的亲人再没有见过。四十多年前的片段记忆，早已变成星星点点的画面，已经无法连成一个整体，可又犹如火烙一样，每长一岁，深刻的痕迹便向下纵深一点儿。曾经无数次想要回去，又总是苦于那里已经没有亲人,经常寂寥地想,到了那里我去找谁呢?尽管2022年我曾经"纸上还乡",发表了与山东宁津有关的数万字文学作品,但依旧无法阻挡前往的心愿。

癸卯年来到,没有疫情之阻,已经过了耳顺之年的我,某天黄昏时分,突然在标有中国国家博物馆馆藏的商代龙虎纹铜尊的周历上,写下了"去宁津"三个字,并且不由分说,立刻预订好了宾馆。完成这一切,才恍然发现"去宁津"这一天是正月二十五——中国传统节日"填仓节"。在民间,只要这一天没过去,就还算是在年里。在中国的广大乡村,人们依旧看重这个日子。填仓节中的"填"与"天"谐音,又称为"天仓节"。农历正月二十为小天仓;正月二十五为老天仓,过去民间还有"点遍灯、烧遍香,家家粮食填满仓"的说法,意味着这是一个充满希望的好日子。

当正月二十五的早上,我启动汽车发动机的那一刻,冥冥之中感觉在年里前往籍贯地,是一场终究无法躲过的亲情赴约。那一刻,在我心里,籍贯地与出生地变得完全一样,没有任何区别,真的就像史铁生在他的散文《老家》中的讲述:"常要在各种表格上填写籍贯,有时候我写北京,有时候写河北涿州,完全即兴。写北京,因为我生在北京长在北京,大约死也不会死到别处去了。写涿州,则因为我从小被告知那是我的家,我的父母及祖上若干辈人都曾在那儿生活。查字典,籍贯一词的解释是:祖居或个人出生地。——

我的即兴碰巧不错。"

好吧,我也不再左思右想,干脆就把"籍贯地"亮亮堂堂地称作"故乡",这样一想,立刻舒展开来。

二

杜甫曾有描写田园生活的诗句:"舍南舍北皆春水,但见群鸥日日来。花径不曾缘客扫,蓬门今始为君开。"

我记得故乡的小村庄,也是一派田园风光。那个叫时集村的小村庄,夜晚萤火虫在院落里飞,还有各种小虫的鸣叫,在窗外高一声低一声。小村子静静的,只有偶尔的犬吠。好奇心驱使我蹬着梯子,爬上屋顶。村中没有路灯,但是因为有满天的星星,看上去弯曲的土路泛着白光,路面竟然看得异常清楚。邻村因为没有通电,显得幽暗一些,但在星光下,房屋、小路同样清晰。这样的画面深刻在我的记忆中,已经很难忘记。

我是带着四十多年前的零散记忆,站在时集村村委会门口的。眼前是整洁干净的柏油路,道路两旁是商场、饭馆、邮局、银行、小超市,路两旁停着各种型号的小汽车,居民住宅楼是有着大都会风格的、色调温暖明朗的砖楼。我跟当地老人聊天,讲起1980年我来到这里时的情境。他们操着与我父亲相同腔调的家乡话告诉我,我说的那种乡村风貌早就远去了,但是村庄开始发生重大变化的节点,还是在最近十年。老人们感慨近十年来乡村的快速变化,别说我这个远离故土四十年的人,这种变化让当地人都感到特别震惊。

陶渊明在他的《还旧居》中有这样的诗句:"畴昔家上京,六载去还归。今日始复来,恻怆多所悲。阡陌不移旧,邑屋或时非。"当我站在时集村村委会的大院前,与《还旧居》时的古人心境完全相同。但仔细一想,还是有很大区别的,因为我的心中没有忧伤、悲怆,更多的是感怀、抒怀。

当年在时集村的七天里,离开家乡四十多年的父亲,和姑姑、姑夫还有其他亲属,盘腿坐在炕头上,说呀说,似乎有着说不完的话。我因为第一次来到乡村,无论看到什么都特别兴奋,双眼冒光,像一只小鼠一样到处乱窜;父亲则是不断感慨,唇边挂着无数的感叹词。那时候,中国社会已经在拨乱反正的进程中,社会在向着更好的方向奋进。但是中国的广大乡村,还是处于贫穷阶段。虽然我在四十多年前的故乡之行,没有李白《少年行》中的洒脱无羁:"五陵年少金市东,银鞍白马度春风。落花踏尽游何处?笑入胡姬酒肆中。"但是山东乡下的大枣、花生、葵花籽,还有刚从磨坊中端出来的芝麻酱、香油、玉米面,让来自大城市但口中乏味的我,每天都处在新鲜和激动之中。

普鲁斯特曾经说过:"美好的,哪怕是痛苦的回忆,则保证了一个人照样活上两辈子。如果回忆变成了一部书，那就是永恒的回忆。"而我，今天的癸卯年回乡，真是没有些微的痛苦和忧伤，而是无限的当下感慨与无限的往事追溯。

三

作为一个写作者，故乡之行所带来的心理层面的震动，必然会与阅读、写作充满紧密关联，这样的关联是下意识行为，也是不由分说的精神畅想。

综观中国历代文人，无不在"故乡"两个字上，留下许多让人感怀的笔墨。比如因为书写故乡湘西而在文学史上留下赫赫大名的沈从文。北大教授吴晓东对沈从文《边城》的解读极为精准："利用自己的湘西经验和记忆，大都具有一个回溯性的叙事结构，也反映了一个孤独的'北漂'对故乡和亲友的追忆和眷恋。"

的确如此，《边城》饱含所有还乡者的悠远情绪，如开篇所描绘的场景："溪流如弓背，山路如弓弦，故远近有了小小差异。"还有小城的街景白描："有商人落脚的客店，坐镇不动的理发馆。此外饭店、杂货铺、油行、盐栈、花衣庄，莫不各有一种地位，装点了这条河街……小饭店门前的长案上，常有煎得焦黄的鲤鱼豆腐，身上装饰了红辣椒丝，卧在浅口钵头里。"这样的抒写，也验证了夏志清在《中国现代小说史》中所突出强调的，即沈从文自创的一种"牧歌式文体",他认为:"沈从文的文体和他的'田园视景'是整体的,不可划分的。"

不仅是名篇《边城》,在沈从文另一篇小说《黄昏》中,也有令人魂牵梦绕的日常生活的描写:"雷雨过后,屋檐口每一个瓦槽还残留了一些断续的点滴,天空的雨已经不至于再落,时间也快要夜了。日头将落下那一边天空,还剩有无数云彩,这些云彩阻拦了日头,却为日头的光烘出炫目美丽的颜色。"

双脚踏在故乡土地上,舒缓地回忆文学史上的名著名篇,也是一次还乡的精神梳理,也会加深对故乡的深刻理解。

四

1980年的那次还乡,我和父亲在姑姑、姑夫的陪伴下去过宁津县城,至于为何去县城,具体原因记不得了,完全记不得了。只记得从村子里坐马车走了很长时间,还记得姑姑和姑夫都穿着黑色的袄、黑色的裤。我穿着当时时髦的牛仔裤和夹克衫,可是身体不好的姑姑,还戴上了黑色的帽子,裤腿也扎起来,脚下是一双黑色的布鞋子。关于宁津县城的记忆,只有县城中心地带的文化馆,当时外面挂着李小龙的电影招贴画。那时候的文化馆是全县的文化中心,录像厅整日播放港台武打剧,是少男少女们欢聚的地方,也是县城晚上灯光最亮丽、最繁华的地方。

如今的县城分为两部分：老城和新城。一条南北方向的"正阳道"，将老城与新城无缝衔接在一起。这里像中国当下所有的县城一样，可以放心大胆地使用形容词。譬如，繁华、高耸、整洁、气派；还可以使用一些词组，城乡一体化、旧貌变新颜等，绝对使用正确，没有丝毫夸张，甚至某个角度的街景，与我生活居住的天津某个繁华商业区，也没有多少区别。过去从村子到县城，要走很长时间的路，如今驾驶汽车只需二十分钟。

我站在那条叫"福宁大街"的十字路口的便道上，出神地看着眼前那幢有着圆形弧顶的建筑。那就是当年晚上县城唯一亮灯的建筑——文化馆——现在是一座中型商场。我应该感谢它，没有它的存在，我也就没有了关于故乡的"记忆扶手"。

孙犁在1986年创作散文《老家》时，曾有过这样的心路历程："前几年，我曾诌过两句旧诗，'梦中每迷还乡路，愈知晚途念桑梓'。"随后，又接着说，"人对故乡，感情是难以割断的，而且会越来越萦绕在意识的深处，形成不断的梦境。"在这篇小文里，孙犁特别提到了他故乡的老屋："最近有朋友到我们村里去了一趟，给我几间老屋，拍了一张照片……朋友告诉我，现在村里，新房林立；村外，果木成林。我那几间破房，留在那里，实在太不协调了。我解嘲似的说，那总是一个标志，证明我曾是村中的一户。人们路过那里，看到那破房，就会想起我，念叨我。不然，就真的会把我忘记了。"

通过房屋留下的岁月记忆，是回忆故乡的有效载体。因为它来得直接，来得无可阻挡。当然最好的回忆，还是来自人的记忆。这次癸卯年回乡，我要通过房屋转移到人的身上。岁月的教诲，让如今六十岁的我，开始去辅导曾经十八岁的我。

在故乡，与人的亲密接触，要有来自民间的烟火气。乡音乡情乡念发出的地方，不在高雅静默的高堂，也不在玻璃幕墙的大厦，而是在拥挤狭窄的菜市场，在喧闹的小酒馆，在百姓散步遛弯的河边。

在老城的一条街上，我闻到一股浓郁的牛羊肉香味，鼻子给我带路，向散发香味的地方寻觅。快要走出菜市场了，发现一个光头老者用大号笊篱打捞大铁锅里的牛肉，木案子上还有两三个用棉布包起来的袋子，里面包裹的是肉，学名叫"肚包肉"。满大街的肉香味，就是来自这家清真小店。老者听到我原来是追寻香味而来，又看我指着大锅里深褐色的肉汤，问这是不是老汤？老者高兴地告诉我，这锅老汤已经四十多年了。看我专注的样子，老者要送我老汤。我急忙闪躲推辞，老者不高兴了，问我是不是担心要钱？看我连连摆手，又支支吾吾，怪我太不实诚。随后老者不由分说，拿起一个大号打包盒，舀了两大勺喷香的高汤，把打包盒放进塑料袋子里递给我。又问我住哪儿？我说了宾馆名字。老者豪爽道，找他们要点儿菜，再要俩馒头，晚饭不要在外吃了。说完，继续忙着他的生意，我也松了一口气，道谢离去。

我提着四十多年的老汤，漫步在县城老街。内心的无尽情绪一时无法描述。看着老城中心广场内唱歌、跳舞、下棋、打扑克牌的人们。与散步的老妪聊天才得知，原来这片热闹的广场，过去是面积巨大的臭水沟。我问老妪何时改造？老妪说了年代。很容易推算，是改革开放之后的举动，而最近十年，又经过不断改造、修整，如今已经变成百姓散步遛弯休闲的好地方。这个城区广场，与我平日在天津散步遛弯的地方，已经没有任何区别。城乡一体化、精准扶贫和乡村振兴，在中国乡镇的角角落落都有了具体表现。

冰心在散文《我的故乡》中，有这样的讲述："我生于1900年10月5日，七个月后我就离开了故乡——福建福州。但福州在我的心里，永远是我的故乡，因为它是我的父母之乡。我从父母亲口里听到的极其琐碎而又极其亲切动人的故事，都是以福州为背景的。"

是的，无论你是怎样的性格、怎样的身份、怎样的人生经历，关于故乡的所有记忆，在未来的日子里，一定是和琐碎与亲切联系在一起的。

五.

我住宿的地方在宁津新城——县城南北大道正阳路最南

端——过去是一片凄凉的荒地，经过近十年的大力改造，如今变成以"蟋蟀谷"命名的集宾馆、养老院、游玩、杂技、休闲、餐饮为一体的娱乐之地。因为紧邻高速口，所以来到宁津的外地人，可以第一时间直抵这片建筑风格独特的旅游区域，这里还紧邻德州地区最为著名的康宁湖文化主题公园。

中国古代有"小亭居山巅"的建筑文化理念，也就是说，在自然界的山山水水面前，所有的建筑要表达一种内敛、谦虚的心态，绝对不能影响或是破坏山、河、湖的自然气势，人为建筑一定要建得小一些，既能观景同时自己也要成为景观的一部分。从这样传统文化视角来看，宁津新城的建筑特点，完全秉承了中国古代建筑文化的理念。

夜色中，当我在县城吃完闻名遐迩的长官包子，兴致勃勃地提着一盒高汤走进宾馆时，前台服务员好奇地问我提着什么？胖胖的小姑娘，总是仰着一张笑脸面对出来进去的客人。她在天津打工多年，前两年才刚回到家乡。我在办理入住手续时，她就调皮地用天津话向我介绍情况。当她得知我提着高汤并喜吃牛羊肉时，立刻向我介绍她开店的朋友，说她朋友批发的牛羊肉，保质保量。我礼貌地向她表示感谢，说下次有机会的话，我过去看看。小姑娘说大叔呀您别客气，马上要帮我联系她朋友，并且不由分说跟我加了微信。

回到房间,我把打包盒放到阳台上。站在宽大的阳台上,点起一支烟。眼前是望不到尽头的仿古建筑群落,楼、亭、阁、桥被灯光点缀,一时间我有些恍惚。在这月明星稀的故乡夜晚,想起陶渊明《九日闲居》的诗句:"……露凄暄风息,气澈天象明。往燕无遗影,来雁有余声……"想一想,倒是真的吻合此时的心境。

这时前台胖姑娘的微信来了,说是联系了她朋友,朋友店里也刚好进货,都是新宰杀的牛羊肉,还特意说明不是每天都有新宰的肉。我有些奇怪,怎么晚上送货?胖姑娘告诉我,批发店里进货都是在晚上,连夜分好包装,转天早上开始发货。胖姑娘又问我要多少牛肉,多少羊肉?我本来没有买肉的打算,因为还要在故乡待上一天,再说天气已经变暖,夜晚也都零上七八度了。再有胖姑娘的过分热情,也让我有些不适,有些不知所措,这是我生活的城市中永远不会遇到的事。胖姑娘见我犹疑不定,一个劲儿劝我不要客气,来到家了,就要心情愉快高兴。说着,又把她朋友微信推给我,说她朋友每天都在朋友圈中推发视频。我只好加了胖姑娘朋友的微信,原来批发店小老板也是一位女孩子,并且立刻给我发来她正在工作中的现场视频。她非常年轻,瘦高个子,扎着丸子头,动作干练,说话得体。她一边把肉进行分类,一边进行详细介绍,还麻利地询问朋友圈里的朋友,有谁需要、需要多少,跟她立刻联系。她问我要多少?我说我要明天才走,这里也没有冰箱,不知如何保存？她说现在温度虽然高一点儿，但保证二十四小时坏不了，她还让我到她店里去，可以现场进行挑选。我说这么晚了，路也不熟悉，能否给送过来？她爽快地说没问题。通过观看视频，发现肉质的确不错，又问她怎么付钱，她说微信转账即可。我把钱转了过去，她说一会儿就给我送过来。

我随身携带的电脑里，存有巴赫的管弦乐组曲。巴赫排在"3B"之首，另外两"B"，一个是贝多芬，一个是勃拉姆斯，巴赫始终是我的最爱。那一刻，我也不知道为什么，特别想听《勃兰登堡协奏曲》第一乐章。在陶渊明诗词的回味中，再倾听活泼愉快的音乐，真像朱光潜在《艺文杂谈》中说到的那样，诗歌与音乐之间有着永远不可分割的密切联系："诗要尽量地利用音乐性来补文字意义的不足。诗不仅是情趣的意象化，尤其要紧的是情趣的形式化。"

我在故乡的晚上，在等待牛羊肉时却想听巴赫的乐曲，这种独特的组合、独特的氛围，我也不知为什么能够发生。

一个小时以后，梳着丸子头的牛羊肉店小老板驾车来了。她来之前，已经给我发来视频，台秤上显示的分量还有价钱，她说得一清二楚。我简单问她情况，原来她大学本科毕业后，本来有机会留在天津工作，但她主动放弃了，她要回乡创业。才三年时间，创业初期身无分文的她，如今生意红红火火，仅是她销售朋友圈中的客户，就已经有八百多人，晚上进来的千斤肉，转天都能卖出去。

她下一步还要开连锁店,还要扩大规模,还考虑把业务扩展到济南、天津以及更远的省市。

丸子头小老板向我告别,说她还要忙乎一晚上。我提着两大兜沉甸甸的牛羊肉,站在宾馆大厅,望着逐渐远去的汽车尾灯,那一刻,真是特别感慨。半个小时以后,我收到丸子头小老板的微信,先是一句"收了",接着才把我几个小时前转给她的钱收走,最后还加上一句,"欢迎您再回故乡"。那一刻,我明白为什么她送货之后半小时才收款,她那是给我留下查验的时间。

我望着窗外夜空,再次按下电脑键。温暖的房间里再次响起《勃兰登堡协奏曲》第一乐章。

六

据《宋史·范仲淹传》记载,范仲淹两岁丧父,母亲改嫁长山朱氏,遂从其姓朱,名说。范仲淹少年时就有志气,奉行操守,长大知道自己家世后,伤感不已,于是流着眼泪辞别母亲,前往应天府(今河南商丘)求学。后举进士第,被任命为广德军司理参军,范仲淹接回母亲奉养。

我不可能有范仲淹那样的行动,我在宁津没有任何亲人,但我会接回在故乡期间遇见人和事时内心深处闪过的犹疑、闪躲,这是我内心与故乡的距离。要想去掉这段距离,需要我不断地回乡,不断地行走在故乡土地上。要听风,要看云,要蹲下身子,用手触摸故乡的泥土,更需要安静下来,慢慢思考故乡的真正内涵,这的确需要时间,就像巴金在散文《长夜》中说:"我对着一盏植物油灯和一本摊开的书,在书桌前坐了若干时候。我说若干时候,因为我手边没有一样可以计算时间的东西。"我想,可以计算时间的东西,就是故乡,就是回到与你血脉有着丝丝缕缕关联的地方,再去慢慢感悟。

我在故乡购买的牛羊肉,经过一天一夜的时间,回到天津家里用手按压,没有一丝水分渗出来。炖好后,我送给亲朋好友,所有人都说"好吃,好香"。故乡新鲜的肉,故乡四十年的高汤,它们在我出生地的沸水中不断融合,进一步渗透,怎么能不好吃、又怎么能不香呢?

故乡,真像史铁生在散文《故乡的胡同》中说的那样精准:"北京很大,不敢说就是我的故乡。我的故乡很小,仅北京城之一角,方圆大约二里,东和北曾经是城墙现在是二环路。"

关于故乡的感情,永远呈现两个极端:一边,无比阔大;一边,微小具体。

李和卡波特来到耶德瓦布内

没有历史记载哈珀·李和杜鲁门·卡波特到过耶德瓦布内。但是，许多人相信他们有过这次不约而同的旅途。

有一天在耶德瓦布内的街道上，他们相互看见了。离得远，都没有主动走过去与对方打招呼。他们是曾经的邻人，曾经把自己的著作献给对方并且由衷地表示"致上我的爱意和谢意"，后来渐行渐远的原因不得而知，但依旧在心底把对方当作永远的朋友。在耶德瓦布内期间，李和卡波特没有进行深入交流。人们永远不能理解这两个性格鲜明的人——写出《杀死一只知更鸟》后便拒绝各种采访、隐居在家乡亚拉巴马小镇上的哈珀·李，还有为人处事极为傲慢的《冷血》作者杜鲁门·卡波特。

人们为什么始终坚信在某年某月，哈珀·李和杜鲁门·卡波特去过波兰小镇耶德瓦布内？这是一个需要认真研究的问题。可能不是现在，是在未来。

走在寂静无人的街道上,两个作家没有感到陌生,他们熟悉小镇生活、书写小镇生活。那一时刻,他们应该会有自己的描述,就像哈珀·李在《杀死一只知更鸟》中描述的那样:"梅克姆是个老镇,不过在我最初的记忆里,它是个死气沉沉的老镇。下雨天街道便成了红泥滩;野草长在人行道上,广场中央的县政府楼摇摇欲坠"。也像杜鲁门·卡波特在《冷血》中的描述:"霍尔克姆村坐落于堪萨斯州西部高耸的麦田高地上,是一个偏僻的地方,被其他堪萨斯人称为'那边'。这里距科罗拉多州东部边界约七十英里,天空湛蓝,空气清澈而干燥,具有比美国其他中西部地区更加鲜明的西部氛围——这里土地非常平坦,视野极其开阔;旅行者远远地就可以看见马匹、牛群,以及像希腊神庙一样优雅耸立着的白色谷仓。"

令人遗憾的是,李和卡波特好像提前商量好了,毅然放弃了关于耶德瓦布内的描述,而是通过杨·T.格罗斯的目光,清晰地看见了很多年以后格罗斯在《邻人》中关于耶德瓦布内的讲述:

耶德瓦布内坐落在纳雷夫河与别布扎河的交汇之处,这两条河每年春天都会溢出河床,其流域周围的地区因优美的湿地风光,以及栖息、生长于湿地之上的各种水鸟和茂盛植被而闻名……耶德瓦布内曾经有一座美轮美奂的18世纪木结构犹太教堂。在1913年,第一次世界大战之前就被烧毁了……

然而，就算耶德瓦布内周围的景色再美，这个小镇本身仍然是丑陋的。

这样一个安静闲适的小镇，格罗斯却把它称为"丑陋的地方"？尽管那时候李和卡波特还不明白原因，但敏锐的职业感觉，已经让他们意识到这座小镇曾经发生过什么。

二

很多年前——李和卡波特前往耶德瓦布内旅行之前——波兰裔美籍作家杨·T.格罗斯前往波兰小镇耶德瓦布内的目的，源于1941年7月的一天，耶德瓦布内一半的居民谋杀了另一半居民——不论男女老幼，共计1600人。

曾在波兰生活过的格罗斯，下定决心，要用文学的方式调查这件尘封数十年的历史往事。他不明白，数百年来始终友好相处的小镇居民们，为什么一夜之间会对邻人举起屠刀，而且还是一次集体屠杀行为？

"（犹太人）妇女、儿童，甚至怀抱新生儿的母亲都不能幸免于难。波兰男人、女人和儿童围绕在受害者四周，发出嘲笑声，而可怜的犹太人则在恶徒的殴打中倒下……镇上唯一的波兰医生杨·马祖雷克拒绝向被打的人提供任何医疗援助。"

格罗斯讲过，他在动笔写作耶德瓦布内小镇屠杀事件之前，收集了耶德瓦布内邻人屠杀邻人的一些资料。譬如，他有一个小镇居民在1949年5月和1953年11月在沃姆扎庭审期间的记录；他还有一本1980年出版的纪念耶德瓦布内犹太人的书籍，那本书中收录了不少大屠杀事件目击者对他们家乡这场悲剧的描述。

格罗斯把找到的历史资料读了很多遍，并且做了翔实的笔记，还在资料空白处提出许多疑问、质问，他渴望找到真实的答案。

善良的人们不仅希望李和卡波特去过耶德瓦布内，还希望他们在耶德瓦布内见过格罗斯，人们甚至设计好了当时的会面场景：在一间无人的咖啡馆里，里面飘荡着咖啡的香气；也可能是红茶，要是红茶的话，味道一定是淡淡的，波兰人不喜欢喝浓茶，但喜欢在红茶里放一片柠檬；咖啡馆的窗外是平静的细风还有一望无际的绿色草地。格罗斯面对李和卡波特，激动地讲述自己未来将要调查大屠杀事件的原因。尽管那时候李和卡波特交流很少，但格罗斯一定要请他们俩一起出席，波兰人请喝咖啡、喝茶或是吃饭，非常忌讳就餐者是单数，单数人就餐，将是不吉之兆，所以除了他们三个人，一定还有另一个人在座。那个人可能是格罗斯的波兰朋友。

头发花白、额头布满皱纹、有着明显法令纹、戴着黑框眼镜的格罗斯说："我们必须记住，法律无法迫使被告在口供中道出事情的全部真相；证人即便已经起誓'所言即事实，只有事实'，也可能选择性地道出他们所记得的东西，并对某些问题仅做简短生硬的回答。"

格罗斯强调说，人们不愿意撕开愈合的伤口，无论善良的人还是恶毒的人，喜欢遗忘不堪回首的往事。

格罗斯继续说，我们有责任撕开历史伤口，即使愈合了也要撕开，为的是未来不再发生丧失人性的悲剧。

在座的那个可能是格罗斯朋友的人，听见哈珀·李和杜鲁门·卡波特，完全赞同格罗斯的观点。

那天，李和卡波特之间没有交流，都是与格罗斯交谈。

李和卡波特之所以共同出席，完全是因为尊重波兰人的习俗。

三

哈珀·李对于一夜之间邻人举起屠刀变成恶魔的现实，似乎早有心理准备，她认为人性之恶永远存在。她喜欢从小处着眼，认为邻人之间的积怨与愤恨有多种原因，其中包括来自遥远的儿童时代的某件小事。

哈珀·李这样的认定，在1960年前已经形成，并早就存在她的潜意识之中。

所以，人们才能看到《杀死一只知更鸟》的开篇：

我哥哥杰姆快十三岁时，胳膊肘严重骨折。等到痊愈，他再也不能玩橄榄球的恐惧也消失了……他的左臂比右臂短了些……等日子长到能够回首往事时，我们有时会谈论导致他受伤的那些事件。我坚持认为，是尤厄尔家的人引发了这一切。

　　小说中的"我"，尽管不是哈珀·李本人，但承载了她的情绪和她的态度。

　　这样的描写说明什么？说明邻人之间的"憎恨"，看来不可理喻，但只要深究下去，一定能够找到"日常原因"。

　　戴着高度近视眼镜、牙齿不太好看的哈珀·李，理解耶德瓦布内小镇发生的对犹太人的"民间屠杀"。她在书中描写的美国小镇，也有类似因为种族不同而发生的仇恨事件，只是还没有上升到屠杀地步。

　　《杀死一只知更鸟》中有这样的对话场景。

　　"发生了什么事？"杰姆问。

　　"拉德利先生开枪射了一个跑到他芥菜田里的黑人。"

　　"噢，他射中了吗？"

"没有。"斯蒂芬妮小姐说,"朝天上开的枪,不过,还是把那家伙吓得惨白。说谁要是在附近看见一个吓得发白的黑人,那就是他。说他还有另一杆枪等着呢,下次就不会朝天上射了,只要再听见菜地里有响声,不管是狗,是黑人,还是——杰姆·芬奇!"

哈珀·李在耶德瓦布内的咖啡馆里,把《杀死一只知更鸟》的这段开篇对话背诵给了格罗斯。随后,她立刻补充说,假如有一天,梅克姆镇的外部环境变成类似耶德瓦布内彼时的情况时,梅克姆小镇也会发生同样的"邻人残杀"。

格罗斯当即表示赞同,并且绅士般伸出手,示意哈珀·李喝咖啡,或是喝红茶。

李微笑着说了一句"谢谢"。

显然,他们取得了一种共识。

四

杨·T.格罗斯认为,外部环境对于人性恶的激发,有着不可忽视的强大力量。耶德瓦布内小镇数百年来平静的生活,因为"二战"时期苏联与德国在短时间对小镇的轮番占领而打碎。来自外界的不同思想意识的强大力量,瞬间撕破了小镇的宁静,颠覆了人心深处的善恶平衡。

很多年以后格罗斯写出了《邻人》，写出了关于外界力量的描述。但是，他对哈珀·李和杜鲁门·卡波特只讲了三段"外界力量"。这次讲述是不是发生在耶德瓦布内咖啡馆里的那次相见，如今已经不得而知，需要找到那位可能是格罗斯朋友的人。

第一段：苏军撤退的那天，恰好相邻教区的一位神父路过我们村子，他对每一个路过的人都说他们再也不能驱逐我们了。将大批波兰人放逐至苏联，恐怕是苏联人犯的一个错误；正是苏军此举，导致波兰的地方民众对他们的恨意日渐加深。

第二段：当地民众——当然，除了犹太人——都热烈地迎接了德国国防军，这表示他们已经承认了被解放的事实。当地民众迅速建立了与德军合作的行政机关，并参与到了以"犹太人和共产党人"为直接目标的灭绝战争中。

第三段：我们在这里触碰到了一个对于社会心理学而言很有吸引力的议题——这一时期发生的两个片段在集体记忆中的重叠。这片领土两次被占领，1939年被苏联红军，1941年被德国国防军；在现有的叙述记载中，这两段被占领的记忆互相交缠……纵观1939—1941年间犹太人与苏军之间的协作，我们并不能从中得出结论说这是独属于犹太群体的行为。另一方面，显而易见，当地的非犹太民众却在1941年热烈地欢迎了入侵波兰的德国国防军，并普遍与德军合作,其中甚至有屠杀犹太人的行动。因此,当地的非犹太民众在他们的叙述中,似乎将自己在1941年对德军的态度(这一点始终是个禁忌,在波兰史学中从未被研究过)投射在了1939年的犹太人身上,认为后者当时也是这样公然欢迎苏军的。

格罗斯说完,陷入长久的沉默之中,好像正在构思他未来那部轰动世界的《邻人》。

李和卡波特看着他。

格罗斯的目光越过两个彼此不说话的美国人的头顶,像一把利剑冲出耶德瓦布内小镇的上空,向着北欧方向、西欧方向,向着美国方向"扎去"。

五

宽大额头、眼窝深陷、喜欢用俯视目光看人的杜鲁门·卡波特,行走在耶德瓦布内的街道上,他穿着非常普通,双排扣的浅色格子西装,竖条浅色西裤,锃亮的黑色皮鞋,绝对不是他在《冷血》中所描写的"紧腿牛仔裤,戴斯泰森牛仔帽,穿尖头长筒牛仔靴"那样装束。其实卡波特倒是非常契合美国南部牛仔的行事风格。

卡波特不是东张西望的人,始终目不斜视向前走,但街道两旁的人和事已经收储在他的心里,并且立刻做出判断。卡波特聪明、果断、自信,但他在写作《冷血》时,还是老老实实地做了大量的案头工作，如同后来格罗斯一样到血案发生地走访，与目击证人、邻人、被害者的朋友等人深入交谈。

在《冷血》"目录"前面有"致谢"一章，字数虽然不多，但是有段话能够说明卡波特的态度——本书所有资料，除去我的观察所得，均来自官方记录，以及本人对与案件直接相关人士的访谈结果。这些为数众多的采访是在相当长的一段时间内完成的。

显然，卡波特和格罗斯有着一样的精神风度和写作气质。

格罗斯面对的是1600具尸体，卡波特面对的是4具尸体，虽然数目不同，但恐怖性质是一样的。不能因为死亡人数不同，而降低罪恶的指数。

卡波特在《冷血》中，这样描述被害现场：

克拉特、其妻以及两名年少女子在他们位于加登城附近的河谷农场住所内惨遭杀害。四名被害者都遭捆绑、封嘴，之后被十二口径的猎枪射穿头部毙命……唉，太惨了！那么优秀的女孩，可惜你们永远都没法认识她（南希）了。她被人用猎枪从距离后脑大概两英寸的地方开枪打死了。她侧身躺着，面对着墙壁，墙上溅满了鲜血，肩膀以下的身子用床单盖着……我（邻人）回家时，大约在半路，看见了凯尼恩的那条老牧羊犬。那条狗吓坏了，夹着尾巴坐在那里，既不叫也不动……他们全死了，整整一家子。温和善良的人，我所认识的人，竟被谋杀了。

人们相信卡波特来过耶德瓦布内是有道理的，他和格罗斯有着相同的情感冲动和情感认同。

六

杨·T.格罗斯的描写，始终带着鲜明的指向，他把历史的缝针拿在手里，不是继续缝补，去隐藏丑恶，而是把已经缝好的皮肉毫不留情地挑开，让丑陋的历史再次暴露在正义的阳光之下。

《邻人》中有三句诘问，是格罗斯通过调查官格热戈日·玛图耶维奇的视角发问的。

"1941年7月你住在哪儿？你参与了7月对犹太人进行的屠杀吗？还有谁也参与了谋杀和围捕耶德瓦布内的犹太人的活动？"

很多年之后写作《邻人》的格罗斯，把调查官格热戈日·玛图耶维奇签署的问询程序，提前讲给了李和卡波特。

格罗斯喝了一口咖啡，或是红茶，缓慢地说，战后所有接受问询的耶德瓦布内的居民，都会被问到这三个问题。

哈珀·李和杜鲁门·卡波特预测说，你这部书出版后，不仅会在波兰引起反响，也会在世界引发争议。

格罗斯说，一定的，因为刺向了人类的内心。

很多年以后，《邻人》出版，果然在波兰引发巨大反响和争议，波兰议会甚至发起了对耶德瓦布内大屠杀的调查。世界其他国家的人们也都从不同国度发出质问：善良的普通人为何甘当纳粹的"刽子手"？贪欲与种族仇恨如何在瞬间演变为大屠杀？

这句话不是简单质问某个人，而是质问世间所有人。

七

哈珀·李在耶德瓦布内时，已经写完了《杀死一只知更鸟》，并且获得了普利策小说奖。

人们相信这是她一生中唯一一次离开美国，离开她书写过的梅克姆镇，离开她隐居的亚拉巴马小镇。尽管她从来没有公开承认过这次远行，但人们始终相信她确实有过这次远行。

面对人们的坚信，哈珀·李自己也变得犹豫起来，她时常问自己，我真去过耶德瓦布内并在那里见过格罗斯吗？为什么人们也时常讲卡波特也去过耶德瓦布内呢？

梅克姆小镇上的日常生活还有邻人之间细碎的矛盾，与格罗斯给她讲述的耶德瓦布内的日常图景，真是有着太多的相似。

哈珀·李不会忘记自己书写过的细节："哈弗福特兄弟据说是因为被无故扣押了一匹母马产生了误会，打死了梅克姆镇的头号铁匠,而且居然是当着三个证人的面打死的。他们事后一口咬定是那婊子养的先来找茬。"

她还想起了梅克姆小镇上的许多日常生活细节。

"杜博斯太太一个人住,有个黑人女佣常年伺候她。她的房子在我们家向北过去第三栋,前面有很陡的台阶,进去是一条过廊。她特别老,每天大部分时间都躺在床上,余下时间坐在轮椅里。传说她还保留着一把南部联军时期的手枪,藏在她那无数的围巾和披肩里。"

在耶德瓦布内,她耳边经常响起梅克姆小镇上人们的日常对话:

"卢拉,你想干什么?"她的口气冷静而轻蔑。

"我想知道,你为什么带白人小孩来黑人教堂。"

"他们是我的客人。"她说。

被人们看见哈珀·李在耶德瓦布内的那段日子里,只要看不到卡波特和格罗斯,哈珀·李就会忘记自己身在何处,是在耶德瓦布内,还是在梅克姆,抑或在她隐居的亚拉巴马。她吃不惯耶德瓦布内小镇上的饭食,虽然当地人也爱吃面食,但总是以或烤或煮或烩的面貌出现,她想念家乡的磅糕。哈珀·李特别喜爱甜食,磅糕是其中之一。

小镇饭店里的厨师不明白磅糕是什么,李就讲给厨师,耐心地告诉他为什么叫磅糕。这是一种甜腻的美国南方糕点，一般情况下做成砖形或是圆环形，因为里面放的黄油、白糖和面粉各有一磅而得名。

羞涩的小镇厨师笑了笑，礼貌地说他找时间学这种手艺，希望您下次来的时候，能够品尝到波兰人做的"美国磅糕"。

李很高兴，向厨师表达谢意。

哈珀·李告别那个面带微笑、有绅士风度的厨师，在回旅店的路上，再次想起格罗斯告诉她的发生在1941年的耶德瓦布内大屠杀，那些参与对犹太人屠杀的人，都是小镇上的普通人，可能是木匠、石匠、裁缝、种地的农民和杀牛的屠宰师。有一点肯定，大多数是男人，也包括做厨师工作的男人。

"大多数是年轻男人，他们非常享受抓捕和折磨犹太人的过程。"多少年以后，格罗斯在《邻人》中这样写道，并且清楚地强调，"对耶德瓦布内犹太人的残杀，是由镇长马里安·卡罗拉克组织的"。

哈珀·李停下脚步，她有些累了，在路边长条木椅上坐下来，低头发现脚下的强生草和兔烟草长得非常茂盛。这让她再次想起美国南方，路边上也有同样的强生草和兔烟草。相同的植物生长在世界各地，人类向善的美意是否也会驻扎在不同种族人的内心深处？

残暴必须被清算，不管何种肤色，应该一样惩罚。

哈珀·李在《杀死一只知更鸟》中，用小说里的人物康纳先生的行动，表明了自己的态度。

"他（康纳先生）认得这伙人中的每一个，决心一个都不放过。于是这些少年全被带到未成年人法庭，被起诉行为不检、扰乱治安、人身攻击和伤害，以及在女性面前使用粗暴污秽的语言。法官问康纳先生为什么要包括最后这一条。康纳先生说，因为他们叫骂的声音太大了，他相信梅克姆镇上的每一位女士都听见了。"

哈珀·李希望格罗斯用手中的笔，去为耶德瓦布内死难的人发声。她要把这句话当面告诉格罗斯。

八

杜鲁门·卡波特在耶德瓦布内的那段时间，已经出版了《冷血》，并被《纽约时报》誉为他的巅峰之作。

与他的"邻人"哈珀·李《杀死一只知更鸟》所关注"邻人日常"不同，卡波特去关注了一场真实的灭门案件。显然，这与很多年以后格罗斯的《邻人》有太多的相同之处。

那段时间里，尽管身在波兰耶德瓦布内，但卡波特不会忘记美国堪萨斯州西部霍尔科姆村的灭门案的现场："警方摄影师拍摄的犯罪现场照片，总共二十张放大的照片——克拉特先生破碎的头盖骨、凯尼恩遭毁容的面孔,南希被绑着的手以及邦妮死后却仍然睁得大大的眼睛,等等。杜威将花大量时间研究这些照片,希望能'突然从中发现什么',也许某个有意义的细节会不言而喻。犹如那些拼图,叫你猜猜'在这张画里能找到多少野兽'……找出隐藏的野兽。"当时出案发现场的杜威,是堪萨斯州调查局在加登城的代表,一位消瘦而英俊的堪萨斯人,他还曾是联邦调查局特工。

当卡波特第一次见到格罗斯时,就说到这个侦破灭门案的杜威。卡波特说:"我希望所有的作家都能成为杜威。"格罗斯表示赞成,回应道:"作家应该发出正义之声,要在文字里成为伸张正义的警察。"要是没有这一点,格罗斯不会与卡波特达成一致;卡波特也肯定会离开耶德瓦布内,这个来自美国的傲慢家伙,不会与他观点不一致的人交谈。

其实,卡波特和格罗斯在关注案件的同时,并没有放弃"日常",相信读过《冷血》和《邻人》的人们,一定会有这样的同感。

被灭门的克拉特一家,是恶人吗?是罪大恶极的人吗?不是。

克拉特是一位杰出的小麦富农,曾被艾森豪威尔总统任命为联邦农场信用委员会委员。

有一个名叫威尔斯的十九岁男孩子,面对负责侦破案件的杜威,讲述了他对克拉特一家的印象。这个威尔斯,应该算作克拉特一家的"邻人"。

在《冷血》中，卡波特通过"邻人"威尔斯的讲述，大致说了被杀死的克拉特家的情况：

正在四处流浪，遇见活儿就干。他（威尔斯）回忆说，"走着走着，我发现自己来到了西堪萨斯地区……我当时正在找工作，于是四处打听，有人说河谷农场也许要雇个工人——克拉特先生自己取的名字。果然，他雇用了我。……他待我很好，对别的雇员也是一样。比如说，还不到发薪日，如果你手头有点儿紧，他总会先给你五块十块的，他给的工资也很高，如果你干得好，他会很爽快地给你奖金。事实上，在我遇见的所有人里，我最喜欢克拉特先生，包括他们全家人——克拉特太太以及四个小孩。我认识他们的时候，两个最小的孩子，也就是被杀的那两个——南希和戴着眼镜的小男孩，大概也就是五六岁的样子"。

卡波特告诉格罗斯，这起美国灭门案的出现，在很短的时间里，通过教堂的牧师、电话以及加登城的广播电台传播开来。

当时加登城的电台是这样讲的，一起难以置信、骇人听闻的惨案，在星期六夜间至今日凌晨时分夺去了赫伯·克拉特一家四口的性命。这是一起惨无人道的谋杀，至今动机不明……至于凶手，目前所知仅限于死亡鉴定书上所说的"一个或几个不明人士"。面对案发现场，警方很快断定，克拉特一家被杀有两种情况，一种是单人作案(因为死去四个人的绳结都是同一种半结)，另一种是双人作案。

杜威以及他的大部分同事都倾向于双人作案。但是双人作案假设仍然有漏洞，比如杜威就发现很难理解，"两个人怎么会在同一时刻出现同样的愤怒，又怎么会在同样疯狂的暴怒状态下实施犯罪"。

格罗斯回答说，假如不能理解双人作案能够同时达到共同愤怒时，也就更不能理解耶德瓦布内的集体行为，那可是镇上绝大部分人的共同愤怒呀。

卡波特问道，你找到答案了吗？

显然，那时候还没有写作《邻人》的格罗斯无法回答。但很多年以后，格罗斯在《邻人》中拿出了经过深入调查后的答案——耶德瓦布内的"邻人"，为什么要杀犹太人？有好处——1941年夏天，通过参与迫害犹太人，这些地区的居民不仅讨好了新的当权者，还从他们的暴行中获得了物质利益(显而易见，屠杀行动的积极参与者能先于他人挑选犹太遇害者的财产)，同时农民们也抒发了他们长久以来对犹太人固有的愤恨，可谓"一举三得"。除了这些原因，纳粹的怂恿，以及在民众中轻易就能煽动起来的复仇情绪——为了苏联侵占时期他们所遭受的侮辱而要与"犹太公社"秋后算账——都促使波兰人对犹太人施暴。这么多因素杂糅在一起，谁能在如此强大、邪恶的诱惑面前无动于衷？当然，有一些先决条件是不可或缺的：人际关系的残暴化、道德沦丧，以及德军对一般民众使用暴力的准许。

非常可惜的是，当格罗斯出版《邻人》并在书中给出答案时，杜鲁门·卡波特因为用药过度，已经猝死很多年了。

但也不必遗憾。不是许多人都相信卡波特去过耶德瓦布内吗？不是很多人都相信卡波特与格罗斯见过面吗？

冥冥之中，一定有个声音讲给卡波特听。来自不同世界的声音，是能够穿越时空进行传递的。

再说了，当时李·卡波特与格罗斯在咖啡馆会面时，在座的不是还有一个人吗？那个人一定会成为信使代为传递。

九

杨·T.格罗斯并非偏执之人。他在质询集体丑恶的同时，也看到了人性的温情。一位耶德瓦布内的普通村民，在面对集体屠杀犹太人的背景下，冒着生命危险悄悄做着另一件事：我（耶德瓦布内村民）让孩子们坐在一辆牛车里，然后告诉所有人，我要把他们带去溺死。我驾车绕着整个村子走了一圈，让每个村民都看到并相信。等到入夜之后,我又带着孩子回去……

格罗斯说,耶德瓦布内大屠杀的意义是两个层面上的,既有大量受害者,也有大量施害者,甚至有可能同时成为受害者和施害者。

也正因为如此,格罗斯在《邻人》中,写下了这样一个细节:在耶德瓦布内有两块战争纪念碑,其上镶刻着一些碑文。其中一块碑上的碑文就是一个纯粹的谎言,说1600名耶德瓦布内的犹太人都是被纳粹杀害的。另一块石碑是1989年以后建造的,其碑文更引人深思。它写道:纪念1939—1956年间在耶德瓦布内地区被苏联内务人民委员会、纳粹和秘密警察杀害的约180人,其中包括两位神父。

格罗斯诚实地说,实际上,杀死那1600名耶德瓦布内犹太人的,不是苏联内务人民委员会,不是纳粹分子,也不是斯大林的秘密警察。相反,我们已经确切地知道,耶德瓦布内的居民也都知道,杀死这些犹太人的,正是他们的邻人。

抛开所有的"外界力量",这是无可否认的事实,这是来自无数个个体的"内心力量"。

十

格罗斯书写耶德瓦布内的残忍,没有忘记苦难罪恶之下的温情。哈珀·李也同样如此。所以她在《杀死一只知更鸟》中才能写下这样一行行带有温度的文字：

> 他的手在我下巴底下，正在拉被子，帮我掖好。"斯库特，当你最终了解他们时，你会发现，大多数人都是好人。"他关了灯，回到了杰姆房间里。他要在那里守上一整夜。等杰姆早上醒来时，他会在他身边。
>
> 我伸出舌头接住了一片雪花，觉得它好烫。"杰姆，雪是热的！""不是。因为它太冷了，让你感觉发烫。斯库特，不要再吃了，你又在浪费雪。让它落下来吧。"
>
> 我想起阿蒂克斯的建议，试图钻进杰姆的皮肤里，从他的角度去看问题；如果我半夜两点钟独自踏上拉德利家的地盘，那么第二天下午就该为我举行葬礼了。于是我便让杰姆独自待着，尽量不去打扰他。

十一

骄傲的杜鲁门·卡波特也是如此。在《冷血》中，人们也看到了另一种温情，叫作义正词严：

> 先生们，你们来这里是来实施这项法律的。没有任何一

桩刑案可以比这个案子更应该判处罪犯极刑的了。这是两个非比寻常、极其凶残的杀人犯。你们中的四位同胞犹如栏中的猪群般被人屠杀了。为什么呢？既非寻仇也非泄恨，而是为了钱。金钱！这是多么冷血，用鲜血来交换金钱。那些生命失去得多么没有价值！仅仅为了四五十块钱，平均十块钱一条人命！

同样，还有愤怒之后对罪恶归宿的描述：

四月一个雨天的下午，克拉特谋杀案的凶手第一次登上这架楼梯。他们从加登城出发，坐车四百英里，八小时后到达兰辛。到那儿以后，他们被剥去衣服，淋浴剃头，换上斜纹棉布做的囚服和软拖鞋；然后在昏暗的雨中被武装押送到那个棺材形的建筑中去，走上环形的楼梯，走进兰辛那并排的十二间死牢中的两间。

卡波特还用异常平稳的语调，讲述了杀害克拉特一家四口的家伙被判处绞刑时的场景：

这家伙临刑前把嘴巴里的口香糖吐在牧师手掌上，悻悻地说："用这种办法结束一个人的生命太残忍了。不管是在人道上，还是在法律上，我都反对死刑。"

十二

当然，关于屠杀、死亡之后，也有庄严肃穆，也有不可思议的"欢乐"，就像耶德瓦布内邻人杀害犹太人时的"狂欢"一样，美国人也以另外一种"狂欢"对待凶杀案之后的案发地：

> 赶来参加克拉特家拍卖的人数则超过了五千人。由于霍尔科姆的居民早料到这次必定盛况空前，因此教会的妇女们就把克拉特家的谷仓变成了一个餐厅，准备了二百多个自制的馅饼，二百五十多磅汉堡和六十多磅火腿片，但是谁也没有想到这次拍卖会竟打破了西堪萨斯地区的记录，车辆从州内大小城镇，以及附近的俄克拉荷马、科罗拉多、德克萨斯与内布拉斯加各州源源拥进，一辆接一辆，在通往河谷农场的小路上排起了长龙。这是自谋杀案以来，首次允许公众参观克拉特的住宅；这说明了至少三分之二的来客风尘仆仆的动机纯粹是出于好奇心。当然，那天天公也作美。到三月中旬，冬天厚厚的积雪已经融化，土地已经彻底解冻，出现了成片深及脚踝的稀泥。

面对这样"参观"凶杀案现场的场面,"参观者"除了"好奇心"、除了拿到称心的拍卖物品,有没有反思呢?就像卡波特、格罗斯一样,写下一些思想深刻的文字?

十三

人们为什么如此坚信哈珀·李和杜鲁门·卡波特去过耶德瓦布内,当阅读过《杀死一只知更鸟》《冷血》之后,会明白其中的缘由。

这是来自《冷血》的思考:

有一次,她(南希)的英语老师里格斯太太在一篇作文里潦草地写下这样的评语:"写得好。但为什么用三种不同的字体写?"对此,南希的回答是:"我尚未成人,无法确定今后该用何种字体。"

还有,是来自《冷血》中的歌曲《漫山烟雾》——

我们今天生活在这个世上,

被一些人用最恶毒的语言中伤,

但是当我们死去，棺木即将合上，

他们却总是把百合花塞进我们的手中。

我活着的时候，你们为什么不把花儿送上……

十四

假如我们对历史还有不清楚的地方，还要继续在民间寻找答案时，可能一时找不到答案，原因很简单——

讲述者所讲的往往只是他们愿意说的。

人们期待着有一天，讲述者能够把不愿意说的事情讲述出来。

当所有人能够做到这一点时，世界的模样将会彻底改变。

去圣地亚哥讲故事

说在前面的话

如何才能讲好故事，小说家怎样做才能将"小说的权杖"或是"小说的疆域"无限扩大，这个问题无时无刻不在考验着每个"小说从业者"。从20世纪80年代中国先锋作家所崇尚的"形式大于内容"，到如今重新回归"内容大于形式"的创作。四十多年来作家和评论家的热议，归根到底还是回到耳熟能详的那两句话上："写什么"和"怎么写"。在当下很多作家集体涌向"现实主义"写作的时候，永远不要忘了一点，即使是"现实主义"，在这四个字前面还是有多个的前缀，比如"社会""批判""魔幻""心理"，以及"结构"或称"解构"等等。

从写作回到理论，或者说把二者结合起来，可以探讨一下，如何讲好"讲故事的理论"？

理论的讲述，也有多种形式。如梭罗的《瓦尔登湖》和康·

帕乌斯托夫斯基的《金蔷薇》，可以把它们说成"披着散文外衣的理论书籍"。还有，卡洛斯·富恩特斯的《勇敢的新世界》，也可以表述为"随笔形式的理论探讨"；还有爱克曼的《歌德谈话录》可以说成是"问答体的理论著作"或是"辑录体的理论书籍"，等等。

小说写久了，就像住久了的一间房屋，总是想着要翻新一下，屋内装饰也要有所变化。以此增添写作的新鲜感。比如《去圣地亚哥讲故事》这篇文章，采用了"游记体"的形式，作者与读者一起重温拉美作家的经典作品。不是干巴巴地"讲"，而是用人物去"表演"曾经风靡世界的"魔幻现实主义"的写作方法。为了更加接近"魔幻"，我在故事的行进中，有可能会故意停下来，说些所谓的"理论"，让叙述不再那么通畅，也让阅读变得有些阻碍。

至于什么时候停下来，在这里故意卖一下关子，暂且不讲。反正是一次"小说实验"，怎么做都能说得过去。

您，读吧。

一

老宋、老何、老窦坐在戴高乐机场候机厅，等待前往圣地亚哥的航班。

正是巴黎的午夜,候机厅冷冷清清,只有免税店和咖啡厅的灯光稍微明亮,其他地方显得有些昏暗。老宋、老何、老窦都是研究小说创作的理论家,他们要去圣地亚哥,要到著名的智利大学访问,按照会议议程还要发表关于小说创作的演讲。

老宋年龄最长,老何次之,老窦最小。

三人都在大学教书,先前相互知晓,但都是第一次见面。起初三人在国内集合相见时还比较矜持,互相推崇、尊敬,说着"早已久仰"的客气话,显得有些虚伪。他们从国内飞到巴黎转机,航班上座位不挨着,少说话倒也无妨,可是接下来要在戴高乐机场等待五个小时,漫长等待要是还不互相说话,三人心里都明白,那会显得非常没有礼貌。

老窦站起来,在落地玻璃幕墙前站了一会儿,看外面停机坪上零星的几架飞机。他来回走了走,转身去了卫生间,回来后态度陡变,主动跟老宋、老何打招呼。

"我没有去过智利。"老窦说,"你们去过吗?"

老何说没去过。老宋也没去过,但又补充说去过墨西哥、阿根廷。老窦看看老宋、老何,希望他们把话题延伸下去,可是两人又不说话了。

年龄最小的老窦,随后又去买矿泉水,回来后见老宋、老何还在各自摆弄手机和充电器,一边递过去矿泉水、一边再次主动挑起话题,问老宋、老何到了圣地亚哥准备讲些什么。老宋还是笑着没说话,老何却是反问老窦讲什么。

老窦说:"我准备讲故事。"

老宋、老何用目光一起追问老窦,讲故事是什么意思。老窦说:"我们知晓南美作家,对他们的作品、写作手法了如指掌,如数家珍,可是他们不了解我们,他们知晓我们几个作家、几部作品?我只能讲我的故事。"老何道:"有道理。"老宋摆弄着手里翠绿色烟嘴,问:"你的故事是什么?"老窦说:"南蛮子憨宝。"老何说:"讲完故事,下一步呢?"老宋接上话:"先讲吧,讲完故事再告诉我们你讲故事的意义。"

老窦来自太原,娶了一个天津老婆,过日子久了也受到传染,老窦只要走下三尺讲台,完全不像副教授,说起话来特别像说相声。老窦特别强调,他讲的憨宝不是他经历的故事,是他已经过世十年的岳父讲的故事。

十年前,八十岁的岳父重病住院,老窦跟老婆一同照料,有一天晚上,岳父忽然精神见好,吵嚷着要吃饭,说他饿得慌,吃下半碗小米粥,随后竟然坐了起来,谈笑风生。老窦和老窦老婆高兴,但也惊讶,又没有交流话题,就让老人家讲故事。老人家毫不推让,说你们知道"南蛮子憨宝"吗?太原人老窦当然摇头说不知道。老人家说,那时候天津卫到处都是宝物,可是地面上人笨,不知道宝物在哪儿,南蛮子聪明,在老城里走一圈儿,再做一个道场,立刻就能知道宝物所在。老人家说着,忽然不讲了,指着病房外面,把外面那辆车推走,堵着门呢。老窦离开病床,赶紧去门口,真是推不开门,再使劲儿,听见"咣当"声,老窦老婆也要出来,老窦说你别动,看着爸。老窦一个人侧身挤出去,果然看见一辆带轱辘的担架车挡在病房外面,像是大门的门闩。当时已很晚,走廊里静悄悄的,所有病房的门也都关着。老窦想把担架车推到走廊尽头。可是担架车轱辘有问题,推不动,用力再推,总是找不准前进方向,左右摇摆。老窦老婆见丈夫那么久还不回来,就出来找,见丈夫老窦满脸大汗,双手握着担架车前端把手,正在费力较劲儿。老窦老婆帮助一起推,两人一边推一边说担架车有毛病。终于推到走廊东边,靠墙放好,两人回病房。老人家刚才还坐着,现在已经躺下了,正在"呼呼"喘大气。老窦老婆忙问爸爸哪儿不舒服?老人家终于呼出一口大气,说刚才不好受,喘不上气来,现在好多了。过了一会儿,老人家开始继续讲,说那年一个身材瘦弱、腰背弯曲的老者来到"算盘城",蹲在鼓楼下晒太阳。周边人没把老者当回事,晒太阳的继续晒,做小买卖的继续做,阳光之下相安无事。老人家似乎考问老窦,为什么叫"算盘城",你知道吗?老窦心中猜测出来,但还是摇头不知。老人家得意地解释,说是因为天津老城呈现长方形状,像一把巨大的算盘,所以百姓称呼老城为"算盘城"。老城中央有一座可以俯瞰全城风貌的鼓楼,鼓楼上面有一大鼓,城里有重要之事,譬如火灾、匪祸、新年等重大事情,可以上楼敲响鼓,提醒全城百姓疏散、注意。话说那个南蛮子在鼓楼下面蹲了三天,放言鼓楼下面有稀世宝物,只要有高人出钱,他能在不毁坏鼓楼的情况下,把楼体下面的稀世宝物取出。老人家正在兴奋地讲着久远的故事,病房外面又有响声。老窦凭感觉,还是担架车撞门的声音。老窦站起来,推门,外面又堵住了。老窦继续使劲儿,只是挤出一条缝隙,他吸口气,侧着身子出去,果然那个担架车又堵在门外。老窦左右看了看,走廊依旧很静,护士站也没人。老窦下意识地看看腕上手表,已经深夜两点钟了。就在这时,病房里突然传出老窦老婆尖利的哭声,老窦心中一惊,知道岳父出事了,他连忙转身进屋。

老窦对老宋、老何说:"我回屋后,发现岳父咽气了。"

"后来呢?"老何问。

老宋道:"你不会告诉我们,你的故事讲完了?"

老窦道:"说讲完,也算讲完了。说没讲完,也算没讲完。"

老何说:"绕口令哩。"

老窦说:"岳父咽气后,值班大夫、护士都跑来了,他们立刻进行抢救,抢救没意义,岳父已经死了。"

老何不说话,老宋也没说话,静静看着老窦。这样的故事在夜深人静的戴高乐机场讲述,总是感觉怪怪的。

这时，从远处走过来两个黑人。男的高大威猛，女的横宽，尤其腰部、臀部，更是显得肥大无比。他们路过老窦身边时，可能是为了表达友好，男的做了一个川剧变脸的动作，动作做得非常滑稽。老窦没有防备，吓一跳。两个黑人男女似乎觉得不妥，摇头摆手，嘴巴不住说，他们讲的是西班牙语，可能是表达歉意的意思。老窦摆摆手，赶紧让他们走。黑人男女走了，留下浓烈的香水味儿。

　　老窦喝了口矿泉水，拧好瓶盖，继续说："我们用病房门口那辆担架车，把我岳父从走廊西端推进电梯间，然后下到一楼，再推到后院的太平间。"

　　老何说："故事完了？"老宋道："肯定没完。"

　　"确实没完。"老窦说："后来我们才知道，两次莫名其妙滑到病房门口的那辆担架车，就是专门送死人的车。平常它停在走廊西端，谁也不会碰它。走廊西端的电梯，是运送垃圾和货物的电梯，也是运送死人的电梯。东边电梯是走病人和家属的。医生、护士还有专门电梯。那天不知为什么，运送亡人的担架车两次滑到岳父病房的门口，我敢肯定，绝对没人推它，是它自己滑过来的。最奇怪的是，上面没人时，推得特别费劲儿，可是后来岳父尸体放在上面，推得特别顺利，轱辘异常灵活。"

　　老窦满脸神秘地说："我岳父那天晚上突然神采奕奕，后来想起来，也许是民间讲的回光返照。"

老何问:"老窦,后来南蛮子憋宝呢? 到底憋出来了吗?"

"岳父没讲完,人就走了。我也不知道。"老窦说:"我想让智利作家帮我续尾。"

"你这个想法倒是有意思。"老宋道:"看一看产生魔幻现实主义的拉美大陆,怎么衔接中国故事。"

老何笑了,老宋也笑了。

"我今天讲这个故事,就是为了打发时间。"老窦轻松起来,说:"我不会在大学里讲这个故事,怎么会呢? 我要讲我研究小说创作的理论。"

老何、老宋相视一笑,笑而不语。

二

法国航班条件不错,机组人员素质高,无论男女与乘客迎面碰上,都会礼貌微笑。另外乘客素质也高,虽然机舱基本满员,但是非常安静,好像无人一般。乘客中白人不多,黑人也不多,南美混血的人多。智利曾被西班牙殖民数百年,再加上大量德国移民,混血的人很多。尤其是女人,脸小、屁股小、个子高,浑身上下没有一点儿赘肉,容貌、身材就是两个字形容"紧凑",个个长得都像莎拉波娃。

老何、老宋座位挨着,老窦座位与他俩隔着过道。从巴黎飞到圣地亚哥,时间也不短,将近十六个小时,漫长的时间,除了吃饭、喝水、睡觉之外，还可以小声说会儿话。当然，只能是老何与老宋说，因为隔着过道，老窦无法倾听、说话了。

老何侧偏头，说："老窦说他要讲故事，我想了想，倒也无妨呀。"老宋说："老窦刚才说了，他刚才的故事，不会在智利人面前讲。"老何笑道："信心不足。"老宋说："他不讲，你讲？"老何道："我还真想讲。"老宋鼓励说："莫大师获得诺贝尔文学奖，获奖感言也是讲故事，他能在斯德哥尔摩讲，你为什么不能在圣地亚哥讲？"老何说："我怎么能跟人家莫大师相比？不过刚才我突发奇想，老窦说的故事，其实是一篇极好的小说，结尾我都替他想好了，让那两个戴高乐机场的黑人男女替老窦岳父讲出南蛮子憨宝到底是怎么憨出来的。"老宋眨了眨眼，瘦削的脸颊有些泛红，似乎有些激动："这就是巴尔加斯·略萨的'话题衔接法'，这本身就是一篇理论演讲呀。"

可能是受到老宋的鼓励，老何也想把自己的故事讲给老宋。老宋说这还有啥客气的，不就是说话嘛。你就快说吧。

老何讲的故事，与他的一次湘西经历有关。

老何小声说："十年前我陪哥哥去湘西，不是游玩，是吊唁。嫂子的母亲也就是我哥哥的岳母去世了。哥哥与嫂子感情好，可是岳母对待哥哥不好，当初哥哥和嫂子结婚时，岳母极力反对，甚至要以绝食反对。为什么反对？不是讲我哥哥人品不好，是说我哥哥年岁大。哥哥与嫂子的婚姻是第二次婚姻，我哥比我嫂子大了十三岁。可是嫂子脾气犟，就是要嫁我哥，跟她妈讲，你绝食，我也绝食。最后还是嫂子她妈服软了，同意他们结婚，但是老人撂下一句硬话，从今以后不见那个姓何的，就是死了也不见。嫂子她妈去世后，本来我哥不想去，可是嫂子泪眼涟涟地说，你怎么也得送我妈最后一程吧？也算是最后的孝顺。我哥同意了，其实只让我嫂子一个人去，我哥也不放心。湘西人送葬有好多规矩，我不多说那些繁复的规矩了，只说烧纸这个环节。我哥在湘西出事了，就出在烧纸这个环节上。"

老何正讲到节骨眼儿上，空姐开始送饮料和晚餐。

老宋长长地呼出一大口气，对老何说："真有意思，我们去南美，一路上说的事，怎么都与死亡有关？"

老何伸展一下胳膊，兴奋地说："南美大陆生活特点就是生死共存，生活上活人与死人并存，几十年以前，在南美大陆的贫穷乡下，屋子外面停放尸体很多天，连小孩子都不怕，在棺木旁边玩耍，甚至还要爬到棺木上面。他们的小说也是这样表现的，你像墨西哥胡安·鲁尔福的小说《佩德罗·巴拉莫》，活人与死人对话很正常，在那个叫科马拉的小村子……对不对？"

"确实如此。"老宋道，"很多年前我看略萨的小说《绿房子》，里面情节也是，我现在大致还能背诵一点儿，'就在星期六当天，几个邻居把尸体抬了回来，送到洗衣妇家中。加依纳塞腊区许多男男女女聚集在胡安娜·保拉家的后院参加守灵。胡安娜整整哭了一夜,不断地亲吻着死者的手脚和眼睛……'可能我有背错的地方,但应该是这样的。"

老宋就是这样,不能被别人压下去。老何说了鲁尔福,他就要说略萨,不仅说略萨,还要背诵略萨小说的情节。老何好像没有不高兴,似乎还沉浸在他哥哥的往事中。老何越发感慨起来,又想说什么,可是有着灰色眼珠的个子高挑的空姐,已经把食物手推车推到了老何身边。

法航班机上食物一般,酒水倒是丰富,不仅有啤酒、威士忌,还有各种干红、干白,老何一下子要了两瓶干红。老宋也不示弱,要了两瓶干白。说是"瓶",不是大瓶,是小瓶,有成人巴掌高,也不是玻璃瓶,好像是硬塑瓶子。瓶子虽小,烈度却高,两小瓶干红下肚,老何竟然感觉几分蒙眬,老宋也是一样,两小瓶干白下去,眼睛都有些睁不开了。

舷窗外面黑得不可思议。机舱里面灯光也黯淡下来。好多乘客开始进入梦乡。南美人睡觉有意思,不仅要戴上耳塞、眼罩,还要用薄毛毯把身子完全包裹起来,有的人甚至从头到脚包裹起来。黯淡灯光下,像是一具具僵尸。

老何、老宋睡了一会儿,醒了。坐在通道边的老何,隔着通道,扭头看去,不见了老窦。

老窦坐在通道另一边、靠近舷窗位置,正好被两个身材高大的男子阻挡。老何探身再看,靠近舷窗座位上坐着的,此刻真的不是老窦,而是一位年轻的黑人妇女。老何身子左右旋转,四下看了看,还是没有见到老窦。

老何对老宋说:"老窦不见了。"老宋说:"去卫生间了。"老何说:"座位不是他了,是别人。"老宋向前探了探身子,说:"还真不是老窦……哦,一定是跟别人换座位了。"

老何有些焦灼,坐立不安。老宋说:"飞机是封闭的,老窦难道还能插翅飞翔?"老何说:"这么半天了,我好像一直没看见他,他能去哪儿?"老宋说:"肯定在飞机上。"

老何想要去找,老宋拦住他,低声说机舱里黑黑的,别找了,你还没讲你哥哥的故事了。老宋不要老何去找,老何想了想,也就坐下来。的确在这封闭的机舱里,一个活人还能去哪里?老何想了想,确实如此,于是接着讲。

老何小声说,湘西烧纸很有讲究,要把每个人名字写在烧纸上,然后混杂在一起,堆成一座小山,最后才点燃。烧纸的时候,后辈的人们要围成一圈儿,跪在地上,一边哭泣、一边用木棍挑拨烧纸,好让烧纸烧得猛烈些。烧纸在屋前空地上进行,棺木停在不远处。漆黑的夜晚,周围都是黑黝黝的山,还有躲在树丛、山坳中那些不知名的小兽,它们发出凄厉的叫声,再加上人的哭声,在深夜的乡野相互绞缠在一起，变成一种怪异的声音。烧纸由猛烈、舒缓，最后逐渐黯淡下来，这时候还要用木棍继续挑拨，什么叫死灰复燃？这时就会产生，然后才会真正烧尽。这时候程序还没有完结，还要检查有没有没被烧尽的烧纸。令人惊奇的事这时候出现了，写有我哥哥名字的烧纸竟然没有被烧？完好无损，就像没有经过火焰的炙烤，连烧糊的痕迹都没有！

老何停住了，激动得呼呼喘着气。老宋小声说："我明白了，你嫂子的母亲至死都不能原谅女儿的婚姻。"老何说："是这样。后来我哥哥转天摔了一跤，当时就把腿给摔折了，后来我哥哥瘸着腿，费了好大的麻烦才从湘西回家。

机舱里开始有人走动，机舱外面的天空有了些许的白。老何、老宋这才发现两个人说着、说着，后来竟然不知不觉睡着了。老何双臂夹紧，向后面用力，长久坐着，浑身难受。老宋倒还可以，虽然年龄最大，但还能够坚持。这时老何似乎想起什么，扭头寻找老窦，不用费力就发现老窦坐在那儿，正在安静地打盹儿。老何用胳膊碰了碰老宋，嘴巴向旁边翘了翘，示意老宋向旁边看。老宋看了，小声说怎么了？

这时候，老窦醒了，站起来去卫生间，老何拉住他，问他昨晚上怎么没在自己座位上，去了哪里？老窦弯腰，凑近老何耳边，小声说，什么……去了哪里？我一直在那儿坐着。老窦说完，直起身，脸上都是莫名其妙的表情，慵懒地走了。

老何奇怪道："老窦昨晚好长时间没在座位上。"老宋笑："你可真是的，没在就没在吧，干什么较真儿？"老何还是不解："明明老窦昨晚上没在自己座位上？"老宋依旧笑："这又有什么？"

看着老何满脸惊奇的样子，老宋只是笑。最后，老宋劝他，下了飞机，再好好拷问老窦，问他去哪儿了。

三

胖乎乎的小刘说，智利人以及其他南美人，他们最大特点是永远都不着急。许多事情很少安排在上午，都是下午或晚上。假如朋友邀请你晚上八点钟去他家吃饭，你最好不要准时赴约，否则你会非常尴尬，你一定要往后推迟一小时前往，那样时间正好。

"为什么要这样呢？"老窦刨根问底，说，"那就干脆邀请人家晚上九点钟吗？为什么要多出一小时的空档？"

小刘笑了笑，说他也不知如何解释。

小刘是陪同老宋、老何、老窦在圣地亚哥期间的西班牙语翻译，他来智利已经三年了，早先是在墨西哥上学。

小刘带路，领着老宋、老何、老窦在圣地亚哥市中心走一走。

所谓市中心，也称作"武器广场"。这里是圣地亚哥最为繁华之地了。白人、黑人还有世界各地不同肤色的人们匆匆走过，有的则是站在路边,凝神眺望四周带有鲜明西班牙风格的建筑。

老窦兴致很高,指着前面的一座山,问小刘,那个很高的地方有什么? 小刘说那座不高的山被当地人称作"情人山",山上还有一座公园,称作"总督府公园"。

老宋说下午开会,上午有的是时间,我们上山如何?

老何、老窦齐声同意,于是小刘带着他们上山。

踩着细碎的砖石地,很快就上了山。山上非常安静。半山腰的空地上,可以看见当年带轮子的古炮,印第安人的木雕,还有到处可见的长势茂盛的芦荟。再往高处看,能够看到高高巨石上的印第安人雕塑,雕塑那么小,好像是挥舞铁镐的姿态,要是不仔细看,绝对看不出来。继续往上走,还能看到砖红色的城门和已经发白的城堡;拐过一个弯儿,还有西班牙人修建的小教堂以及西班牙战胜者的塑像,当然还有西班牙风格的总督府。

站在山顶向下俯望,一座很有气势的灰色建筑赫然矗立,老何马上猜测那座恢宏的建筑是市政府所在地。小刘告诉他们,那里就是你们下午访问、交流的地方——智利大学。

几个人站在山上,看着大学的轮廓。

老何想起老窦飞机上失踪的事,再次问起来。老窦说:"我说了好几遍,我还能去哪儿? 老何你真是奇了怪了。"老宋说:"老何你总是这样发问,搞得我都觉得老窦是一个魔幻人物。"小刘插话说:"你们几位老师应该在圣地亚哥写篇小说,肯定跟国内感觉不一样。"老何发誓一般说:"我说什么你们都不相信,没有办法,昨晚上老窦真的没在座位上。"老窦也不再解释,满脸玩笑表情,随后转身看着不远处山上一个极小的雕塑——挥舞着镐头的印第安人。老窦心里实在纳闷,智利人真是有意思,搞一个那么小的雕塑在山上,有什么意义?

老宋似乎游离于老何、老窦、小刘之外,他若有所思地望着山下,望着天主教大学青灰色的矩形建筑,一动不动站着,像是旁边不远的印第安人木雕。

这个时候,老何、老窦没有想到,老宋一个奇特的想法已经形成了。

四

我第一次来到圣地亚哥,第一次来到肃穆的智利大学。此时此刻我要是说我刚刚获得阿斯图里亚斯王子文学奖,大家肯定不会相信;我要是说,我不是一个人来的,我与两位中国同行一起并肩而来,他们就坐在我的旁边,大家也不会相信,因为我的身边没有其他人。我要是说与我同来的两位中国同行一路上给我讲了两个无法解释的故事,大家也不会相信,因为只有我一个人。

可是,大家却愿意相信科塔萨尔的《花园余影》,相信这样不可思议的情节：一个有钱人坐在自己豪华的家中，正在读一本小说，小说讲述的是一对情侣计划谋杀他人的事情……最后那对情侣走出书本，去谋杀那个坐在自己豪华家中的读书人。

……

为什么你们相信科塔萨尔的《花园余影》，而不相信我刚才讲的故事：医院担架车的自动滑行，还有"南蛮子憋宝"传说？道理很是简单，因为科塔萨尔在小说中还有"小说里的小说"中，营造了两个完全相同的实境，看过小说的人都会清楚，就是那个最明显的标志——装饰着绿色天鹅绒的高背椅。这把完全相同的"高背椅"出现在两个故事中……于是读者相信了。

而我，此刻却没能做到，所以你们不会相信我的故事。我要是准备写类似小说的话，接下来需要做的，就是要静下心来，努力构建一个"相同实境"的两个故事抑或三个故事。

"老师，这就是您在圣地亚哥的演讲？"学生小刘问。

老宋手里攥着粉笔，点点头。

小刘说："您要是这样讲课，我肯定天天来。"

老宋道："那就是说明，我过去讲得不好？"

"没有的，您始终讲得好，这一次更好。"小刘调皮笑道，"最开心的是，您把我也放到故事里去了，还是放到那么远的圣地亚哥。我在您的故事里做了一次遥远的南美旅行。"

老宋指着墙上能够上下移动的黑板，说："下一课，我想带你去遥远的利马，那是一座百年几乎没有下雨的城市。那里还会有更加神奇的故事。"

小刘兴奋起来："一百年几乎没有下雨的城市，肯定能够编织出许多意想不到的故事。"

"是的。"老宋说，"我们还可以去那座有着蛛网般街道的更加神奇的墨西哥城。"

教室里静了片刻。

老宋接着说："说不定此时此刻，我是你小刘虚构的一个人物。"

胖墩墩的小刘惊讶地看着眼前的宋导师。

说在后面的话

亲爱的读者，您，读完了？

您肯定没有想到，我食言了，没有按照"说在前面的话"所讲的那样，没有中断您的阅读，也没有停下来插入所谓的"理论阐述"。您在阅读这部"实验小说"的过程中，我没有停下来做任何的"技术动作"。之所以最后时刻改变初衷，只想阐明一个观点，小说本身完全可以阐明某种理论，完全不必浪费时间。

仅此而已。

他从南苑机场去哪里

一

他是谁？

知道他的姓名并不重要,知道他是一名阅读者就可以了。继续追问的话,还可以提前透露一些情况,在他的生活中有着因为阅读而发生的情感故事。想听他的故事吗？那就跟随他的脚步,在走进他"阅读故事"的同时,也一起走进他的"情感故事"。这个世界每天都在发生惊心动魄的故事,但因为阅读而发生的故事并不多,况且还伴有情感故事。

在漫长的写作过程中,有一个问题,"我"想了许久:在讲好"故事"的同时,也应该讲好"阅读故事",应该以色彩缤纷的形式,让"阅读故事"吸引更多的读者。

《他从南苑机场去哪里》这段故事,想来想去,还是以"第三人称"来讲述更好一些,说不定讲述本身也会成为一篇"小说",或是一篇样貌怪异的"阅读笔记",也有可能两者"合二为一"。谁知道呢,你只要不离开就可以了,去慢慢琢磨,去慢慢感悟。相信你会感到有趣。

故事开始了。

还要再叮嘱一下,在这篇文章的"起承转合"之处,遇到以"他"的视角讲不清楚的情况,那么"我"就会站出来,以旁观者身份作一些简略说明。所以亲爱的读者,你一定要分清"他"和"我"的关系,这也是阅读这篇文章《他从南苑机场去哪里》的注意事项。

增加阅读的趣味性,与作家提高写作难度,都有着同样的重要意义。

二

他是一个从容的人,尽管走进候机大厅的时候,飞机还有四个小时才能起飞。但他一点儿都不着急,只要书包里有书,多么漫长的时间对他来讲,都不是一件难受的事。

从他居住的城市到机场,不到一百五十千米的路程,大巴车、地铁、公交车、出租车,能用上的交通工具他都用上了。因为他是第一次来南苑机场,心里没有远近的标准,只能多打出来时间。他出门有个习惯,时间一定要充裕,绝对不能紧张匆忙,一定要慢悠悠地走,心里才会踏实安定。他平时教授课程也是这样的习惯,因此从来没有迟到过,哪个学生要是迟到,他不说话,用好看的大眼睛尽情地凝望对方,对男学生是这样,对女学生也是这样,起先被凝望的学生不知所措,导致教室里鸦雀无声。后来学生们才恍然大悟,原来这是他的批评方式。温柔的批评方法也能生效,后来他的课再没有学生迟到了,对于一个讲师来说实在不容易,院长讲课还都有学生迟到或是逃课呢。据曾被尽情凝望的学生讲,老师好看的大眼睛后面,好像还有一堂深不可测的"小说理论课",总想让人探测出来他每句话背后的真正含义。学生们感觉非常精准,他不是靠大眼睛吸引学生的,没有精彩的深厚内涵,怎么能留住当下个性鲜明的学生?他依靠的是"阅读经验",仰仗的是阅读之后与学生的"阅读交流"。

南苑机场不大,办理登机的乘客也不多,安检格外顺畅,半个小时后他已经坐在登机口前面的椅子上。不管秋季还是春季,只要阴天,心中总有几分悲凉,他望着窗外空旷的候机坪,从书包里拿出一本书——纳博科夫的小说《微暗的火》。从放书签的位置看过去,这本书他已经读了大半。

谈到阅读他总是兴致勃勃。他根据自己的阅读经验还有教学经验,在课堂上讲过他的理论,阅读作家的作品,熟知的作品要读,不熟悉的更要读,尤其是要阅读熟知作家的陌生作品。他不止一次用纳博科夫举例,他的《洛丽塔》和《文学讲稿》要读,《苍白的火》也要读,这样才能全面了解纳博科夫。就像谈恋爱,优点要了解,缺点也要了解。记得那天有个学生反驳他,认为他此话的意思是《苍白的火》写得不好?他是一个与学生亲密无间的好老师,他友好地解释,学生理解错了他的意思。可是这个学生不同凡响,根本不给老师台阶下,认为老师是举例子举错了,不是他理解错了。

学生与老师相互探讨并不奇怪,这说明师生关系融洽。但是这件事始终留存在他的心里,即使过去了一个月的时间,他还是经常想起来。他就是纳闷,当时他在说完《苍白的火》之后,怎么就想起用恋爱解释呢?

他给学生讲过两遍《苍白的火》,他说这篇小说最大的特点,也是最大的症结,那就是纳博科夫把写作兴趣完全地放在形式上了。作家怎么能够一味追求形式呢?他有一个习惯,讲课中只要停顿下来,眼睛就会望向窗外,那一刻他就会特别动情。当时他是这样说的——

这篇小说满足了纳博科夫……特别的需要,这样讲吧,可能更准确一些,《洛丽塔》是一部被细节压倒的小说,后来写作《苍白的火》,他突然意识到了这一点,但纳博科夫依旧勇猛前行,他非常固执,对自己非常自信,他继续让这篇小说充满细节,并且取得压倒性的阅读感觉。但奇怪的是,都是追求细节,可是《苍白的火》却呈现了完全不同的阅读感受。因为什么呢?因为从容。你们看后也要仔细想想,纳博科夫在"细节的大海里"多么从容不迫呀,这时我们才意识到，他的才华就像阳光下的彩色玻璃，你一定要耐心，你只有耐心下来、仔细拼凑，才会看到不可思议的美妙的玻璃窗，从这扇玻璃窗向外看去，你也就看到了不一样的世界。

他的这段讲述，也可以当作这位大学讲师的"阅读笔记"，非常精彩，理解也是完全准确的。就连作为旁观者的"我"都禁不住跳出来，为这位年轻的讲师击掌称赞。

好了，"我"不再打扰"他"，让"他"继续讲述。

他自己也认为那天讲课效果非常好，因为课堂上静寂无声，说明学生们已经陷入思考当中，就连那个经常给他出难题的学生，眼睛也是一眨不眨的。作为教师的他异常得意，他用才华"镇压"住了向他挑战的学生。现在的学生对老师非常挑剔，你要是没有才华，他才不会安静地听你的课呢。

所以，意犹未尽的他在讲完自己"阅读理解"之后，又做了最后的精彩总结：这个喜欢蝴蝶的精致男人（纳博科夫），要从正反两个方面证明自己。

三

旁观者的"我"再次站出来，让读者注意，下面"他"开始讲述"他"的情感故事。那么以怎样的方式来讲述，之前让"我"煞费苦心。为了阅读过程中能够有所变化，所以把"他"的情感故事用"小说形式"来讲述,相信这样会更加有趣,也能领略因为深刻阅读而发生的情感碰撞又有多么可爱。

十年前,他与刘妮丽相识。

刘妮丽喜欢穿布裙,灰色的,有两个口袋,要是双手插进兜里,胳膊可以完全伸直,感觉两个口袋很深、很深。一双半高跟的黑色皮鞋,不穿袜子,光脚。刘妮丽留长发,眼睛不大,走起来,长发遮住半个脸,感觉格外忧伤。明明暗暗的,漂移不定。

那年暑假,他代替姐姐给外甥女开家长会,在校园里遇上一个女子,他猜测她是老师。没错,她就是刘妮丽。

他问她初一二班家长会在几楼?刘妮丽好像正在想心事,突然有人迎面走来问话,吓了一跳,手里的书掉到地上了。他立刻捡起来,递过去时顺便看了一眼,原来是英文版的《魔桶》。他看过这本书,是美国作家伯纳德·马拉默德的短篇小说集。

"您也喜欢马拉默德?"他问。

刘妮丽"嗯"了一声。

他说,马拉默德是一位始终如一的作家,他几乎没有写过平庸之作。

"您是老师?"刘妮丽撩了下滑到左眼前的头发,问。

他友善地点点头,马上没话找话问:"您怎么知道?"

刘妮丽双唇翕动了一下,笑而不语。

他说："马拉默德的《店员》《新生活》，写的都是美国犹太社区贫寒百姓的生活，带有极大的同情心，但他也反思犹太人，也写犹太人如何阴险狡诈。《魔术桶》就是反思之作。"

刘妮丽眼睛亮闪了一下，被他瞬间抓住了。

两个人算是认识了，他主动要求互留电话，刘妮丽也没有推辞。

起先，大学讲师的他与中学英语老师刘妮丽的交往，只限于短信或电话。刘妮丽教的不是主课，也不是班主任，但时间好像很紧，每次电话都是简单说几句话，好像还有事情需要马上去办。短信更是简洁，标点符号比字多。他一直找机会邀约她，比如他最近又买了一本好书，福克纳的小说《村子》，想送给她；还比如他新发表了一篇文章，想把新刊物送给她批评指正。经过多次邀约之后，刘妮丽终于答应出来了。

那天晚上他请刘妮丽吃饭。在一家环境幽静的餐厅。这家餐厅是刘妮丽推荐的，她说这家餐厅有品位。他提前半小时就到了。

前厅很大，还有几个小包间。墙上的俄罗斯油画都是真迹。走路款款的女经理告诉他，还有后院，客人兴致好了，可以有其他不受限制的文艺活动。他掀起蜡染布的门帘，去了后院。院子不大，树木茂盛，院子中间还有鱼池。女经理说夏天院子里可以摆上两桌。后院几个房间也很有特色，可以画画写字，还可以做泥陶。

他感觉刘妮丽是一位讲究仪式感的女人。

约会时间到了。刘妮丽来了。

两个人先喝茶，又点了几样清淡的小菜。刘妮丽几乎不动筷子，只是安静地听，后来才开始简洁地说。两个人谈小说、绘画。晚上八点多钟，他们从餐厅出来。他说："打出租，我送你回家。"刘妮丽说："我家很近，不用打车，走路也就十几分钟。"他赶紧接茬儿："我陪你走回去？"刘妮丽说："好吧。"

他们拐上一条小街。

街道上到处都是烧纸钱的人。相隔二十多步远，就会有一堆熊熊燃烧的火焰。每个火堆都会有人围成一个圆圈儿，有人往火堆上续添卷成一卷儿的纸钱，有人用一根长木棍儿扒拉火堆。天空上飞舞着纸屑，呛人的烟味儿弥漫街道。

"什么日子，这么多烧纸钱的人？"他说。

刘妮丽嘴里呢喃，似乎也在疑问。

街道不宽，加上车辆，他和刘妮丽只能一会儿走在便道上、一会儿走在便道下，上、下之间，还要躲闪着驶过的车辆和烧纸钱的人。

刘妮丽的家在一条更加安静的小街上。楼房，不高，六层。她家住顶层。

"我可以进去吗？"他问。

"你都到门口了。"刘妮丽笑起来。

她很少笑。他看见她笑,心里踏实了。

刘妮丽开了门,双脚一蹭,鞋子就脱了。她不穿拖鞋,光脚在地毯上。她给他烧水,沏茶,忽然想起什么,说:"今天是中元节,难怪有这么多烧纸钱的人。"

中元节,民间俗称"鬼节"。他们生活的这座大都市,骨子里浸透着农耕时代的习俗。所有的古老习俗都会在街道上隆重演出。

他和刘妮丽斜坐在布艺沙发两端,不知不觉,谈了很晚,他又把福克纳的另一部小说《小镇》送给了刘妮丽,之前他已经送了福克纳的《村子》。

还有一本书《大宅》,也是福克纳的,三部曲,下次再给你。他兴致勃勃地说,这部长篇小说三部曲有同一个人物,斯诺普斯。福克纳设计了同一个人物贯穿始终。这样的人物设计,现在已经很普遍了。可当时还是很新鲜的。

刘妮丽搂着靠垫,听着他讲小说。她很少插话,专注的目光,显示她在认真倾听,也在仔细品味。

落地灯下的刘妮丽,被一圈儿橙黄色光晕笼罩,有一种忧伤之美。屋子里的摆设也很精巧,一个花瓶、一幅画、一个根雕,都能看出是精心摆设的。他越发感觉刘妮丽不仅在外面注重仪式,在家里也是。一个人面对自己还需要仪式吗?他有些不解,好像又特别理解,形式本身也是一种情趣呀。

与刘妮丽相识一年多了。他没有问过刘妮丽的个人情况,可是从她邀请他进家做客来看,她应该还是单身,也应该没有男朋友。他比刘妮丽大两岁,要是能够在一起多好呀。他想起这些的时候,好像还有一个他,两个他一明一暗,彼此互相鼓励着。

很晚了,他才依依不舍起身告辞。临走时,他鼓足勇气,拥抱了刘妮丽,她没有特别拒绝,也没有配合,就是那种没有实质内容的拥抱。他除了感觉到她的体温,再没有感觉到其他什么特别的内容。

她的双臂始终低垂着。

四

前面已经说过,"我"的出现,主要是做一些说明性的工作。现在关于"他"的故事,已经开始走向"联结",也就是把之前出现的"场景"和"故事"进行整合,把"机场""课堂"和"情感"凝结在一个"时间节点"上,这也符合某一类型小说的创作手法,在层层铺垫之后,最后开始走向集结。

距离登机还有一个多小时。

他又从书包里拿出一本书。无论去哪里,他的双肩包里永远放着两样东西——书和电脑。书不止一本,好几本,最多时带过十本书。只要有书和电脑在，他就会是一个平静的人，就会拥有无穷的底气。有书在身边，他敢于说话，没有书，他不知道该说什么，脑子就会杂乱无章。

《最后一位绅士》，美国南方小说家沃克·珀西的作品。他曾经问过自己的学生，尴尬的是，竟然没有一个人知道沃克·珀西。曾经指出他问题的那个学生也不知道这篇小说。

他手里玩着粉笔头，在讲台上踱步，一边走，一边用有节奏的语调讲课。讲沃克·珀西，讲《最后一位绅士》。就像出门书包里必须带着书，只要站在讲台上，他手里必须捏着一个粉笔头，手里没有粉笔，他在课堂上不会说话。尽管许多教师早就不用粉笔了，但年轻的他却始终钟爱用粉笔在黑板上写写画画的感觉。

你们都不知道沃克·珀西，可是有一个美国人，诗人詹姆斯·狄基认为珀西是用英语写作的小说家中最有独创性的人。《最后一位绅士》很有意思，小说里的主人公叫巴雷特，做人正直，看上去和蔼可亲，可他心理扭曲，是一个病态的人。他逃离生活，不想走近生活。但他内心又想要窥探别人的生活，他有一架望远镜，"泰兹拉"牌子，他把"泰兹拉"架在曼哈顿的公园里，远望行人。嗯，主要远望女人。

荷尔蒙旺盛的学生们，都喜欢听爱情故事。许多次，他忍不住想要把自己和刘妮丽的爱情故事讲给学生们。当然不会原汁原味,要改头换面,要用小说的形式讲出来。

巴雷特用"泰兹拉"观看女人,主要观看少女。他继续绘声绘色地讲,有一天,巴雷特终于"看"到了一位美少女,又经过千辛万苦地打听,得知美少女名叫吉蒂。他开始跟踪吉蒂,偷听吉蒂跟别人说话,看她的表情、衣着,他觉得自己已经爱上了吉蒂,相信吉蒂也会爱上他……

机场终于响起广播声。遗憾的是,他乘坐的航班晚点。周边许多乘客骚动起来,走到闸机口,询问工作人员为何晚点。还有很多人面无表情,目光呆滞,似乎对晚点早已适应。还有的人嘟囔,在南苑乘机怎么会不晚点呢?听说这个机场要关闭了。

他没有起身,他不怕飞机晚点,双肩包里有书、电脑,他什么都不怕。他心里还有特别的遥想,甚至想起消失了很多年的刘妮丽。这种"想起"不分场合,不分地点。有时讲课时发现自己讲错了,原来走神儿了。为何走神儿,想起刘妮丽。

刘妮丽现在哪里?

在他相识刘妮丽的第三年,她辞职了。他婉转地让外甥女打听刘妮丽老师辞职的原因,外甥女嘴上答应,转脸就忘了。再次提醒,外甥女还是记不住。后来他赤膊上阵,给刘妮丽打电话,可她手机永远关机。想想,这种状况大概有六七年了,刘妮丽那条有着两个深不可测口袋的灰色布裙,总会突然出现他的眼前,顺着她的手臂望下去,感觉自己已经掉进去了,看见了一个不可描述的世界。

如今,机场里的他,长吁了一口气,把《最后一位绅士》放进书包里,整理一下衣服,开始在机场溜达。走起来,他才感觉肚子有点儿饿了。

饭馆倒是不少,走了一大圈儿,决定吃拉面。早先他不吃面,吃面条他就犯困,眼皮打架,看着碗里的面条,他都能睡着了。他还觉得吃面条,姿态不雅,除了不断用纸巾擦嘴巴,还会发出"哧溜哧溜"声,但不发声吃面条,吃不出来面条的味道。可是最近几年他一改口味,什么样的面条都吃。重庆小面、四川担担面、北京炸酱面、天津打卤面,还有就是兰州拉面。吃面条到了百吃不厌的地步,不能想,只要想到面条,嘴里的口水都要喷涌而出,就像随时想起刘妮丽那样疯狂。

一大碗油汪汪的牛肉拉面放在桌前,红色辣椒油非常霸道地覆盖了面条,红得有些肆无忌惮。他用筷子划开辣椒油,眼睛盯着下面的面条,埋下头,津津有味地吃起来,嘴里还不住地呼呼向外吹气,像个农忙时节在地头吃饭的老农。他很快吃得一身大汗,头发杂乱,衣领也解开了。桌子上堆了不少餐巾纸。有擦汗的,也有擦鼻涕的,还有擦口水的。他右手还在擦着嘴唇,左手已经又去抓餐巾盒了。也就在这时,他又想起了福克纳。

有一天,课堂上的他,说完福克纳用斯诺普斯做同一主人公的长篇小说三部曲《村子》《小镇》《大宅》之后,又补充说,《大宅》是福克纳一生中最后一部作品,也是大师的压轴之作。他总结完,下意识地看了一眼那个曾经与他"作对"的学生,发现这鬼家伙的脸上掠过一丝冷笑。

下课后,他去厕所,看见那个学生。他方便后出来,在厕所外面见到还没走的那个学生。

"你有事?"他问。

学生说:"《大宅》不是福克纳的最后一部作品。他的最后一部作品应该是《掠夺者》。"

"你能确定?"他问。

"我要是说错的话,可以在校园裸奔。"学生坏笑起来,"老师,你要是讲错了,就不要裸奔了。"

坐在机场拉面馆里的他,看着候机厅走来走去的人,不知道此刻为什么突然想起这件令他特别气恼的事。他记得当时看着那个幸灾乐祸神情的学生,想起当年他与刘妮丽得意的夜晚,也是他记忆深刻的夜晚;他好像还看见插在布裙口袋里的刘妮丽的手,正在把小手指伸出来,不断地戳着口袋,让她的布裙子看上去仿佛装了两只小鸟儿,正在口袋里"扑扑"地扇动着翅膀。

大碗牛肉拉面只剩下红晃晃的一碗汤。他起身离开拉面馆,重新走向登机口。他看看表，已经晚点一个半小时了，广播里还在毫无歉意地播出继续晚点的提示。他拿出手机翻看微信。他平时发微信少，看得也少。即使看了，也很少留言。要是不在机场，要是不晚点，他不会看手机微信的。他用手指快速向下滑动，随便浏览着，在一条微信上停住了。

发消息的人，是他曾经的一名女学生。女学生毕业后考去了法国的一所大学，现定居在巴黎。女学生发了一条短暂的视频，她到一位汉学家的家中做客，这位汉学家的家里存有中国20世纪五六十年代数百人的日记本。女学生的画外音说可不是几百本呀，应该有……有……将近一千本了吧。随后女学生把手机镜头拉近那个小书柜，堆放得密密麻麻，能够看出来许多笔记本还包着那个特殊年代的红色塑料皮子。

他心里也有一本日记，上面记的都是刘妮丽的故事。那些故事的每个细节他都记得清楚。

这时，手机响了。他接听，是一个女性的声音。

他突然灵光乍现，迫不及待地问："你是刘妮丽吧……"

真是……真是很多年没有消息的刘妮丽。没有任何征兆地出现了，一点儿铺垫都没有。出现得蹊跷而又生动。

"这些年……你去了哪儿?"他追问。他感觉自己的声音在颤抖，似乎自己飘飞在天空上。

刘妮丽没有回答，而是继续说："这么多年你手机没有变，我试着打，没想到一下子打通了。"

他还是追问刘妮丽在哪里，当年为什么辞职，为什么这么多年没有音信，现在又在哪里。

电话里的刘妮丽，声音变得有些粗了，她告诉他，她在内蒙古。

"你去内蒙古……做什么？"他想快点儿知道刘妮丽的一切。他站起来，想找一个安静的地方听，机场广播总是响起来，影响他的接听。

刘妮丽说："在中蒙边境……有大片戈壁滩，一个边防派出所管辖的面积，比有的城市大上三倍，你想不到吧？没有人、没有鸟、没有树，夜晚天空上的星星就在你的头顶，你伸手就能抓下来。有厕所，你也可以不使用厕所，在任何地方都能解决……呵呵，绝对保护隐私……没有任何人可以侵害你，你不用防备任何人，夏季的时候，你可以裸体行走，也会有眼睛看到你，那是骆驼的眼睛。你可以肆无忌惮地做任何事情……"

他听着滔滔不绝的刘妮丽，如何也想象不出来她现在的样子。

"你想象不到我现在骑着摩托车在戈壁滩飞驰的样子。"刘妮丽笑起来说，"在我的身后，拉起来的尘土就像天上飞机拉出来的气体弧线……"

"你……"他似乎想问什么。

"你现在机场吗?"刘妮丽问。

"是呀,我在北京的南苑机场。"他还在走动着,寻找最佳接听的地方。

这个老旧的机场,不仅面积小,手机信号也极弱。

刘妮丽问:"你去哪儿?"

他正要说我准备去……,手机里再次出现许多杂音……听不清了,后来就断了……他再打过去,怎么也打不通了。

他出了一身汗,感觉身上散发出来浓重的辣椒味道。

飞机继续晚点。不知晚到什么时候。

他对于突然出现、瞬间消失的刘妮丽,还是不死心,继续打,打不通了,如何都打不通了。

虽然书包里有电脑、有名著经典,但他无法平静下来。他第一次来到登机闸口前,焦灼地询问为什么晚点、飞机到底什么时候起飞。当然没有得到准确答复。眼下飞机晚点,任何人都不会给你答复准确的起飞时间。

等,只有等。

他有些气急败坏。再次坐下来。他曾经嘲笑那些因为着急登机而变得面目狰狞的人,他始终认为生气的样子特别难看。刚才自己也是那样面目狰狞?

他想象现在刘妮丽变成什么模样? 又回忆她过去的样子,这么多年没有见面……她那时的模样？他似乎也想不起来了，他感到被刺了一下，觉得那个跟他作对的男学生的长相与刘妮丽有几分相像，特别是两个人看人时的挑剔的目光，还有那种意犹未尽的说话语气，就像一个模子里刻出来的。他们两个人要是站在一起，说他们是姐弟俩，任何人都会毫不犹豫地相信。

这样联想，让他有些手足无措。好像此时此刻，那个跟他作对的学生又出现了，在不远处坏笑着，很快向他走来。一本正经地请教他："您看过阿道司·赫胥黎的小说《岛》吗？这篇小说主要陈述关于生活的看法，没有讲述一个故事。小说的人物呢？有，但是形象苍白，到处充满议论，您觉得是这样吗？"

这个好小子使用刘妮丽一样的语气，说老师不能是一个悲观主义者。又说老师不能只是一个注重仪式的人。

他想要反击，但又无言以对。他感觉一切都乱了，乱得没有章法，乱得所有人都像一个人。

此时，能够帮助他躲避纷乱的最好时机来了。机场响起他乘坐的航班开始登机的广播。

五

这个有关阅读、有关情感、有关"阅读与情感"的故事马上就要结束了。"我"不知道该怎样结尾这个故事，不知道怎样结尾才能让读者更满意,才能让故事中的"他"满意。

惊险?幽默?欢心?幸福?……那就用意味深长吧。文学作品的最大魅力,还是在于意味深长。请读者来判定接下来的结尾,看一看是不是意味深长。如果您觉得不是,我们可以坐下来一起商榷,也可以继续修改。

文学作品,是一个永远在修改的"作品"。

他后来才知道,南苑机场民用航空功能,在他飞走后十天就永久关闭了。再坚持一年,南苑机场就会迎来一百一十岁的生日。为什么不能再坚持一年呢?一百年都走过来了,怎么就不能再坚持一年?

他看着十天前的登机牌,如今已经变成了漂亮的书签,他把它随便地夹在了奥尔德斯·赫胥黎的小说《岛》中。

某一天,他按照书签的指引,打开书,看见了这样的文字——无视黑暗之中启蒙的现实仍然存在。印度椋鸟四处飞翔,叫着意为启蒙的一个词,"卡鲁那,卡鲁那"。

椋鸟?他没见过这种鸟。立即查字典。原来这种鸟身子呈灰褐色;喙、足是橙红色。印度椋鸟的最大特点是非常善于模仿其他鸟鸣。

他想象着椋鸟飞翔的样子,再想起十天前在南苑机场的漫长等待,还有无以言明的心情。

中原行

　　很多年前我有过一次中原游历，可是静下心来细想，具体年月却是记不清了，逐渐变得模糊起来。但是洛阳石窟、白马寺、嵩阳书院、少林寺等古老的遗迹还铭刻在心。其实也只是一个形状、一个名称。在游历过后的时间里，"河南"给予我的始终是一个"过去时"的精神状态，是一个博大厚重的地理符号——中原。

　　以郑州为中心，在方圆一百多里范围内，在登封、洛阳、安阳和新乡进行一次无拘无束的漫游。对我来讲这不是一次双脚的行走，而是一次精神的游行，是一次历史与现实的"中原勘探"。用"勘探"来形容，并非娇柔，实在是与青年时代向往地质勘探有关，那是我四十二年前填写高考志愿时的理想，虽然最终没有走进长春地质学院，没有手握地质锤走遍高山峡谷，但这是后来我对所有行走都喜欢用"勘探"两个字的初始依据。

　　无论我手中的"地质锤"能否凿出时光隧道，但有一点不用质疑,我的身体和精神始终努力前行,始终用心品味、用心琢磨,并努力学习,像梁启超先生在《中国近三百年学术史》中的"清代学术变迁与政治的影响"一文中所看到、所倡导的那样,"考证学直至今日还未曾破产……虽然,古典考证学,总以乾、嘉两朝为全盛时期,以后便渐渐蜕变,……大部分学者依然继续他们考证的工作……"。

因此,最直接、最彻底的学习,就是尽一切可能向"考证"靠拢。无论深度如何,但一定要拥有这样的思想意识。

登封的夜与昼

登封,是佛、道、儒三教荟萃的全国著名的"文物之乡",与我更早之前听闻的还是有些变化的。但我心中有个固执的观点,无论怎样变化,在这座千年古城的上空,古老历史的气息永远不会散去。因为历史的积淀早已深入土地深处,不管千人、万人如何踩踏,不管出现怎样的现代建筑,都不可能镇压住历史的呼吸,古人古事总会在寂静的夜晚悄悄升腾起来,行走在城市的角角落落,等待着太阳升起时与今人相遇。他们从来没有害怕过太阳,之前的所有历史传闻,不过是活着的人的偏执思想。

走在夜晚的街道上,吸一口登封的空气,好像还能闻到当年武则天封禅中岳时那庞大的仪仗队所腾起的路尘;睁大眼睛,好像十三棍僧带着十三种表情,正在护卫迷茫的唐王,似风一样在眼前掠过,一时间让人恍惚不已。

在登封的日子里,这样的"恍惚"经常出现。身边忽然闪过一个脚步疾快的无语之人,就会立刻想到历代帝王来此巡游祭祀的往事。这在我居住的天津是不可能出现的事情,不可能有这样的古旧而遥远的感觉。但在登封,举手投足都能带起一片久远的历史追忆。因为只有追忆,才能让心平静下来。并且思考与处理"大历史"与"小历史"之间的关系,林载爵先生在黄仁宇《大历史不会萎缩》中的"编者说明"中给了很好的理解路径,"'大历史'与'小历史'不同,不斤斤计较人物短时片面的贤愚得失",但随后话语一转,"从小小事件看大道理"。

在登封不能不说少林寺。而因少林寺而闻名世界的少林功夫,就像空气一样充斥在登封人生活的瞬间里:少林功夫不仅在寺庙上演,也在早上小学校门前的空地上出现——登封的孩子们对武术有着天然的领悟和喜爱,就在上学前短暂的时间里,也要挥一下拳、踢一下腿,那一招一式,看上去有模有样,看得我欣羡不已。

当我见到"少林寺"三个大字时,心里升起一种亲近感,要做的第一件事就是马上拍下照片,仔细端详三个大字后面是否还有更深一层的含义。听说在当年全民经商时,寺里随处可见悬挂着的"经营科""洽谈室"的木牌子,还有各种活动时的喧闹的宣传标语,时光易逝,我们终于从幼稚、荒唐、慌张走向了成熟、沉静、大气,少林寺也终于回归到了原本,如今看上去清雅素淡,与"寺庙"二字和谐。

但也有变的,那就是常住院内的银杏树,一定比以往更粗了,已经转黄的树叶,像油画的油彩一样,看一眼,只要看一眼,就会把眼睛完全遮住,眼前的世界格外鲜艳夺目。站在树下,引人凝思,顿发怀古之思。也还是有改变的,是寺院西侧山坡上那些错落有致的塔林。当地人告诉我,过去那些造型各异、种类繁多的佛塔破败风蚀,上面长满了随风微动的蒿草,如今做了许多修整,已经整齐干净了,尽管塔上还有淡定的鸽子,但是说实话,在干净之后又少了一些历史沧桑。

还有一处幽静之地——嵩阳书院——也有变化。因为时间的关系,我来到书院门前时,天已经黑下来,书院已经关了大门。门前没有一个人,显得特别寂静。很早之前,我看过一个关于嵩阳书院的纪录片,门前原本是两条自然的没有人工痕迹的小溪,一条缓缓南流,一条汩汩西来。在溪水的两旁是碧绿的农田,还有低矮的农舍,似乎还有一只、两只匆匆夜归叫不出名字的鸟儿。可是如今的书院门前,是水泥地面,溪水虽然还有,但已圈在了砌好的水泥渠道里,很浅的溪水慢慢地走,仿佛一个散漫的学生正在光明正大地逃学。

把这个问题讲出来,只是想说我们可以变,但不应改变书院的整体氛围。这很重要。我想当初洛派的理学大师程颢、程颐之所以聚生徒数百人在此讲学，就是因为这里远离喧闹，回归自然，而如今……我无法想象对我来讲，"勘探"还有何种广泛深刻的意义？乡村向城镇过渡，城镇吞噬着乡村，当大片的农田变成楼群时……当嵩阳书院门前变成水泥地面、庞大的轿车可以直接开到门前时——这座始建于公元484年、北魏时期的、后在宋朝成为四大书院之一的嵩阳书院——现代文明让古代文明变得模糊，变得无所适从。最主要的担心还在于，这种模糊可能也会逐渐吞噬某种思想。那么，帕斯卡尔在《思想录》中对事物变化的解读——"一切事物都在变化，并且彼此相续……你错了，你还有……"——又该怎样理解？

继续行走，继续用心体味。

最有意义的是在登封的夜晚，"离开人间"来到月光下的山间，体味在古老中岳嵩山的一次"后现代生活"——聆听"禅宗少林音乐大典"。

已经过去很久了，但我还能清晰记得当年当时的情境。音乐大典的现场，在远离市区五千米一个叫"待仙沟"的地方。假如仅从地名上做推测，是否有等待仙人光临之意？夜晚的"待仙沟"真的很冷，山风因为掠过山水的缘故，带着潮气和阴凉，我寻找舞台——原来就在两座山峰的中间，有人工搭建的庙宇、小桥、亭台和茅草小屋,异常逼真,当然还有自然的溪水、草地和圆润的巨石,亦真亦幻,一时间分不清真假。

在山中看演出,那是我的第一次,本来就有几分期盼,再加上此台音乐大典是由谭盾作曲,于是也就更加充满了紧张的期待。当时天气很好,天空有星,也有月,还有飘然的白色的云。这为演出增添了一种天空帷幕的感觉,可谓天空作美。正在兴奋中,忽然间感觉有音乐响起,引颈前后左右寻找,只见茅草小屋前,追光灯下,两个乡村女子在小屋门前的水边上,正在用手击打铜盆中的水。以自然之音的水声取代乐器,并作为开端,无疑为这场音乐大典做了最好的注释。再看以山石字幕板的上面,赫然写着"水乐""禅境"字迹,恍惚间真有一种世外的感觉。

此台音乐大典,一共五个乐章,分别为水乐、木乐、风乐、光乐和石乐,与之相配的是禅境、禅定、禅武、禅悟和禅颂,场面因灯光而变得忽大忽小,演员也随之多而少,或歌声山外飘来,或功夫天上飞过,演员近六百人,皆由当地习武僧人和乡村少年、少女所扮,在现代光科技的衬托下,进行了一场精彩而又浩大的禅武颂唱,在近一个小时的演出中,让观者仿佛穿越了千年的时光。这是音乐的导引,这是音乐的魅力。

还记得1998年,对音乐没有多少了解的我,忽然就迫不及待地想要了解音乐常识,特别是古典音乐。于是走遍大街小巷去寻找音乐入门的书籍，有一天终于买到一本《古典作曲家排行榜》，细心地放在床头，没事的时候便拿起来翻看，并在书中做了许多细致的标注。比如这本书里在谈到巴赫时，特别是谈到巴赫的管风琴音乐时，有着对巴赫音乐的极高赞颂，"他（巴赫）的管风琴音乐将科学与诗歌、技术与情感、精湛技巧和高贵思想融为一体，前无古人，后无来者"。

在登封夜晚想到巴赫，想到巴赫的音乐，如此漫无边际的联想，让我至今无法理解我自己，无法解读之间的彼此关联。

那天晚上，我坐在温暖的黄色蒲团上，迎风听溪，观武品禅，身体几乎有一种慢慢升腾的感觉，仿佛沉默少语的老子就坐在不远处，正在朝着我们慢慢地吹一口气……顿感扶摇直上云端。当然也有遗憾，晚来的人在身穿灰色衣衫（仿出家人的打扮）的服务员手中锐利的手电光的指引下，不断穿梭行进，因而也就不断地被生生地拽出那种超然的禅境中。我忽发奇想，能否将服务员手中的手电改成红色的纸灯，那样就使那些不遵守时间的游客，也变成了演出的一部分？变成匆忙夜归的村人？

那年，我在登封只有短暂的一天一夜，却又好像经历千年时光。这就是古城的魅力，这是无法替代、无法篡改的历史基因。"古"的魅力，在于可以让人的思绪穿越千秋。

洛阳的窟和花

关注历史的人,提到洛阳,首先想到的就是"十三朝古都"这个钉在洛阳前面的定语。这个定语,就像矗立在大河中央的一块礁石,把这个四面环山、四河(伊、洛、瀍、涧)流经其间的古都,牢牢地托举在河的中央,无论历史怎样改变,都不能抹掉她在大河中的显赫位置。从夏朝开始,先后有十三个王朝在此建都,建都史长达一千五百年。哪个城市能比得了?"永怀河洛间,煌煌祖宗业",陆游对洛阳的感慨,至今依然能引发今人的长叹。于是,洛阳在我的心里也就无比庄重、无比悠长起来。

其实洛阳对我的震撼,在还没有进城前就已经开始了。记得在去洛阳的高速公路上,一边是笔直的公路,一边是考古发掘现场,我计算了一下,八十迈的车速行驶了十分钟,考古现场一直没有中断。当地朋友告诉我,高速路要拓宽,在没有拓宽之前,考古队要先行进驻。我问为什么要先进驻?当地朋友笑起来解释,洛阳的地下,你就挖吧,啥时挖,啥时有宝贝,只要动土,考古就有新发现。朋友说得肯定,好像这件事用不着讨论,板上钉钉的事情。还没到洛阳,洛阳悠久的历史积淀就已经给了我一个"下马威"。

来到洛阳当然要看石窟,这是一件不容置疑的事。好像你来到一户人家,主人端上一杯茶水一样,这是必然的待客礼节。

那天的洛阳,天空有些发灰,不冷,但总是令人唏嘘长叹。青灰色坚硬的石洞窟好像钢铁一样。站在宾阳三洞前，我想到了莫高窟。在来河南之前，我去莫高窟采风，甘肃的朋友曾经问我一个问题，能不能用最简单的一句话描述莫高窟。我没有想出一句话，只想出了两个字——漫长。而今站在三世佛造像前，莲花藻井飞天、伎乐人雕刻前，万佛洞的那一万五千尊小佛面前，还有梅兰芳先生大加赞赏的身形呈"S"形的菩萨像前，笨拙的我，依然只是想到两个字——虔诚。只是宾阳的一个中洞，八十多万人，用时近三十年才开凿完成，不是对佛的虔诚，不是内心里有一种精神向往，还是什么？要知道莫高窟的佛像是泥塑的，而洛阳石窟的佛像则是在坚硬的岩石上雕刻而成，佛像衣裙的皱褶、莲花的花瓣、手上的掌纹等，无不雕刻得清晰、细腻，没有精神的向往和虔诚的内心，就是给更多的金钱的赏赐，似乎也不能如此精美地表现出来。

这样在坚硬岩石上的"精神描述"，也一定来自雕刻者内心深处的虔诚，流传万世的，一定是来自"天、地、人"之间的结合。国学大师章太炎经常出外演讲，后人将他的演讲进行整理、编撰，其中有一本书叫《在苏州国学讲习会的讲稿》。在这本书里，有一章节叫"说文解字序"，章太炎在这篇序中说道，"古者庖牺氏之王天下也，仰则观象于天，俯则观法于地，视鸟兽之文，与地之宜，近取诸身，远取诸物，于是始作《易》八卦，以垂宪象"。

站在佛像前，我的耳边依然响着铁与石碰击时发出的声音。

那每一次的凿击，都是心灵向天空的一次攀爬、一次上升，也是通向"觉悟"的过程。在一切追求速成的当下，"只要功夫深，铁杵磨成针"早已成为唇边的童话。站在洛阳石窟前，现代人应该沉思，应该好好地想一想我们的未来。

在洛阳要看的东西太多了，白马寺、关林还有千唐志斋，当然还要看的，就是花了——名闻天下的洛阳牡丹。但因错过牡丹花开的季节，遗憾的同时却看到了别样的牡丹——平乐农民牡丹画。

在孟津县的平乐镇平乐村，在这个有着六千多户农民的原汉魏故城的遗址上，家家户户画牡丹，就像我生活的天津，千年古镇杨柳青，几乎每个家庭都有会画年画的人，毫不稀奇，已经成为古镇的一部分。

那天来到平乐村时，正是洛阳画院的画家来平乐村辅导点评农民作画的日子。在一间由大厂房改成的画室里，用人潮涌动来形容一点儿也不夸张。学画的人中有年轻人、中年人，也有老年人，他们认真地作画，画家们不时地走过来，纠正几笔、点评几句，话不多但皆是要点。作画的农民们脸上，带着我从来没有见过的表情——专注、欣喜还有陶醉，这和以往我印象中的农民表情有极大的差异，这样的表情我在杨柳青镇见过，手拿画笔，脸上也会同时拥有色彩。在一个中年妇女的画室里，虽然她的手略显粗糙，但她手上精致的画笔还有画案上夺目的牡丹花，看上去并不觉得违和。这是色彩的魅力。

在这个村庄里，没有喝酒打牌的，没有乱串门的，没有张家长、李家短的搬弄是非，而是用画笔勾勒日常生活的炊烟。如今平乐村的牡丹画不仅销到国内其他地方，还远销日本、美国和东南亚一带。

厚重的历史土壤、传统文化的传承，厚植在村庄的鸟鸣声中。真的犹如章太炎大师所讲的那样，与"天地鸟兽"浑然一体。

安阳的地上地下

去安阳必看殷墟，还有周文王"拘而演周易"的羑里城。在去安阳之前，我曾两去红旗渠，与上述两点近在咫尺，却因为种种原因没有前往，很长时间里心中总有一种隐隐的落寂。

站在殷墟遗址前，望着红色的方正门框，我正在走神儿，感觉脸上有点儿冰凉，用手摸一摸，倒没啥感觉，但抬头仰望天空，这才发觉不知什么时候，忽然飘起了细雨，很小，几乎看不出来，只有从地面上斑驳的湿迹才能判断出来。那一刻，我感到眼前的红色门框正在离我远去，最后变成了一个红色的圆点——我无法读懂的一个字母。殷墟，这座千年遗址之处，倏忽之间就变得虚无缥渺起来，就像李白《梦游天姥吟留别》中的诗句"云青青兮欲雨，水淡淡兮生烟"。

走进红色大门，正面就是巨大的后母戊大方鼎。关于这座大方鼎，我在中学地理课本上曾见过，那时也曾遥想过它的现实模样。想一想，从图画到眼前（尽管是仿制品）竟然也有数十年了。时间如梭，我也由一个懵懂少年，变成脸上有皱纹的正在迈向老年行列的人。一时间，心生无限感慨，也仿佛看见不羁的李白正在云雾缭绕处举杯吟唱。

看殷墟，当然要看地下，沿着石阶而下，顺着设计独特的脚下朝代图表，再往下，终于看到了应该是中国最早的土、中国最早的骨，还有中国最早的文字——世人皆知的甲骨文，就从这里被中原农民的铁锹扬上了天空，仿佛礼花一样照亮了天空和大地，让人类文明史的脚步一下子向前奔跑了几千年。

在安静的展览厅，借助放大镜，我看到了龟背上那纤细的符号——中国最早的文字。是那样精美、纤细，弯曲的曲线，乐符一样漂亮好看。中华民族的聪明才智，从这些仿佛蝌蚪一样的曲线中，慢慢地成长，顺着大江大河，顺着宇宙太空，走向了世界，走向了永远。

在遗址的大院内，有一个长长的长廊，墙壁上面雕刻着几百个文字的演变过程，从甲骨文到现在的简体字。我拍照了好多的字，好像要把几千年的历史，微缩到那一个个精巧的文字当中，是否能够找出其中的喜怒哀乐、人生悲欢？能，因为人类历史就是用这一个个精巧文字记载下来的,譬如二十四史之一的司马迁的《史记》。最初称为《太史公书》或是《太史公记》,是中国历史上第一部纪传体史书,前后经历14年得以完成。据说,司马迁写史记的房屋,有一扇窗户可以远眺到阿房宫的地基,也就是后人所说的夯土层。按照现代人的理解,地基应该是在地下,其实汉代之前的"地基"是在地上的。据说阿房宫地上的夯土层,按照现在度量衡标准来计算,应该有十几米的高度。无论如何也想象不出来,当时司马迁远眺阿房宫的"地基",在写作《史记》时有着怎样的内心纹理?毕竟那时秦汉朝代相隔不远。

那么,看安阳的地上应该看什么?当然是首推羑里城。

细雨过后的羑里城,人很多,到处都是匆忙的行人和车辆,因为正在修路,更是给人一种拥挤嘈杂的感觉。可是走进周文王的幽禁之地,立时感到一种清冷。好像与外面的市井之气,顿成两个截然不同的世界。

这里人很少,青砖青石还有青树,安静得即使现在看来也还是适合做软禁之地。虽说被称为"监狱",可是地势很高,院子里有亭,站在亭上,可以看见较远的地方。只有幽静而没有压抑。但这是现代游客的现代感觉,对于曾经权倾一时的君王周文王来说,从那么辽阔的疆域视野,缩小到眼前这样局促的小城,七年的拘禁生活,该会是怎样的心境?可能有的君王,早就会抑郁而死,但要是那样的话，我们就没有了伟大的玄深高妙的《周易》，也就没有了那块令我们感慨万端的"万古臣纲"的牌匾，站在演易坊的石牌下，心头浮出"无语"两个字，我不懂周易，也看不懂周易图标，更不明白其中博大精深的奥妙，但这一切并不妨碍我向《周易》致敬，向中华文明顶礼膜拜，也向文王内心的广阔致远致以深深的瞭望。

陌生而又熟悉的新乡

第一次到新乡。

对于新乡的认识，源于很多年前"正宗新乡红焖羊肉"的招牌。那时候在我居住城市的大街小巷，忽然间到处都是"正宗新乡红焖羊肉"的餐馆，一家连着一家，前来就餐的人身份异常庞杂，什么人都有，生意异常红火。我吃过，的确好吃，至今一说起来，嘴里还是口水连连。后来去其他省市，同样是满大街的"正宗新乡红焖羊肉"餐馆。再后来少了许多……再后来……假如对新乡的认识，还是以"正宗新乡红焖羊肉"来走近，那绝对是对新乡的误读，那是一种狭隘的偏见。

新乡有着悠久的文化历史，早在新石器时期这里就已经有了人类生存，至今保存遗迹多处，譬如龙山文化遗址等。新乡是典型的平原地区，过去以农业为主，曾是全国第一个人民公社的诞生地。如今除了农业，还有强劲的工业和科技，在医药、化工、机械、纺织等诸多工业领域都有"大手笔"。走在新乡的大街上,宽阔的街道、现代的建筑,处处都给人一种辽远的感觉,从这座城市的建设布局来看,也能感觉出一种大气和沉静,能看出新乡人的稳重,在一种不慌不乱之中运筹帷幄,一切都在长远的安排计划之中。

我还是喜欢看乡村,在城市居住久了之后,对乡村的渴望,犹如吟诵杜甫《客至》时"舍南舍北皆春水,但见群鸥日日来。花径不曾缘客扫,蓬门今始为君开……"的心境。

站在一排排造型别致的小洋楼前面,望着干净整洁的街道,还有神态安静、幸福的村民,一时间恍惚不已,这哪里是乡村,这分明是度假的别墅区?三层小楼外加一个地下室,所有房间布置得井井有条,地下室里还有打乒乓球的球台,这是怎样的一种生活?

有人告诉我,这个村庄叫刘庄。

迎着清凉的中原大地的秋风,听着村人们谈论他们热爱的史来贺。号称"五十年红旗不倒"的史来贺,从20世纪50年代开始就响遍全国,他曾受到毛泽东、邓小平等国家领导人的多次接见,仅毛主席就先后九次接见过他。他的名字与雷锋、焦裕禄、王进喜、钱学森并列,虽然他已经去世,但至今站在这里,村民们还是不断地提起来,毕竟史来贺将一个穷得叮当响的小村庄,建设成了一个"红色亿元村""中原首富村",建设成了在当代中国具有典范意义的农村。

毋庸置疑,"文化"在这里起到了极为重要的支撑作用。中原地区深厚的文化背景,特别是埋藏在地下的丰厚的历史文化积淀,无不营养着"史来贺们"还有"刘庄们"。

刘庄的地下埋着甲骨文。《老子》中曾有这样的议论,"水善利万物而不争",但马上又接着说,世间里什么都要受它的强力支配,因此老子继续阐释"天下莫柔于水,而攻坚强者莫能之先"。

甲骨文就是刘庄无所不在的"水"。

在新乡的乡村漫游,总有许多画面令我感慨万千。在一个叫八六的社区,我看见了一家农户正在办喜事,喜事大棚搭在十字路口,大棚四周都是漂亮的小楼。办喜事的碟子碗、筷子铲子勺摆满了地上,仿佛一片白色的庄稼地,几十个男人女人,正在紧张忙碌地生火做饭,看得出这些忙碌的人们,是来自许多个家庭,来自那些漂亮小楼里的众乡亲。这样的场景我很多年没有看到了,这样办喜事说明什么?说明一种自信,说明一声召唤就会有人来"热闹",说明良好的邻里关系。

如今人们极为讲求距离,但在这里却是走得如此亲密。乡村改变村貌,改变生活质量,但没有改变人与人之间友善亲近的内心。这让我感动,也让我特别深思。

记得那年在德国威尔斯堡的一个小车站购买火车票。排队的人们,彼此之间离得很远,不是一米线,而是四米线,这让陪同我们的翻译很是为难,不知道后面那个人是不是购票者,但又不好上前询问(在西方,别说打扰别人,哪怕就是帮助他,也要征求意见;征求意见之前,也要说一声"对不起",然后才是征求),只好躲在更远的后面仔细观察:前面的那个人买完车票走了,后面那个人才慢慢走上前去,果然是一个购票者。翻译这才安心在那人身后排队。

曾在德国居住了十多年的翻译告诉我,当初他在德国时,好像等待购票的距离没有这样远,大约两米多,他离开德国三年多,排队的距离又拉远了。坐在威尔斯堡去科隆的火车上,我想着购票的情形还有翻译的话,还有在德国街道、剧院、商场等,所看到的人们越来越远的距离,以及当你不小心走近一个人时,那个人脸上所立刻出现的惊异和不解。没错,人与人之间应该有距离,应该有距离产生的隐私安全,但如果一味地要求距离,则会走向另一个极端,走向人与人之间的陌生。而这种"距离与陌生"的互动,最后有可能导致个体性格的孤僻与执拗。当然,这只是我个人的一种观点,没有其他特别的指向。

站在河南新乡的一个小村子里,望着村民们忙碌喜事的场景,我却想到了在德国威尔斯堡的"偶遇",想到了"距离",想到了东西方文明,想到了这两种文明的比较,还想到了更多的事情……被誉为"诗译英法唯一人"的著名翻译家许渊冲,在他的最新散文集《我的求学生涯》中,曾经讲过一段故事。他说罗素对中西方文化曾经有过极为客观的评价,说得相当中肯。罗素认为中国文化有三点优于西方文化,一是象形文字高于拼音文字,二是儒家人本主义优于宗教的神学,三是学而优则仕高于贵族世袭制,所以中国文化维持了几千年。但儒家伦理压制个性发展,象形文字限制国际交往,不容易汇入世界文化主流,对人类文明的客观价值有限,所以应该把中国文化提升到世界文明的高度,才能成为世界文化的有机部分。

罗素的观点,暂且放在一边慢慢琢磨,不再多议,说个小插曲。记得那年,当我从河南回到天津后,发现自己胖了,胖了整整三斤,平均一天长了不到一斤。天津人把出门在外爱说成"跑瘦了",意味着奔波容易消瘦。我在回津的飞机上,摸着圆鼓鼓的肚子,想说一句话:中原好,中原的粮食好,还有一点最重要,中原一带的人实在。谁要不信?那就去慢悠悠地走一圈儿。一次、两次或是更多次,那样你才能有自己的经验。经验一定要自己的,千万不要图省力,趸来他人的经验,然后"胡言乱语"。那样的话,你委屈了自己,也冤枉了别人。

中原行,让我内心深处的"地质锤"又一次淬火。

附录 文学旅行书单

[中国]董其昌《画禅室随笔》

[中国]杜甫《奉赠韦左丞丈二十二韵》《客至》

[中国]孔子(述)《论语》

[中国]郦道元《水经注》

[古希腊]柏拉图《理想国》《伊安篇》《大希庇阿斯篇》《会饮篇》《斐德罗篇》《文艺对话集》

[德国]爱克曼(辑录)《歌德谈话录》

[中国]汤显祖《南柯记》《牡丹亭》

[阿根廷]豪尔赫·路易斯·博尔赫斯《圆形废墟》

[英国]约瑟夫·康拉德《在西方的目光下》

[美国]菲利普·罗斯《行话》

[危地马拉]奥古斯托·蒙特罗索《黑羊》

[巴西]保罗·柯艾略《阿克拉手稿》

[俄罗斯]列夫·托尔斯泰《战争与和平》《复活》

[德国]约翰·沃尔夫冈·冯·歌德《少年维特之烦恼》

[秘鲁]马里奥·巴尔加斯·略萨《绿房子》《胡利娅姨妈与作家》《潘达雷昂上尉与劳军女郎》

[法国]帕特里克·莫迪亚诺《地平线》

[葡萄牙]费尔南多·佩索阿《来吧,坐在我身边,丽迪娅》《死亡是道路拐弯》

［俄罗斯］瓦西里·格罗斯曼《生活与命运》

［奥地利］弗兰茨·卡夫卡《审判》《城堡》《判决》《变形记》《致父亲的信》

［葡萄牙］若泽·萨拉马戈《修道院纪事》《在葡萄牙旅行》《死亡间歇》《洞穴》《石筏》《失明症漫记》

［墨西哥］奥克塔维奥·帕斯《批评的激情》

［墨西哥］胡安·鲁尔福《佩德罗·巴拉莫》

［哥伦比亚］加西亚·马尔克斯《百年孤独》

［阿拉伯］民间故事集《一千零一夜》

［美国］唐·德里罗《天秤星座》

［美国］杜鲁门·卡波特《蒂凡尼的早餐》《冷血》

［美国］威廉·福克纳《押沙龙，押沙龙！》《喧哗与骚动》《八月之光》《村子》《小镇》《大宅》《掠夺者》

［中国］余华《兄弟》

［秘鲁］塞萨尔·巴略霍《遥远的脚步》《我在寒冷中公正地想》

［智利］罗贝托·波拉尼奥《2666》《美洲纳粹文学》《荒野侦探》

［智利］巴勃罗·聂鲁达《我喜欢你是寂静的》《船长的诗》《光以其将尽的火焰》《倚身在暮色里》《二十首情诗与一首绝望的歌》

［西班牙］米格尔·德·乌纳穆诺《迷雾》

［中国］毛泽东《浪淘沙·北戴河》

［中国］岳飞《满江红·怒发冲冠》

［法国］帕斯卡尔《思想录》

［中国］海子《面朝大海，春暖花开》

［中国］荀子《荀子·劝学篇》

［中国］冯志《敌后武工队》

［中国］李英儒《野火春风斗古城》

［丹麦］安徒生《飞箱》《坚定的锡兵》《冰雪女王》《夜莺》

［英国］威廉·莎士比亚《哈姆雷特》《麦克白》

［意大利］普里莫·莱维《再度觉醒》

［法国］巴尔扎克《高老头》

［俄罗斯］陀思妥耶夫斯基《罪与罚》《穷人》《赌徒》《白痴》《卡拉马佐夫兄弟》

［美国］安妮·普鲁《船讯》

［苏联］布尔加科夫《大师和玛格丽特》

［美国］蒙特·舒尔茨＆巴那比·康拉德 等编著《大作家史努比》

［美国］亨利·戴维·梭罗《瓦尔登湖》

［日本］江户川乱步《江户川乱步的推理写作课》

［英国］罗纳德·A.诺克斯《陆桥谋杀案》

［法国］司汤达《红与黑》

[古巴]阿莱霍·卡彭铁尔《月亮的故事》《人间王国》《时间之战》

[中国]汪曾祺《受戒》《徙》

[法国]阿兰·罗伯-格里耶《密室》

[美国]欧内斯特·海明威《老人与海》《丧钟为谁而鸣》

[法国]维克多·雨果《巴黎圣母院》

[日本]太宰治《人间失格》

[英国]伊夫林·沃《荣誉之剑》

[捷克]雅·哈谢克《好兵帅克》

米兰·昆德拉《生命中不能承受之轻》(注:昆德拉情况比较复杂,是流亡作家,20世纪70年代离开捷克定居法国并入籍。捷克政府直到2019年才主动提出恢复昆德拉国籍,后者表示接受)

[美国]爱伦·坡《莫格街凶杀案》

[英国]威尔基·柯林斯《月亮宝石》

[英国]阿瑟·柯南·道尔《福尔摩斯探案全集》

[美国]约翰·肯尼迪·图尔《笨蛋联盟》

[爱尔兰]席亚拉·格拉蒂《意外旅行团》

[美国]杰克·凯鲁亚克《在路上》

[美国]乔伊斯·约翰逊《小人物》

[西班牙]塞万提斯《堂吉诃德》

［英国］约翰·班扬《天路历程》

［德国］保罗·策兰《油脂灯》《死亡赋格》《言语栅栏》

［中国］陶渊明《还旧居》《九日闲居》

［中国］李白《少年行》《梦游天姥吟留别》

［法国］马塞尔·普鲁斯特《追忆似水年华》

［中国］沈从文《边城》《黄昏》

［中国］孙犁《老家》

［中国］冰心《我的故乡》

［中国］巴金《长夜》

［中国］史铁生《故乡的胡同》

［美国］哈珀·李《杀死一只知更鸟》

［美国］杨·T.格罗斯《邻人》

［苏联］康·帕乌斯托夫斯基《金蔷薇》

［墨西哥］卡洛斯·富恩特斯《勇敢的新世界》

［阿根廷］胡里奥·科塔萨尔《公园续幕》

［美国］弗拉基米尔·纳博科夫《微暗的火》《洛丽塔》《文学讲稿》

［美国］伯纳德·马拉默德《魔桶》《伙计》《新生活》

［美国］沃克·珀西《最后一位绅士》

［英国］阿道司·赫胥黎《岛》

[中国]司马迁《史记》

[中国]《易经》

[中国]老子《老子》

[中国]许渊冲《我的求学生涯》